Sabine Gruber

Die Zumutung

Sabine Gruber

Die Zumutung

Roman

Verlag C.H. Beck

Für
Robert Schindel und
Carmen Unterholzer

Satz: Fotosatz Reinhard Amann, Aichstetten
Gesetzt aus der Trump Mediaeval
Druck und Bindung: Kösel, Kempten
Gedruckt auf säurefreiem, alterungsbeständigem
Papier (hergestellt aus chlorfrei gebleichtem Zellstoff)
Printed in Germany
ISBN 3-406-50264-4

www.beck.de

About suffering they were never wrong,
The Old Masters: how well they understood
Its human position; how it takes place
While someone else is eating or opening a window
or just walking dully along; ...

Über Leiden waren sie niemals geteilter Meinung,
Die alten Meister: Wie gut sie wußten,
Wie es für sich ist und einfach stattfindet,
Während irgendeiner ißt oder ein Fenster öffnet
oder gerade vorbeigeht; ...

W. H. Auden, Músee des Beaux Arts

Man muß den Tod in ein Gespräch verwickeln, ihn ablenken. Er arbeitet weniger schnell, wenn man mit ihm spricht. Es müssen nicht Worte sein, er liebt auch Bilder von Schiffen, Delphinen und Seepferdchen. Manchmal genügt ihm die Farbe Schwarz, oder er riecht an weißen Lilien.

Da er eitel ist, bezieht er gerne alles auf sich: die konzentrischen Kreise auf dem Wasser, Trauerweiden, Mohnkapseln, Sensen und Sanduhren. Er erschien Adam in der Gestalt eines Bockes, Abraham als kranker Greis. Ich möchte nicht wissen, wie oft er sich verkleidet.

Wir haben ein Abkommen getroffen, das nur ich unterzeichnet habe: Solange ich mit ihm spreche, zeigt er Geduld. Eines Tages jedoch werde ich seiner Ungeduld nichts mehr entgegensetzen können, er wird seine Augen und Ohren jemand anderem schenken. Ich werde ausgedient haben.

Es ist nicht das erste Mal, daß er mich anherrscht, ich nach Worten ringe, mir überlege, wie ich ihn besänftigen kann. Ich habe ihn anfangs kaum bemerkt, obwohl wir uns schon begegnet sind, als ich noch ein Kind war; manchen nimmt er diese Unaufmerksamkeit übel, er revanchiert sich mit Schmerzen.

Ich habe keine; das, was mich erwartet, wird vielleicht Schmerz sein, aber jetzt fühle ich nichts. Ich habe nichts, was auf ein klar definierbares Übel verweist, nichts signalisiert, daß ich in Not bin; und dennoch ist es so, als verlange mein Körper Antworten, ohne vorher Fragen zu stellen.

Ich war nie schmerzblind, hatte Augen für meine aufgeschürften Knie nach einem Fahrradunfall, für den Schnitt in den Daumen, die roten Füße im kalten Bachwasser, die Kratzspuren am Oberarm nach dem Kampf um einen Ball – sie alle waren da und waren gleich wieder verschwunden.

Wie hätte ich den Tod wahrnehmen sollen; er war einer unter vielen und deswegen auch nicht zu sehen. Oder er war zu sehen, wie alle und alles zu sehen ist, und einige Male auch deutlicher.

Als ich vier war, starb mein Spielfreund an Leukämie. Ich verstand die Worte nicht, weder «Sterben» noch «Tod». Sie bedeuteten die Übersiedlung in den Himmel, den ich als feste Kuppel sah, als Aufenthaltsort der Engel. Diese waren schön, leicht und bunt und sehr geschäftig um die Weihnachtszeit. Ein wenig später verwandelten sie sich in barocke Putti oder Jünglinge in strahlenden Gewändern; sie waren Fürsten des Schnees oder des Feuers, Regenten der Sonne, Schutzengel, Todesengel, Heilengel und Sühneengel.

Mit vierzehn verlor ich meinen Schulfreund; er wurde von einem Lastwagen erdrückt. Der Tod verschloß mir den Mund. Er war farblos und kalt wie der Himmel an jenem Januartag. Oben und unten war Nichts, Himmel und Erde waren wieder urzeitliche Einheit, das Chaos in meinem Kopf, dem Ordnung und Farben abhanden kamen. Von den Engeln fehlte von nun an jede Spur. Sprach ich dennoch von ihnen, waren sie flügellos, bodenständig und großherzig.

Mein Tod – so viel glaube ich zu wissen – ist kein Fassadenkletterer, er arbeitet in meinem Inneren, damit es keiner merkt. Er arbeitet schon lange. Untertags überdeckten die Lebensgeräusche sein Pochen und Klopfen; erst mit den Jahren und Nächten wurde ich hellhörig. Er versteckt sich gerne im Schlaf oder macht sich den Zufall zum Komplizen.

Als ich fünfunddreißig war, holte er sich meinen besten Freund im ausgebrochenen Frieden, als wollte er sich nicht länger von ihm beschreiben lassen. Mein Lebensfreund war Journalist. Jetzt schreibe ich dem Tod hinterher. Jetzt rede ich. Er ist überall, pfuscht ins Handwerk, hämmert, mißt.

Ich bin eine seiner Baustellen. Um ihn zu beruhigen, gebe ich ihm Einblick in sein vollendetes Werk. Ich erzähle ihm von meinem Tod und überlebe ein wenig.

I

Als sie mich hinaustrugen, blickte ich in den wolligen Himmel; die großen Cumuli sahen aus wie walzenförmige Wolkenbänder, die auf ein veränderliches Wetter deuteten. Wenn sich die Trauergesellschaft nicht beeilte, würde sie noch in den Regen kommen – ein schönes Wassergemisch aus Himmel und aus Augen.

Ich verrutschte, weil die vorderen Träger kleiner waren als die hinteren, weil die Kiste auf den Schultern der Männer lag, wie es Brauch war. Und die kalten Zehen berührten das kalte Holz.

Als sie mich hinaustrugen, klammerte sich mein Vater an meine Mutter. Wie die Wolken drängten sich die Trauernden aneinander, Hände in Händen, Köpfe an Schultern, verschwanden im Dunkel der Stoffe.

Leo trat die Erde fest, als böte sie ihm zuwenig Halt; er trat von einem Fuß auf den anderen und wäre lieber gesprungen, stand da, wie eingepackt in einen Sack, aus dem nur die Schuhe ragten, lebendiges Getrippel. Zugeschnürt der Hals, so daß er endlich einmal zu schweigen verstand, gegen die Langatmigkeit der Pfarrersrede, gegen die Langatmigkeit seines Lebens. Er sah an allen vorbei in die Blumen: Wie heißen sie? Nie habe ich es gewußt. Nie habe ich es mir merken können.

Als sie mich ins Freie trugen, übersetzte Leo meine Gedanken in seine Sprache. Während er nach Worten suchte, stellte er sich vor, wie ich mich über ihn lustig machte. Diese letzte Übersetzung, sagte er sich, ist immer unrichtig, sie kennt keine Überprüfung, keine Wörterbücher. Es ist, als spräche man in einer nie mehr gesprochenen Sprache. Vielleicht ist das der einzige Trost. Man übersetzt aus dem Nichts und ist schon froh, wenn etwas in seine Nähe kommt.

Leo war bis zum Morgengrauen damit beschäftigt gewesen, Erinnerungen zu sortieren; die Jahreszahlen stifteten nur noch Verwirrung, weil der Anfang allein dastand, ihm keine Daten mehr folgten: Sie waren verbrannt in der Leidenschaft, verloren in Gedanken, zerflossen im Schmerz. Das Ende blieb zahllos, unbegreiflich; es fiel aus allen Laden.

Er konnte erst einschlafen, nachdem er sich an eine spätere Begegnung erinnert hatte. Ich saß im eisblauen dünnen Mantel auf dem Küchenstuhl. «Woran denkst du?» hatte er mich damals gefragt.

«An meine eigene Beerdigung.»

Wahrscheinlich, dachte Leo und drehte sich vorsichtig zur Bettmitte, habe ich gelacht. Ja, sie hatte mich mit ihrem augenverschlossenen Glucksen angesteckt.

Als sie mich aus der Totenkapelle vor die Kirche trugen, dicht hinter den Kränzen, sah ich: Sie haben an die weißen Lilien gedacht, an die duftenden Madonnenblumen mit den leicht zurückgebogenen Blütenblättern. Sie haben auch meinen Wunsch nach Feuerlilien respektiert. Ich sah keine Nelken. Ich sah Leos Blick in den Blumen, nach den Namen suchend.

Mein Vater war fassungslos. Die Augen meiner Mutter hatten sich in Striche verwandelt, als lachte sie. Sie versetzte sich eben in meine Kindheit zurück, abgedunkelt durch die niedergeschlagenen Lider, eilig, um zu sehen, was noch da war von den frühen Zeiten: eine verdrängte Geburt, die in diesem Augenblick ins Gedächtnis fiel, ein Bild und die dazugehörigen Schreie.

Erna war zu spät gekommen und stand hinter den Säulen; sie umfaßte ihren Mantel, zog den Kopf ein, so daß das Kinn bis zur Unterlippe hinter dem Kragen verschwand. Ihre Blicke ruhten auf Leos Hinterkopf. Wie ist der alt geworden. Sie stieß mit der Fußspitze gegen einen mit Efeu bewachsenen Naturstein, der ein Familiengrab einfaßte, dahinter verdeckten Zuckerhutfichten die Inschrift. Es ist immer zu früh, dachte sie und schluckte. Viel zu früh. Leos melierter Lockenkopf war unversehens im Menschenhaufen verschwunden.

Als ich im Freien lag, zog sich Vera hinter die Friedhofsmauer zurück und rauchte zwischen den geparkten Autos eine Zigarette. Das Ziffernblatt zeigte kurz nach zwei Uhr. Ungeduldig schüttelte sie das Stahlband Richtung Handrücken und betrachtete das Muster auf dem Unterarm. Bin ich dicker geworden? Sie dachte nicht an mich, sie dachte an Leos Ausbrüche, als er von meinem Tod erfahren hatte. Sie ließ es sich nicht nehmen, ihn zu begleiten, auch wenn diese Begleitung einem Kontrollgang glich. Am Morgen hatte Leo noch am Bettrand gesessen und in den Haaren gewühlt: «Ja, ich habe sie bis zuletzt», und Vera hatte sich zum Spiegel gedreht und wortlos eine Wutträne zerdrückt. Sie trug ein neues Kostüm mit dazu passender Tasche, beides hatte mehr gekostet, als Leo in zwei Monaten verdiente. Manchmal nannte er sie «Duse»; das Leben ging ständig über ihre Kräfte.

Es wäre vorbei, dachte ich und stellte mir Holztaler vor, der in seiner Großstadtwohnung nachdenklich vor einem Photo saß. Es zeigte mich lachend neben Leo. Von der früheren Holztalerin war nur das zusammengebundene Haar zu sehen, das sie ins Dekolleté hängen ließ; sie wurde schon damals geschnitten. Holztaler stand plötzlich auf, weil er sich, an seine eigene Endlichkeit erinnert, nicht mehr halten konnte. Wie ein Zootier lief er vor seinem Schreibtisch auf und ab und merkte plötzlich, daß er in Gedanken an seiner eigenen Beerdigungsrede schrieb.

Der Zug setzte sich in Bewegung und mit ihm Paul, der sich darauf konzentrierte, der Frau vor ihm nicht auf die Schuhe zu steigen. Das Beten der Dorfweiber machte ihn nervös, weil sich aus dem Gemurmel kein Wort herauslösen ließ. Das letzte Bild von mir, das er in seinem Kopf trug, versuchte er ständig gegen ein früheres einzutauschen. Es gelang ihm nicht. Er zog mir die Schuhe aus, glitt mit der flachen Hand über das Bein, riß am Reißverschluß des Kleides – jedesmal sah er einen fremden Kopf auf dem ihm vertrauten Körper. Das Parte-Photo überlagerte alle Erinnerungen, machte sie gesichtslos, nur die Dinge lebten. Vor zwei Jahren hatte er mit dem Messer das Eis des Kühlschranks zu entfernen versucht und dabei die Wand durchstochen. Laut zischend war das Freon ausgeströmt. Im selben Augenblick fiel ihm mein Fahrrad ein, dessen Vorderrad während einer Party gestohlen worden war. Er hatte es nach Hause getragen und das fehlende Teil am selben Morgen nachgekauft. Am Ende, dachte er, besteht das erinnerte Leben nur aus ein paar Mißgeschicken und leidenschaftlichen Episoden. Er hörte mich laut atmen, zog mich enger an sich heran, sah mich wieder und wieder abgebildet auf einem weißen kreuzlosen Blatt, das man ihm in einem schwarzumrandeten Kuvert sogar nach Rom geschickt hatte. Als die Musik einsetzte, «Kommt, ihr Töchter, helft mir klagen», die er sich immer wieder hat anhören müssen, auch am Abend, als er den Kühlschrank beschädigt hatte, erfaßte die Trauer seinen Körper und schüttelte ihn, daß Leo, der hinter ihm zum Stehen gekommen war, weil die Betweiber pausierten, sachte auf seine Schulter klopfte. «Komm», sagte er, und Paul wußte nicht, wohin. Paul verschwand noch einmal mit seinem Gesicht in den Haaren meiner Scham, Paul drückte seinen kaum behaarten Kopf in meine Achselhöhle, er schob sich in mich, daß die Frauen vor ihm zu schimpfen begannen: «Können Sie nicht ...», sich mit ihren dunklen Rücken gegen ihn stemmten, daß er aufwachte, die Augen trocknete, um in den flaumigen Himmel zu schauen.

«Schönes Wetter, nicht?» Mit diesem Satz zog mich einer, den ich nicht kannte, aus der Kiste. Die Träger konnten aufatmen; im alten Plattenspieler des Pfarrers hob sich sogleich die Nadel, ein letztes Krachen ging durch die Boxen und dann: Stille.

Die Betweiber liefen zurück in ihre Häuser und schwiegen. Auf dem Parte-Zettel stand ein anderer Name, silbern unter einem Kreuz, der mir nichts sagte. Ich fiel aus dem Himmel und landete mitten in einem Gartenfest, sah die weit geöffneten Augen der Gastgeberin, die vor einem Kind kniete und Holzklötzchen stapelte.

«Schönes Wetter, ja.» Es war diese Schwüle, die in der Stadt hängenbleibt, hineingedrückt in die Straßen und Plätze, die kein Luftzug auseinandertreibt, in der man den nackten Oberarm hebt, um sich scheinbar das Haar aus der Stirn zu streichen, in Wirklichkeit aber nur, um den Geruch unter der Achsel zu prüfen.

Ich roch nicht. Ich legte die Hand wieder auf das Knie und blickte dem Licht nach, das über die Terrasse wanderte. Der Hausangestellte drehte den Scheinwerfer Richtung Garten und stieg von der Leiter. «Guten Abend.» Innerlich summte ich: «Sehet – Wen? – Den Bräutigam. Sehet ihn – Wie? – Als wie ein Lamm», äußerlich war ich ein Mitglied der Terrassengesellschaft, nippte und nickte abwechselnd, daß mich keiner vermißte.

Der Dicke rührte sich nicht von der Stelle. «Kennen Sie den Mann oder die Frau?»

«Beide», sagte ich, obwohl es nicht stimmte. Jemand hielt einen Kalender vor die Kerzenflamme, als die Tür zur Terrasse ins Schloß fiel. Jemand küßte die Hand der Gastgeberin.

Ich dachte an Holztalers Schreibtisch, an die verglaste Oberfläche und an das Bild der neuen Holztalerin, das eingerahmt neben seinen Büchern stand. Jedesmal, wenn er mit ihr stritt, drehte er es um und starrte auf das Preisschild: ATS 180. So verband er diese Zahl mehr und mehr mit den Auseinandersetzungen, die sich zwischen ihm und seiner neuen Frau ergaben. Holztaler sagte nicht: «Wir haben dicke Luft», Holztaler flüsterte bedeutungsschwanger in den Hörer: «Wir sind wieder auf Hundertachtzig», und Leo lachte müde.

Es wird vorbei sein, und ich werde es nicht wissen. Vielleicht doch, vielleicht wird mir die Ahnung ein kleines Stück Wissen geben, das Vorauswissen, das niemandem gehört außer mir und meinen kälter werdenden Zehen. Holztaler, hoffte ich, würde höflich sein und eine Beileidskarte an Leo schicken.

Ich stand auf und entschuldigte mich. Auf dem Tisch neben dem Geländer lagerten Weißweinflaschen; keine war geöffnet. Ich sprang über die Treppen ins Grüne, wo weitere Tische aufgebaut waren. Beinahe wäre ich ausgerutscht. Wie konnte ich nur allein und zu früh auf dieses Gartenfest gehen. Die Gastgeberin verneigte sich vor einem elegant gekleideten Mann und lachte laut. Der Dicke gesellte sich dazu, machte eine Handbewegung in meine Richtung und sah ständig zu mir herüber. Im Grün waren noch gelbe Punkte erkennbar, obwohl längst Schatten war; der Löwenzahn blühte. Eine Schmeißfliege kroch durch ein Gläserspalier auf der weißen Tischdecke. Ich stülpte ein Glas über sie und überlegte, wo ich mich hinstellen könnte, damit niemand meine Unsicherheit bemerkte.

«Sie sind Marianne?» Der Mann hatte sich wieder genähert; er stand vor mir wie ein abgerichteter Hund, der mich durch den Abend begleiten sollte; und ich wurde rot. «Ich kenne Sie aus einem Restaurant, wo ich nachts öfter an der Bar stehe, um mich vor dem Nachhausegehen noch etwas müde zu trinken.»

«Ich bin nicht von hier», sagte ich, weil er mir nicht gefiel. Er hatte Holztalers Stimme, nur preßte sie Holztaler mit Kraft aus seinem mageren Leib, diese kam aus einem fettreichen Klangkörper und hatte etwas Weiches. Der Dicke sah aus wie Emil Gilels auf dem Cover meiner alten Brahms-Platte.

Ich ging zu einem frei gewordenen Tisch hinter der Linde. Er folgte mir.

«Marianne», hörte ich ihn sagen, «warum sind Sie hier? Brauchen Sie eine Galerie?»

Ich schätzte die Linde fünfzehn Meter hoch; sie sah aus wie eine Kreuzung aus einer Sommer- und einer Winterlinde.

«Wenn Sie eine Galerie brauchen, sind Sie hier am falschen Ort.»

«Lassen Sie mich in Ruhe.» Ich drehte ihm den Rücken zu, suchte nach etwas in meiner Handtasche.

«Marianne», sagte er mit Nachdruck, um meine Aufmerksamkeit auf sich zu ziehen, während ich mich über die Tasche gebeugt hatte, ganz Hand, ganz beschäftigt mit deren Inhalt, mit Lippenstiften, Taschentüchern und Zettelchen, doch der Hausangestellte hielt mir das Tablett mit den in Rohschinken eingerollten Grissini vor die Nase, und ich griff sofort zu, drehte mich um und kehrte auf die Terrasse zurück.

Die Gastgeberin begleitete ihren Haus- und Hofphotographen in den Garten. Ich grüßte sie und verschwand. Sie war ein Koloß wie mein neuer Verehrer, hinterließ aber nicht den Eindruck, als lebte sie ungesund; nur ihre Haare waren derart aufgehellt, daß sie sich je nach Lichtverhältnissen mehr oder weniger aufzulösen schienen. Riesinger hatte es im letzten Jahrzehnt geschafft, von drei Photographen zu leben, denen sie regelmäßig ihre Wände in der Innenstadt zur Verfügung stellte. Der eine photographierte seit Jahren Wolken, der andere unleserliche Schriftzeichen. Berger, mit dem sie nun unter der Linde stand, arbeitete mit dem Photoabfall der Firmen, die für Supermärkte und Drogerien Filme entwickelten. Meistens verwendete er Nacktphotos, die er stark vergrößerte, oder er kopierte unscharfe Geschlechtsteile heraus. Ihm lag Riesinger zu Füßen. Wo immer er erschien, lief sie hinter ihm her. Wer Berger von früher kannte, wunderte sich über seine Furchen und Falten. Er hatte sich jahrelang nach oben gegrinst; nun waren seine Gesichtszüge entstellt; selbst auf Beerdigungen hörte er nicht auf zu grinsen. Und Riesinger grinste mit, sie schien nicht zu merken, daß die Falten ihres Gegenübers sich mehr und mehr auf sie übertrugen.

Ich blickte in die Linde, die nicht mehr blühte, stellte mir Leos zerraufte Haare vor, sah ihn am Bettrand sitzen, die Beine gegrätscht, mit gebeugtem Oberkörper. Und ich sah die Träger, unbekannte Männer, die mich gegen Bares zur Grube trugen.

Als sie mich kurz vor dem Kriegerdenkmal abstellten, auf dem auch der Name meines Großonkels steht, der im Alter von neunzehn Jahren in Weißrußland gefallen ist, ging Paul demonstrativ nach hinten und zählte im stillen die Namen von vier Mitgliedern aus der Familie seines Vaters auf, die in Prag, Triest und Buchenwald erschossen, erhängt und vergast worden waren. Erna folgte ihm und erschrak, weil in diesem Augenblick, angekündigt durch einen schrillen doppelten Piepston, eine Kurznachricht auf dem Handy angekommen war. Umständlich fingerte sie in der Manteltasche, konnte das Gerät aber nicht ausmachen, weil die Tastensperre eingeschaltet war. Die nächste halbe Stunde verbrachte sie in der Angst vor einem neuerlichen Piepston, weil es ihr peinlich war, vor den Leuten das Telefon aus der Tasche zu holen und auszuschalten.

Vera hatte sich indessen ins Auto gesetzt und eine Kassette in den Recorder geschoben. Sie drückte den Kopf mit Kraft gegen die Stütze, so daß ihr Hals noch länger erschien. Als sie im Innenspiegel unregelmäßig verstrichenes Make-up auf ihrem Gesicht entdeckte, befeuchtete sie zwei Finger und verschmierte damit die Farbe. Leo ist ein Idiot, dachte Vera, er weiß nicht, was er an mir hat.

Ich kramte in meiner Tasche und merkte, daß ich das Telefon zu Hause liegengelassen hatte, das bedeutete, daß ich nicht heimlich verschwinden konnte, sondern die Gastgeberin oder den Hausangestellten würde bitten müssen, mir ein Taxi zu rufen.

Berger lächelte ins dick geschminkte Riesinger-Gesicht und ersparte sich so das Sprechen. Vor mir saß wieder das Mädchen, warf die Holzklötzchen unter die Tische. Der Dicke kam in Begleitung des Hausangestellten die Treppen herauf.

«Beppe», sagte er. Ich sah auf eine langfingrige schmale Hand, die nicht zum restlichen Körper paßte.

«Meinen Namen kennen Sie ja schon.» Wir grüßten einander, als begegneten wir uns an diesem Abend zum ersten Mal. Es kostete mich eine große Anstrengung, freundlich zu bleiben. Leo hatte immer gesagt, mein Gesicht falle aus wie das Licht bei einem Gewitter. Plötzlich kam Dunkles über mich, und ich verlor jede Ausstrahlung. Ich langweilte mich schnell, haßte Menschen, die nicht zur Sache kamen, die die Wörter benützten, als wären sie Gummibänder.

Aber Beppe faßte sich kurz, er hielt den Mund, nachdem er seinen Namen genannt hatte, und zog sich ins Innere des Hauses zurück.

Ich litt unter der Schwüle. Die Haut meiner Unterschenkel war gespannt. Die Wassereinlagerungen schmerzten; ich konnte nirgendwo die Beine hochlegen. Den Rohschinken hatte ich vorsorglich in der Serviette verschwinden lassen, als sich der Hausangestellte mit dem Tablett von mir abwendete. Im Laufe des Abends würde ich den Schinken an Riesingers Schoßhündchen verfüttern.

Allmählich füllte sich die Terrasse, aber es war niemand dabei, den ich kannte. Ich versetzte mich zurück in die Kiste, dachte an die letzten Kleider, an das letzte Paar Schuhe, das man mir überstreifen würde, und sah gleichzeitig die Kleider und Schuhe der Gäste, sah ihre Bewegungen, hörte das Geplauder, das sich in meinem Kopf mit der Begräbnismusik vermischte. Einmal ertappte ich mich dabei, wie ich «Barrabam» sang, so laut, daß mir ein heiserer Ton entwischte, den ich sofort in ein Hüsteln verwandelte.

Ein rotes Klötzchen fiel auf meine Sandale; ich brachte es dem Mädchen zurück und strich ihm übers Haar. Am liebsten hätte ich es gepackt und in den Garten getragen. Ich hatte Lust, mich mit ihm im Gras zu rollen, es auf meinen Bauch zu setzen. Seine Mutter saß stocksteif und ohne ein Lächeln ans Geländer gelehnt. Auch als man ihr zuprostete, verzog sie keine Miene. Jedes herumgeschleuderte Bauklötzchen erschien mir wie ein Angriff auf sie.

Ich fing den Blick des Mädchens auf und zog Grimassen, damit es lachte. Aber immer wieder schoben sich braungebrannte Schenkel und Leinenhosen, rasierte Beine und gebügelte Stoffe zwischen uns, so daß ich mir etwas Neues einfallen lassen mußte. Das Mädchen war schneller als ich: Es wiegte seinen Kopf und erhaschte einmal hier, einmal dort meinen Blick zwischen den bewegten Beinen. Wir spielten eine ganze Weile Verstecken.

Kinder, sagte meine Mutter einmal, seien dazu da, damit wir auf unser eigenes Überleben achteten; sie sagte es ohne Vorwurf und ohne Dankbarkeit zu erwarten.

Ich habe keine Kinder, vielleicht war mein Kopf deshalb so oft in der Kiste. Diese Bilder habe ich mir nicht ausgesucht. Irgendwann stand die Holzkiste vor mir und war nicht mehr wegzudenken; ganz gleich, wohin ich mich drehte oder wendete, ob ich mich neben, vor oder hinter sie stellte: sie blieb in meinen Augenwinkeln. Und wenn ich – selten genug – auf sie draufsprang, so war mir klar, daß zwar die Kiste aus meinen Augen verschwunden war, aber daß ich diesen einzigartigen Ausblick, diese Einsicht ins volle Leben, ihrer ständig spürbaren Existenz verdankte.

Holztaler haßte diesen Blick, verachtete ihn. Er kam ihm trotz seiner großen Möglichkeiten, trotz seiner nekrophilen Wortgewalt nicht bei; seine Sprache war immer nur geliehen.

«Darf ich?» fragte Beppe und verneigte sich, hielt einen Arm angewinkelt am Rücken und zeichnete mit dem anderen etwas tolpatschig einen Kreis in die Luft. Ich dachte an meine prallen Beine und wäre am liebsten geflüchtet, aber er zog mich, ohne eine Antwort abzuwarten, vom Sessel und führte mich ins kühle Wohnzimmer.

«Marianne, sagen Sie mir –»

Ich unterbrach ihn: «Gar nichts sage ich Ihnen.»

Es tanzte kein Mensch. Aus den Boxen kam «Kruder & Dorfmeister»-Musik, dieser Vienna Groove, der in kurzer Zeit sämtliche Lebensbereiche erobert hatte. Neben der Anlage stand eine junge gepiercte Frau. Sie unterhielt sich mit dem Wolkenphotographen und kratzte sich dabei am Hintern.

Ich fragte mich, ob Riesinger die CDs gekauft oder eine Akademiestudentin beauftragt hatte, sich während des Abends um die Anlage zu kümmern.

«Musik, Musik!» rief Beppe und drehte mich über den schlecht getäfelten Fußboden; ich blieb mit der dünnen Sohle in einer Fuge hängen und stolperte auf Beppe zu. Er roch gut und hatte einen angenehmen Griff. Wie sehr brauchte ich etwas Festes, etwas, das dauert. Ich ging sofort auf Distanz, wenn ich an Männern oder Frauen Unentschlossenes entdeckte, Zögerlichkeit.

Während mich Beppe durchs Wohnzimmer zog, mußte ich an Holztaler denken. «Ich hasse Tanzen», hatte er mir an einem der ersten Abende gestanden. «Jede dieser Bewegungen ist mir fremd, sie ist mir geradezu zuwider.» Wir hatten an einem Tisch gesessen, von dem aus die Tanzfläche gut sichtbar war. Der damaligen Freundin merkte man an, daß sie nur ihm zuliebe sitzen geblieben war: Sie zuckte am ganzen Körper, wippte mit dem Fuß, und obwohl ihre Beine keine Ruhe gaben, blieb sie auf ihrem Platz. Zum Ausgleich studierte sie Sportwissenschaften. Leo und ich wirbelten und keuchten und waren glücklich. Weil wir mit dem Tanzen gar nicht mehr aufhören konnten, kein Lied auslassen wollten, hatte Holztaler eiligst sein Bier ausgetrunken, seine Freundin am Ärmel gezupft und sich verabschiedet.

Später schenkte Beppe ein und deutete auf den Photographen, der am Türrahmen lehnte: «Muß doch ein schönes Gefühl sein. Irgendwann kommt er in den Himmel und steht in seinen eigenen Bildern.»

«Frühwald kommt nicht in den Himmel», sagte ich.

«Schlechte Erfahrungen?»

«Nein, nein, ich kenne ihn ja kaum. Aber meine Freundin –»

Ich überlegte, ob ich ihm von Erna erzählen sollte, ließ es dann aber bleiben. Sie hatte sich vor einigen Jahren so sehr in Frühwald verliebt, daß sie nicht mehr sprechen konnte. Sie war eine Perfektionistin, der es aus Angst, etwas Falsches zu sagen, während des Sprechens die Wörter zerriß. In Gedanken baute sie unaufhörlich Sätze zusammen, suchte nach besseren Formulierungen, und wenn es Zeit war, sie anzubringen, und sie aufgeregt vor dem Angebeteten stand, schienen sie ihr plötzlich banal und unpassend: Sie schwieg oder begann zu stottern.

Wir fuhren, kurz nachdem sie das erste Mal mit dem Photographen geschlafen hatte, für eine Woche ans Meer. Ich hatte mich auf den Himmel und die Weite gefreut, aber Erna redete nur über Frühwald. Sie stand wie Demosthenes am Strand und brüllte in die Wellen. Es blieb aber bei dieser einen Nacht; nach unserer Rückkehr stellte sich Frühwald tot, und als sie sich einmal zufällig in der U-Bahn begegnet seien, erzählte sie, habe er weggeschaut.

Auf der Terrasse weinte das Kind. Die Studentin hatte «Angels with dirty faces» von Tricky aufgelegt, und Beppe fiel nach ein paar weiteren fuchtelnden und rasanten Bewegungen erschöpft aufs Sofa. «Marianne!» rief er quer durch den Raum und breitete die Arme aus. Ich versprach, mich neben ihn zu setzen, sobald ich etwas gefunden hatte, das ich essen durfte.

Draußen standen die Weißweinflaschen noch immer unangetastet auf dem Tisch; die Leute holten sich die Getränke aus dem Wohnzimmer, wo es deutlich kühler war, gingen dann aber in den Garten zurück und fächerten sich mit Papiertellern Luft zu.

Ich nahm ein paar Brötchen, ein wenig Obst, alles andere enthielt zuviel Eiweiß oder Salz. Es gab Platten mit Käse und Rauchfleisch, aber auch mit Fisch und den verschiedensten Wurstwaren. Trotz der schlechten Beleuchtung sah ich, wie der Speck schwitzte. Man hatte ihn zu früh ins Freie gebracht. Ich legte für Beppe etwas Schinken an den Tellerrand und machte mich davon. Berger steuerte die Linde an; ich wollte ihn auf keinen Fall sprechen. Sein Grinsen hätte auch auf mein Gesicht übergehen können.

«Was für ein großartiger Künstler», sagte ich und deutete auf den Katalog, der auf dem Nierentisch lag. Es handelte sich um Arbeiten des Kubaners Felix Gonzalez-Torres.

«Sie kennen sie?» Ich stellte Beppes Teller vor ihm ab und setzte mich ihm gegenüber auf einen Ledersessel. Er machte ein so unglückliches Gesicht, daß ich lachen mußte.

«Mögen Sie Torres nicht?»

«Marianne, geben Sie mir Ihre Tasche.»

«Die Tasche? Sie steht hier gut zwischen meinen Beinen.»

Was wollte er mit der Tasche? Ich blätterte im Katalog, betrachtete die Reproduktion eines Plakates, auf dem Torres' Bett zu sehen war, ein weißes, ungemachtes, leeres Doppelbett. Paul hatte mir einmal von den riesigen New Yorker Reklametafeln erzählt. Ich hatte diese Arbeit lange Zeit im Kopf, sah den Abdruck der Körper in den zerwühlten Kissen, in den ungeglätteten Leintüchern; ich roch das Bild und spürte die Wärme in den Falten, ohne es je gesehen zu haben. Nie zuvor war meine Vorstellungskraft so nahe an die Wirklichkeit herangekommen. Als ich das Bett, nach einigen Jahren, zum ersten Mal auf dem Photo im gleichen vor mir liegenden Katalog betrachtet hatte, war mir, als blickte ich in einen mir längst bekannten Raum, als sähe ich mein eigenes, das ich soeben verlassen hatte.

«Sein Lebensgefährte ist an AIDS gestorben», sagte Beppe teilnahmslos. Er beugte sich vor und schaute sich zwischen die Beine.

«Es gehört großer Mut dazu, den intimen Schmerz in die Öffentlichkeit zu stellen.»

Beppe reagierte nicht auf diesen Satz; er begann zu betteln, erst um die Tasche, dann um mich.

Ich hätte versprochen –

Es sei ihm ein Mißgeschick –

«Mein Gott, Marianne, stellen Sie sich nicht so an; Sie müssen mir helfen.» Er hob immer wieder den linken Oberschenkel und fuhr mit der Hand unter den Hintern. Seine Stirn glänzte wie der Speck neben den Weißweinflaschen.

Ich gab nach und erhob mich.

«Nur die Tasche», sagte er halblaut, «die Tasche.»

Er entriß mir die Handtasche, öffnete sie, ohne mich zu fragen.

«Hierher, hierher. Drehen Sie sich um.»

Ich berührte mit den Beinen den Tisch, während Beppe hinter mir mit der Tasche hantierte und ich mich fragte, was er tat. Um mich zu beruhigen, stellte ich aus den Anfangsbuch-

handelte es sich bei den von ihr beschriebenen Bildern eindeutig um Stratus-Wolken in einer bläulichen Färbung, die den ganzen Himmel bedeckten. Bei jedem verdächtigen Geräusch, das die Rede seiner Herrin hätte stören können, begann der Hund zu bellen.

Ich wagte einen vorsichtigen Blick in meine Tasche, konnte aber in der Dunkelheit nichts erkennen.

«Ich kaufe Ihnen eine neue», sagte Beppe. Ein paar Meter vor uns lief eine Katze über die Straße. «Sie haben mich gerettet. Ohne Sie säße ich wahrscheinlich noch immer auf dem Hund. Es knackte unter mir, als hätte der Holzrahmen des Sofas nachgegeben.»

Die Stechmücken wurden lästig; ich schlug nach ihnen, klatschte auf den Unterarm. Mir fehlte die genaue Erinnerung an Riesingers Schoßhündchen, dabei führte seine Winzigkeit im Vergleich zur Größe und Dicke seiner Herrin immer wieder zu Bemerkungen. Paul nannte es den «Mäusejäger». Er fand die runden, weit auseinander stehenden Augen abstoßend.

«Ich habe nicht erwartet, daß Sie so ruhig bleiben», sagte mein Begleiter, zog die Brauen in die Höhe und wischte sich mit einem gebrauchten Papiertaschentuch den Schweiß von der Stirn.

Mir fiel der Schinken in der Handtasche ein, auf dem das fellige Bündel seine letzte Ruhe gefunden hatte. Wenn ich es mir aussuchen könnte, läge ich lieber auf frischen Erdbeeren als in einer kahlen Holzkiste, auf Zimterdbeeren, die noch kleiner und würziger sind als Walderdbeeren. Aber ich werde nicht wählen können. Die Wahrscheinlichkeit, unter einem enormen Hintern zu Tode zu kommen, war so klein wie die Aussicht auf ein duftendes Erdbeerbett.

«Nehmen Sie Haltung an», sagte ich zu Beppe, «wir sind

auf einer Beerdigung.» Er stand wie Vera zwischen den geparkten Autos und zündete sich eine Zigarette an; der Hund lag im Ledersarg auf einer Kühlerhaube, es fehlten die Träger. Aus Beppes gequältem verschwitztem Gesicht kam ein Kinderkichern, das ihm gar nicht stand.

«Ich habe den Köter gehaßt. Er strich immer um die Beine, als suchte er einen Ort zum Pissen.»

«Das ist noch kein Grund, ihm das Genick zu brechen.» Ich nahm die Handtasche und ging damit zur nächsten Straßenbeleuchtung; die Tasche war höchstens zwei Milchpackungen schwerer. Mein schneller Blick in die Öffnung reichte nicht, um den Kopf zu erkennen. Ich sah aber das kurze glänzende Fell und die dicht behaarte Rute, die der Hund kerzengerade über dem Rücken getragen hatte.

«Sie gehen zurück auf die Party, und ich entsorge das Tier.» Beppe trat die angerauchte Zigarette aus und kam auf mich zu.

«Ohne Tasche? Wie stellen Sie sich das vor? Sie werfen es jetzt hinters Gebüsch und kommen mit mir aufs Fest.»

«Das nennen Sie eine Beerdigung? Ich kann nicht lügen. Wenn Riesinger ihren Chihuahua sucht, stelle ich mich vor sie hin und erkläre ihr, daß ihr Liebling meinem Körpergewicht leider nicht standgehalten hat.»

Berger, sagte ich mir, würde tröstend seine Hand auf ihre Schulter legen. Dank seiner jahrelang trainierten Gesichtsmuskulatur, seiner durch pausenloses Grinsen wie gepolstert wirkenden Wangen, würde es aussehen, als freute er sich über Riesingers großen Verlust.

In der Leuchtreklame an der gegenüberliegenden Hausmauer fehlten mehrere Lampen, so daß die Leuchtschrift wegen der in die Dunkelheit gefallenen Vokale unverständlich war, sie ergab auch keinen anderen, neuen Sinn, und mir war nicht nach Spielen.

«Gut», sagte Beppe, «also werfe ich den Hundekadaver über den Zaun.» Ich sah in den Sternenhimmel und schwieg.

Wie plötzlich alles aus der Reihe tanzt, dachte ich, wie unter einem Hintern ein Hund stirbt – es knackt im ruhigen Sitzen –, wie gestern der Absatz eines Frauenschuhs gerade noch an der Sohle hängenblieb – die Frau in der Innenstadt stolperte leicht, griff mit der flachen Hand gegen die Mauer, stützte sich ab, besah den Schaden, «Ja, wie denn?»–, wie der Henkel einer Tasse erst über Monate locker saß und schließlich brach, wie die Laufmasche schon rannte, bevor das Nylon den Schritt erreichte, wie ich dennoch immer wieder zog, die Strumpfhose über die Knie und weiter, als liefe die Masche zurück, wie ich meinen Befund in der Hand hielt und keiner da war, um mich zu trösten. Ja, wie.

Als sie mich hinaustrugen, stand Beppe auf den Stufen, die vom Friedhof zur Straße führten. Er betrachtete den Kirchhof, die Gräber, die durchwegs nach Osten ausgerichtet waren. Ex oriente lux.

Ich weiß nicht, was mich an Beppe überzeugte, weiß auch nicht, warum ich von Anfang an der Meinung war, er sei ein gebildeter, feiner Mann.

Als sie mich kurz vor dem Kriegerdenkmal abstellten, um auf die Trauergesellschaft zu warten, die zu langsam und zu zerstreut war, um Schritt zu halten, bemerkte Beppe die Einfriedung, ein immergrünes zurechtgestutztes Gebüsch, über das er in Gedanken Riesingers Chihuahua warf, wie ein Kugelstoßer, leichthändig und ohne das geringste Schuldgefühl. «Die Tasche», fiel ihm ein, «hat mich ein Vermögen gekostet, aber sie trug sie bis zuletzt.»

«Woran denken Sie, Marianne?» fragte mich Beppe. «Sagen Sie mir, woran Sie jetzt gedacht haben. Dieser Blick ist mir schon auf dem Gartenfest aufgefallen.»

II

Am Morgen rief mich Holztaler an und fragte nach Leo. Was wußte ich von Leo; wir waren seit Jahren getrennt. Ich hörte Holztalers Atem am anderen Ende der Leitung, das abwartende Räuspern. Auf dem Platz war es laut, der Tag kam gerade in Gang, und das Licht fuhr mit voller Kraft in die Augen.

«Ist er noch mit Vera?»

Wenn Holztaler sich meldete, war mein Mund plötzlich leer. Die Sprache verflüchtigte sich. Ich kostete die Macht des Schweigens aus, genoß das Rauschen in der Leitung.

«Und? Keine Neuigkeiten?»

«Keine.»

Holztaler setzte sich gerne vor die Biographien anderer Leute und aß sich satt. Ich aber stellte ihm nur den leeren Teller hin und wartete, bis er das Telefon ins Ladegerät zurücksteckte, bis er sich ergab. Bereits mit sechsundzwanzig Jahren hatte er seine Autobiographie verfaßt, die Geschichte eines Chemikers, der sich aus den Wäldern seines Tales einen Weg in die Großstadt bahnte. Das Feuilleton liebte den Zupacker, den Kahlschläger, der es verstand, Schneisen in die immergrünen Provinzhänge zu sägen, der die Bewohner seines Geburtsortes mit seinen Worten besprühte, als wäre die Sprache ein Schädlingsbekämpfungsmittel.

«Er muß seine Freunde aussaugen», hatte Paul einmal gesagt, «weil sein Leben nichts hergibt. Ich kenne keinen langweiligeren Menschen als ihn.» Wir waren gerade von einer Lesung nach Hause gekommen, in der Holztaler sein zweites Buch präsentiert hatte, einen Roman über den Literaturbetrieb voller Ressentiments gegenüber seinen Kollegen. «Der schreckt ja nicht einmal davor zurück, uns Juden um unsere Geschichte zu beneiden», hatte mich Paul unterbrochen, als ich Holztalers erstes Buch verteidigte.

Mich kriegst du nicht, dachte ich, nachdem ich das Telefongespräch mit Holztaler frühzeitig beendet hatte. Ich holte meine Tasche aus dem Arbeitszimmer und brachte sie in die Küche, um sie zu reinigen. Ich wollte den Tod loswerden, den Beppe in ihr herumgetragen hatte, schüttete den Inhalt auf den Tisch und desinfizierte mit einem antibakteriellen Badreiniger erst mein Portemonnaie und die Schlüssel, dann die Innenwände, an denen ein paar Häarchen hafteten. Die aus der Silberdose herausgefallenen Tabletten warf ich weg, brach neue aus der Verpackung und spülte sie sogleich mit dem auf der Anrichte stehenden kalten Kaffee hinunter. Früher mußte es immer Wasser sein. Früher konnte man die Uhr nach den von mir genau eingehaltenen Einnahmezeiten richten. «Früher» war ein Wort, das mich verwirrte. Es gab nur das «Früher» meiner Großmutter und das «Früher» meiner Mutter; sie waren nachvollziehbare Gegenwörter für das «Später». Das eigene «Früher» war gespalten, so sehr, daß ihm mit dem Blick auf die vielen Medikamentenschachteln in der größten Lade meiner Kommode kein «Später» folgen mochte. Ein «Früher» ohne ein «Später» ist haltlos.

Gegen 10 Uhr klingelte es an der Wohnungstür. Ein Bote brachte Blumen, rote Rosen von Beppe: «Für Marianne. Mit Dank und Zuneigung.» Was Paul dazu sagen würde? Paul saß in Rom, in seiner Wohnung in der Via dei Marsi, und wußte nichts von meinem neuen Verehrer; die Rosen hätten ihn auch nicht beunruhigt, wenn er bei mir gewesen wäre. Er fühlte sich stets unwiderstehlich, war sich meiner auch noch nach Jahren gewiß. Manchmal hatte ich den Verdacht, daß er die Sicherheit, ich würde mich seiner Liebe niemals entziehen, aus meinen Schwächephasen bezog. «Wenn zwei leiden, bleiben sie einander.» An diesem Leitsatz hielt er fest, fragte nicht wie die anderen auch: «Liebst Du mich?», sondern, seine Hand unter mein Kinn schiebend, ob ich ihn leiden könne. Er bestimmte mit seinen Fingern meine Kopfrichtung, drückte von unten nach oben, so daß es den Anschein hatte, ich würde zu ihm aufschauen. Es machte ihm zu schaffen, daß ich vier Zentimeter größer war als er, daß ich diesen Abstand, wenn ich Absätze trug, verdoppelte.

Auf dem Platz wurden die Glascontainer geleert. Ich schloß das Fenster, weil ich meine eigenen Gedanken nicht verstehen konnte. Zwischen dem Innen- und Außenfenster prallte eine Wespe gegen die Scheiben. Ich kürzte die Rosen und zwängte sie in die einzig verfügbare Vase. Erna hätte aufgeschrien: «Wie kannst du nur!» Ich verharrte mit der Nase über den Blüten und sog den Duft ein, als röchen sie nach Beppe. Beppe: Bernhard, Erich, Peter, Paul, Ernst. Auf der Rückseite des Kärtchens stand in bleigesetzten Buchstaben: Giuseppe Held. Dekorationsmaler.

Er hatte mich nach der Beseitigung von Riesingers Chihuahua ins nächstbeste Gasthaus eingeladen. Wir tranken einen Blauen Zweigelt. Er schmeckte, als wäre er mit Zitrone serviert worden; nach jedem Schluck steckte ich mir ein zerrupftes Stück Brot in den Mund.

«Sind Sie nervös?»

Beppe begann, sich mit mir zu beschäftigen; es war keine höfliche Nachfrage, die ein Gespräch in Gang bringen sollte, es war Neugierde. Am Nebentisch saß ein dickes Ehepaar mit seinem Sohn, dessen Brüste größer waren als meine.

«Ich habe mich hierhergesetzt», sagte Beppe, «damit ich eine gute Figur mache.» Er reckte die Brust und sog die Wangen nach innen.

Wir saßen in einem Hinterhof, der nicht größer war als zwei zusammengelegte Wohnzimmer. Der Boden war mit Schotter bestreut, auf dem ständig die Schritte der Kellnerin zu hören waren. Wenn sich jemand hinsetzte, den Stuhl verrückte und dabei den Schotter verschob, wurde er von der Kellnerin wieder geglättet. Beim Aufnehmen der Bestellung setzte sie ihre Gesundheitssandalen als Rechen ein; dort, wo der Schotter gleichmäßig lag, waren die Gäste schon versorgt.

Ich betrachtete ihre nackten Zehen, wenn sie am Nebentisch stand oder an uns vorbeiging. Hammerzehen, dachte ich, mit einer deutlich fixierten Beugung im Endgelenk. Die Nägel waren ungepflegt, nicht geschnitten und unter denen der großen Zehen saßen Schmutzreste. Beppes Füße steckten in geschlossenen Sandalen; er trug keine Socken. Ich suchte seine Hände, die unruhig über seine Oberschenkel, den Nakken, die Haare strichen.

«Was denken Sie», fragte ich und schaute auf die für einen Maler ungewöhnlich sauberen gefeilten Fingernägel.

«An Ihre Abwesenheit.»

Ich schwieg, als er mir seinen ersten Eindruck über meine Person schilderte, diese haftengebliebenen Bilder, die er vom Fest und der Straße in den Gastgarten mitgenommen hatte:

«Eine Frau saß auf einem Stuhl und blickte in die Linde.» Das Wort «gelangweilt» verwendete er nicht. «Was haben Sie in der Linde gesehen?»

«Ich bin müde», antwortete ich.

«Hier. Ich habe in Riesingers Garten einen Vierklee gefunden.» Er holte ein verwelktes Pflänzchen aus der Hosentasche und legte es in meine Hand. Großvater hatte hinter seinem Haus den gleichen Weißklee gepflanzt, weil der gegen Tritte nahezu unempfindlich ist und den ganzen Sommer über blüht.

«Was wünschen Sie sich?» Bei Paul hätte ich nach einem ausgefallenen Satz gesucht, nach einer besonderen Antwort, um das Interesse zu wecken; bei Beppe schien mir dieser Umweg nicht nötig.

«Gesundheit», sagte ich leise und schämte mich. Noch in derselben Nacht begann ich zu erzählen:

Es hat begonnen ohne Anfang, mitten im Leben. Dafür gibt es kein Wort, Zustände vielleicht, die jeder kennt. Zustände, die man nicht erträgt, oder Müdigkeiten, die man für etwas anderes hält, als sie sind.

Als Kind wollte ich trotz Erschöpfung nicht ins Bett, aus Angst, ich könnte etwas versäumen, Erwachsenengespräche, die ich nicht verstand, von denen ich aber glaubte, sie seien etwas Besonderes, weil ich sie nicht oder nur teilweise zu entschlüsseln wußte. Kannte ich die Person zu einem Namen, den ich fallen hörte, hielt mich die Neugierde wach. Kannte ich sie nicht, wollte ich wissen, wer diese Person war, an die ich mich nicht erinnern konnte, blieb wieder wach, wärmte mal die eine, mal die andere Sohle auf dem jeweils anderen Fuß. Ich stand, bis ich vor Müdigkeit ausrutschte und gegen die Glastür prallte oder aus Aufregung über das Gehörte laut hustete, anstatt das Kratzen im Hals zu unterdrücken. «Jetzt gehst du aber.»

Und ich ging. Ich ging immer mit Widerrede. Fiel in Träume, aus denen mich Sätze zogen, Seilsätze aus der Tiefe.

Die Müdigkeit kann kommen und gehen, diese aber bleibt. Sie läßt sich in einem nieder. Man wird sie nicht los. Man bedient sie, aber sie läßt sich nicht zufriedenstellen.

Es hat begonnen wie eine Liebe, die niemals beginnt, weil sie schon da ist, keinen Namen hat, während sie ist. Sie ist überall: im Kopf als Vorstellung und Erinnerung oder als Entwurf, den andere für einen entworfen haben, den man sich gelegentlich selbst vorlegt und gutheißt, bis er verwirklicht scheint in der Person, die man zu lieben glaubt oder liebt. Besser ist es zu glauben, als wirklich zu lieben. Aus dem Glauben kann man sich davonstehlen wie die Männer, die die Kirche während der Messe verlassen, um im Gasthaus gegenüber zu trinken. Dieser Glaube ist voller Türen, die offenstehen, er läßt Hoffnungen zu, er nennt keine überprüfbaren Zahlen.

Es aber ist wirklich und zeitlebens ohne Ende. «Du wirst es überstehen», höre ich alle sagen. Es hätten andere auch überstanden. Die anderen sollen Trost sein; die anderen werden zu Vorläufern und Vorleidern; man fährt auf ihren Spuren den festgesteckten Zielen zu; der Schmerz trägt den gleichen Namen.

Es kommt über Nacht oder über Tag wie ein Erdbeben, das den Körper erschüttert, Sprünge hinterläßt und Angst. Manche schlafen weiter, als wäre nichts geschehen, sie drehen sich um, als gäbe es eine angstfreie Matratzenseite, eine Wunderdecke, die die Gedanken stoppt und den Körper ruhiglegt. Sie wähnen sich stärker und ordnen sich gleichzeitig unter. Sie rutschen in die Träume.

Es ist mein Erdbeben, und ich bin das Erdbeben für die anderen.

Ich verstehe es nicht, stelle mir die immergleichen Fragen, die keine Antwort dulden. «Meinst du wirklich?»

Es ist wahr.

Man sieht mir nichts an. Ich kann mit Schminke umgehen, und ich blühe täglich. Ich habe mich mit Kunstdünger eingedeckt bis zur Decke. Im Vorzimmer lagern die Kanister, grüne Plastikflaschen mit den unterschiedlichsten Etiketten. Ich halte mich an die Ratschläge, nehme die Verschlüsse ab und fülle sie bis an den Rand, bevor ich den Inhalt in mich hineinschütte. Nur so treibe ich aus, setze ich an. Ich drehe mich ins Licht und knospe. Ich gieße mich, bis das Wasser aus den Mundwinkeln abfließt, weil es keinen Platz mehr findet, weil ich überlaufe.

«Geh zurück. Fang von vorne an.» Wenn ich diese Sätze schon höre. Ich bin bereits mittendrin.

Ich weiß nicht, wer zuerst war: der getrübte Blick, der Kopfschmerz oder die Müdigkeit; sie sind gemeinsam groß geworden.

Ich bin gerade zwanzig, und was ich lese, tut nichts zur Sache. Ich lese an ihm vorbei, bis die Buchstaben tanzen und auf dem Heimweg in meine Studentenwohnung zwei braune Balken die Häuser einrahmen; ein anderes Mal verkürzen sie die Landschaft, schneiden Äste ab, verdunkeln den hellen Kies eines Parkplatzes.

«Was hast du?»

«Nichts.»

Ich habe nicht einmal ein ganzes Bild und kaum Erfahrungen. Ich liebe frisch, wie man nur lieben kann, wenn man zu lieben versucht; Leo, den Studenten, der nicht verstehen kann, warum ich kein Englisch spreche. Doch Leo liebt meine Liebe zu den Herkünften. Ich bin eine Wörtererklärerin, eine, die weiß, daß «Gardine» ein französisches Lehnwort ist, die aber den Vorhang vor den Augen ignoriert, bis er braun wird.

«Du mußt zum Arzt.» Leo sagt es und meint es nicht.

«Du mußt zum Arzt», wiederholt Leo, als ich mich an der Tischkante festhalte. Es vergehen wieder Wochen, weil ich mich gewöhne, weil es zu mir gehört wie mein Durst, meine Liebe zum Wasser.

«Du trinkst wie eine Kuh», sagt Leo, aber ich lache nicht. Es ist, als fragte er eine Gehörlose, ob sie Watte in den Ohren habe. Ich wende mich von ihm ab und weine. Der aufgesetzte Kaffee röchelt in der Küche vor sich hin, und keiner kümmert sich. Ich stelle Leo von mir weg. Ich sage: «Komm mir nicht unter die Augen.» Einen Tag später steht er vor meinem Haus. Ich benutze den Hintereingang über die Waschräume, damit er mich nicht entdeckt. Ich kauere im dunklen Raum, damit er glaubt, ich wäre nicht zu Hause. Ich fühle mich fortan als Kuh am Trog und trinke heimlich.

Der Durst ist mein ständiger Begleiter; ich schäme mich für ihn. Nachts jagt er mich aus dem Schlaf und will versorgt werden. Ich schütte Wasser in mich hinein und höre es wenig später aus mir herausrinnen. Ich bin mein Kreislauf, mein Weckdienst. Durst und Blase sind die nächtlichen Ruhestörer, die mich ungestraft quälen. Und die Stadt schläft.

Meine Freunde schlafen, ihre Fenster sind schwarz. Morgens, in der Vorlesung, sieht mich Leo an, als hätte ich mehrere Liter Alkohol in mich hineingeschüttet und die Nacht in einem fremden Bett zugebracht. Wenn er mich ansieht, bewege ich mich wie eine Kuh; ich schlage meine Haare im Nacken hin und her und versuche Leos Blicke zu verjagen, die wie Fliegen an meiner Haut haften. Er schiebt mir ein Blatt Papier unter die flach auf dem Tisch ruhende Schreibhand. Meine Lider sind schwer; etwas vom Wasser, das durch mich hindurchfließen sollte, ist in meinem Körper geblieben, als hole es den Schlaf nach, der mir nicht vergönnt war.

Ich schreibe mit, setze das Gehörte in Schrift um, ohne zu verstehen. Meine Freundin Erna hält ein Referat über die frühen Bilder Caravaggios. In den kurzen Pausen versuche ich hinter dem Vorhang meiner Haare die geschwollenen Lider zu massieren. Erna hatte mir morgens Eiswürfel ins Zimmer gebracht. «Versuch es mit denen.» Doch das Wasser läßt sich nicht wecken, es bleibt in mir liegen, bis es Abend wird.

Ich weiß nur so viel über mich, daß ich funktioniere. Gebrauchsanleitungen sind mir verhaßt. Ich habe gelernt zu essen, zu trinken, mich zu bewegen. Den Schnellkochtopf benütze ich nicht, weil ich Angst habe, er könnte in die Luft gehen. Wenn ein Gerät defekt ist, lege ich es weg und warte, bis einer kommt. Kommt keiner, verberge ich den Ärger. Insgeheim hoffe ich, daß ich anspringe, daß ich in der Früh aufwache und das Wasser fort ist, daß die Müdigkeit aus dem Tag ist. Insgeheim lese ich mich selbst und habe Angst vor jeder neuen Zeile, die über Nacht dazukommt.

«Mit dir stimmt etwas nicht.»

Ich beschimpfe Leo. Mein inneres Orchester dirigiere ich selbst. Was er aus mir heraushört, muß reichen.

Seinetwegen habe ich aus Verliebtheit irrtümlich den Tee gesalzen; seinetwegen bin ich geschwommen, als wäre ich von einem Boot gefallen, als wollte ich mich retten.

«Wo sind wir stehengeblieben?»

«Wir?» Ich sah Beppe an, sah, wie er mit dem Knöchel des

Zeigefingers über meinen Handrücken strich. Die Kellnerin schob die Stühle an die Tische und glättete mit einer einzigen Fußbewegung den Boden: «Sperrstunde! Darf ich abkassieren?»

Während Beppe auf das Restgeld wartete, sah er mir in die Augen. Es war ein Blick, in dem alles geschieht, ein haltloses Ineinanderfallen.

«Marianne.» Er sagte nur meinen Namen.

Ich vergaß Paul, vergaß meine Verstrickungen.

«Wohin gehen wir?»

Ich sprach weiter, und er hörte mir zu, ohne mich zu unterbrechen:

Ich bin neunzehn und keine zwei Wochen an der Universität. Erna bringt mich zu Georg, und Georg stellt mich Leo vor. Ich trinke Wein und sehe an ihm vorbei. Weil ich den Wein nicht vertrage, trinke ich Wasser nach. Wann immer sich eine Gelegenheit bietet, verschwinde ich ins Bad, forme die Hand zu einer Schale und halte sie unter den offenen Hahn. Ich trinke gegen mein Betrunkensein und spüle mich durch. Während ich trinke, sehe ich die Wasserhähne meiner Kindheit: den Schwenkhahn in der Küche meiner Großmutter, die Flügelhähne über den verzinkten Blechwannen in der Schule. Ich erkenne Wohnungen an ihren Armaturen. Wenn mir langweilig ist, halte ich meinen Mund an eine Handbrause und massiere im Trinken meine Zunge.

Leo ist nicht schön. Leo hat krauses Haar und abstehende Ohren. Wenn er lacht, lacht nur der Mund; alle anderen Körperteile verhalten sich ruhig. Wenn ich lache, lachen die Schultern mit, und die Augen verschwinden. Leo sagt, ich lache in der Dunkelheit. An diesem Abend geht er nicht nach Hause. Ich bin verliebt und weiß es nicht. Wir liegen nebeneinander und sprechen kaum; das Schweigen hält die Vorstellungen am Leben, es ist Dünger für die Träume. Ich bewege mich nicht, weil ich fürchte, Leo könnte das leise Plätschern in meinem Bauch hören.

Am nächsten Tag treffen wir uns wieder. Leo schiebt sein Fahrrad und lädt mich ins Kino ein. Er weiß nicht, was gespielt wird. Für die Antonioni-Retrospektive ist es zu spät. «Ich liebe Monica Vitti und Jeanne Moreau», sagt Leo.

Ich liebe mich in seinen Gedanken. Wir stehen unschlüssig vor dem Eingang und schauen in die Nacht. «Und jetzt?»

«Jetzt» ist ein Unsicherheitsfaktor; die Hoffnung biegt alles zurecht, so daß die Zukunft sicher ist. Jetzt bin ich nervös. Jetzt denke ich an die Nacht, an das Ungewisse, das sich in mir ausbreitet. Während wir stehen und beraten, wie der Abend enden soll, stütze ich einen Fuß an der Hauswand ab. Ich setze meinen Hintern auf die linke Ferse und fahre von unten ans Schienbein, drücke den Finger ins Fleisch und spüre die Delle. Das Wasser ist von den Lidern in die Beine gewandert. Das Wasser nimmt mir die Lust am Körper. Ich weiß, ich bin defekt; ich benütze mich, obwohl ich Angst habe, ich könnte explodieren.

Es ist da. Es ist mit neunzehn da, mit zwanzig, mit einundzwanzig. Es wird nicht besser, obwohl ich es manchmal vergesse, obwohl ich lache, als gehörte mir alles, was noch nicht ist. In den Wasserzeiten halte ich den Kopf in die Höhe; in den Wasserzeiten reicht mir Leo das Handtuch.

Einmal schwimmen wir vor Zuschauern um die Wette. Leo behauptet, daß er auf vierzig Längen vier voraus sei. Als ich mein Ziel erreiche, krault er seine einundvierzigste Länge, keucht und gibt sich geschlagen. Ich steige aus dem Becken, atme gleichmäßig, ruhig. Leo schnappt nach Luft, putzt sich die Nase und trocknet mich ab. «Meine Liebe», sagt er, «meine Unbesiegbare. Wärst du in der DDR groß geworden, sie hätten aus dir eine Schwimmerin gemacht.»

Ich aber schwimme nur mehr in mir drinnen. Ich liege auf dem Rücken und halte den Atem an, ziehe ruckartig den Bauch ein, bis es gluckert.

«Das sind die Frösche», höre ich meine Großmutter sagen, «sie wachsen, weil du zuviel trinkst.» Sie nimmt ihr Ohr von meinem Bauch und zwickt mich in die Oberarme und Hüften, bis ich mich auf der Couch wälze und in lautes Gelächter ausbreche.

Ich trinke auf dem Schulweg, in den Pausen, vor dem Essen, trinke, wenn ich nicht trinken darf. Ist keine Flüssigkeit in der Nähe, trinke ich in meinen Tagträumen. Ich stelle mir eine dünne Porzellanschale mit eiskaltem Brunnenwasser vor. Die Frösche werde ich nicht mehr los. Mit jedem Bissen füttere ich sie, nach jedem noch so kleinen Schluck glaube ich an ihre Vermehrung. Sie hindern mich am Einschlafen, kein Vernunftsatz kann sie vertreiben, kein Gelächter bringt sie zum Schweigen. Mein Bauch ist ein kleiner See voller Schallblasen.

«Jetzt trinkst du nicht.» Und ich trinke doch. Trinke hinter dem Rücken meiner Mutter das abgestandene Wasser aus dem Gartenschlauch, trinke, obwohl bald Essenszeit ist und mir bei jedem Schluck der Geruch von Gummi in die Nase steigt.

Es betrifft keinen, auch Leo nicht. Es betraf nicht einmal mich selbst. Leo schützte sich vor meiner Überschwemmung. «Reg dich nicht auf.» Ich höre ihn und rege mich auf, im nachhinein, jetzt.

III

Am späten Vormittag stand Erna unerwartet in der Tür, die Augen naß, die Wangen rot.

«Was ist?»

Sie fiel mir in die Arme, bohrte ihren Kopf in die Mulde zwischen meiner Schulter und dem Hals.

«Ich bin schon wieder gescheitert. Es ist aus.»

Wir standen eine Weile in der Zugluft, bis Schritte im Treppenhaus zu hören waren. «Komm», sagte ich und zog sie hinter mir her, drückte sie aufs Sofa, ging wortlos in die Küche, um Teewasser aufzusetzen. Während das Wasser in den Kessel floß, zählte ich ihre Männer der letzten Jahre. Ich zählte sie an den Fingern beider Hände. Erna liebte die süßen Anfänge, sie liebte ihre eigene unbändige Startkraft zum Liebeslauf und rannte, als wäre ihre Leidenschaft gerade hundert Meter lang. Das Ziel erreichte sie nie; sie kam ihm kein Stück weit näher, weil sie nicht einsehen wollte, daß die Euphorie nicht für einen Kurzstreckenlauf, sondern mindestens für einen Marathon hätte genügen müssen.

Ich legte Papiertaschentücher vor ihr auf den Tisch. Wir tranken Melissentee und schwiegen, weil alles schon gesagt war, weil sich die Liebesabenteuer häuften, nach denen sie vor Erschöpfung zusammenbrach. Die Wiederholung machte sie krank. Sie litt an Migräne und stotterte wieder häufiger, wenn sie sich erregte.

«Ich habe a-a-a-alles getan, aber es reicht nicht.» Sie drehte das Taschentuch zwischen Daumen und Zeigefinger, ließ langsam den Kopf auf die Knie sinken.

«Du verausgabst dich jedesmal –»

«Ach», unterbrach sie mich, «hör doch auf.»

Nach dem Schluchzen würde sie der Reihe nach ihre verlorengegangenen Männer attackieren: von A-a-a-armin bis O-o-o-oswald wurden alle Adonisse durch wütendste Ausbrüche ins Jenseits befördert, nur Holztaler blieb Holztaler, ein «Herr». Er hatte sie in der Erzählung «Jetzt» mit einer Nebenrolle bedacht, die sie in ihrem emotionalen Dauernotstand in eine große und wichtige Figur verwandelte. Bei seinen Lesungen setzte sie sich in die erste Reihe, damit die Augen der Zuhörer am weißblonden Kurzhaarschnitt haftenblieben, während Holztaler aus genau jenen Seiten las, auf denen er die weißblonde Stoppelfrisur beschrieben hatte. Es war ihr egal, daß er sie vor Bekannten und Freunden entblößte, daß selbst Unbekannte die frappierenden Ähnlichkeiten entdeckten, nicht nur in den Haaren, auch in der Himmelsfarbe ihrer Augen, die – laut Holztalers Erzählung – wie blaue Amulette die bösen Blicke neutralisierten.

«Hier, hier!» hatte Erna mit dem soeben erschienenen Buch in der Hand in Pauls Küche gerufen und mit dem kleinen Finger auf einen Absatz getippt, in dem von ihr die Rede sein sollte: «Er hat exakt beschrieben, was er mit mir gemacht hat.» Sie lehnte sich an die Kredenz und las vor: «Ich sehe, wie sie sich auf Knien dreht, wie sie sich nach vorne beugt, den Rücken mehr und mehr durchdrückt, sehe endlich, wie sie mir ihren Hintern reicht, mein Abendgeschenk, das ich jetzt, ja, jetzt, ungeduldig auseinanderreiße, um erst den Finger, dann meinen Schwanz hineinzuschieben.»

«Das hat schon Aretino besser können», meinte Paul, und

Erna, die an dieser Stelle noch geschwiegen hatte, weil ihr die «Stellungen» und «Ragionamenti» Pietro Aretinos kein Begriff waren, ging beleidigt aus der Küche, als Paul deutlicher wurde: Holztaler sei ein peinlich schlechter Pornograph, bei dessen Erzählung weder Hand noch Augen Lust am Weiterlesen hätten, unfähig auch, die moralische Textur unserer Gesellschaft bloßzulegen.

«Vielleicht will er das gar nicht», versuchte ich ihn zu beruhigen, traf aber mit dieser Bemerkung ins Schwarze. Paul echauffierte sich über Holztalers Sexpassagen, über die funktionslosen Obszönitäten und das marktgerechte «Fotzengeflüster» so laut, daß ich aufstand, um hinter Erna die Tür zu schließen.

«Laß ihr die Freude», sagte ich, aber Paul, der bereits mehrere Gläser Weißwein getrunken hatte, war nicht mehr zu bremsen. «Diese Geltungssucht ist krank», fiel er nun über sie her, «absolut krank, und sie begreift nicht, daß sie eigentlich nichts ist, nicht einmal Holztalers Freundin, daß dieser dreitausendmal abgedruckte Arsch genausowenig wert ist wie die Sätze, die ihn ficken. Widerlich, einfach widerlich.»

Ich schob die Weinflasche ans untere Ende des Tisches, als Paul einen Augenblick in der Zeitung blätterte, und hoffte damit, das gedankenlose Einschenken zu verhindern.

«Braucht sie die Öffentlichkeit, damit sie ist? Ist es das, wonach sie sich sehnt? Muß sie sich denn ausgerechnet von einem wie dem Holztaler ihr Ich polieren lassen?»

An diesen Ausbruch mußte ich denken, während ich Beppes Blumen von der Küche ins Wohnzimmer trug. Ich stellte die Vase absichtlich in die Nähe ihres verheulten Gesichts: «Als Adonis starb, entsprossen seinem Blut die ersten roten Rosen.»

Erna sah überrascht auf, putzte sich die Nase und ordnete

mit ihren Fingern die niedergedrückten Haare. «Von wem hast du die?»

«Er ist dick, sieht aus wie Emil Gilels und ist ein Hundemörder.»

«Und wer ist Gilels?»

«Ein Gott», sagte ich und tippte auf einen meiner Tränensäcke, damit sie sich die abgefärbte Wimperntusche aus dem Gesicht wischte. Ich legte das Klavierkonzert Nr. 2 von Brahms auf und schloß das Fenster. Schon nach den ersten Takten füllten sich ihre Augen erneut. Ich nahm ihre Hand und verlor mich in den Wolkenstrukturen, in den sich wandelnden Farben des Himmels. Ich sah Beppe vor mir, seinen aufmerksamen Blick, während eine Sandale der Kellnerin über den Kies kreiste. «Die eigentliche Tortur», sagte er gestern leise, «besteht darin, daß Sie ein Leben lang Ihre Todesursache zu kennen glauben. Wenn wir anderen mit der Wahrscheinlichkeit leben, alt zu werden, so leben Sie mit der Zumutung, über Ihren Tod Bescheid zu wissen. Aber dies ist nicht Ihr Tod, glauben Sie mir.»

«Er ist eine Ka-ka-kanaille», brach es aus Erna unvermittelt hervor, «er hat mir eine Telefonrechnung von zwölftausend Schilling hinterlassen, und ich kann ihn nirgendwo finden.»

Im oberen Teil des Fensters formten die Wolken ein Gesicht, das in diesem Augenblick vom Geäst der Platane zerstört wurde. Ich dachte an Ernas Studenten, den ich nur einmal gesehen hatte, an den Fabrikantensohn, der sich sein Taschengeld beim Aufbau von Ausstellungen verdiente und dabei immer wieder mal eine Kunstdame abschleppte. Er war zwölf Jahre jünger als Erna, trug eine Rasta-Frisur und Jeans, die kaum seinen Hintern bedeckten, wenn er sich bückte, um das Werkzeug aufzuheben. Erna lernte ihn auf einer Party kennen. Sie lachte ihn aus, nachdem er ihr erzählt hatte, daß er kein einziges Instrument beherrsche. Er verstand es aber, Platten als Klangmaterial zu benützen, wußte sehr viel über Musik und versetzte die träge Kunstszene in Euphorie, wenn man ihm zwei Anlagen und ein Mischpult zur Verfügung stellte.

«Ich rufe seinen Vater an.» Erna setzte sich abrupt auf und drückte das Papiertaschentuch in den viel zu kleinen Aschenbecher.

«Er ist erwachsen», sagte ich, «was hat eure Geschichte mit seinem Vater zu tun?»

«Ich rufe ihn dennoch an», beharrte Erna, ging ins Vorzimmer und holte das Telefonbuch M-Z. Sie verschob die Blumenvase und begann hektisch vor- und zurückzublättern.

«U kommt gewöhnlich nach R», sagte ich.

«Woher weißt du eigentlich, wie er heißt?» Erna schloß das Buch, legte aber den Finger zwischen die Seiten, um es gleich wieder an der richtigen Stelle öffnen zu können.

«Er hat mir damals seine Visitenkarte in die Hand gedrückt; außerdem suchte Paul einen DJ für sein Geburtstagsfest im Mai.»

«Er probiert es bei jeder.» Sie zog den Zeigefinger heraus und stand auf.

Während sie ihre Stirn gegen das Fensterkreuz drückte und auf den Platz hinunterschaute, dachte ich daran, daß ich «jede» war, daß ich immer noch so aussah wie «jede», daß ich mit «jeder» gemessen wurde. Zumindest in der Liebe war kein Ausnahmezustand eingetreten.

«Tut mir leid», sagte Erna. Sie hatte sich umgedreht und schaute, das wechselnde Licht im Rücken, das ihre Haare ständig neu einfärbte, zu mir herüber. Über ihrem Kopf zogen die blumenkohlartigen Wolken Richtung Osten.

«Und? War er euer DJ?» Sie setzte sich wieder vor das Telefonbuch.

«Das Fest hat nicht stattgefunden, das weißt du doch. Paul will es im Herbst nachholen.»

«Paul, Paul, Paul. Gibt es G-g-g-gedanken, in denen dein Paul nicht vorkommt? Er sitzt das halbe Jahr in Rom in seinen Archiven, und du tust so, als wäre er immer da. Weißt du überhaupt, was er dort macht?» Sie nahm einen Bleistift aus dem Rucksack, unterstrich die gesuchte Telefonnummer und klappte das Handy auf. Als ich das Telefonbuch an mich nehmen wollte, hielt sie es fest.

Ich ging ins Vorzimmer und rief Beppe an, um mich für die Rosen zu bedanken. Im Hintergrund fluchte Erna über die Ansage auf dem Anrufbeantworter des Fabrikanten. Sie sank auf das Sofa und verbarg ihr Gesicht in den Händen.

Auch Beppe war nicht zu Hause oder hob nicht ab. «Anrufbeantworter, nichts als Anrufbeantworter», sagte ich kopfschüttelnd. «Wann hast du deinen Herzensbrecher das letzte Mal gesehen?»

Sie spreizte die Hände und sah mich durch die Öffnungen zwischen ihren Fingern an. Er habe sich seit fünf Tagen nicht mehr gemeldet; sie hätten noch miteinander geschlafen. «Ohne», sagte sie, «auch das noch. Gestern hat er seine Sachen geholt, sogar den Rasierschaum und die Zahnbürste. Ich war gerade mit dem Mailänder Galeristen im Kaffeehaus.»

«Und?»

«Wahrscheinlich übernimmt er meine Ausstellung. Allerdings will er ein paar von Frühwalds Arbeiten dabeihaben. Ausgerechnet, du weißt, was er mir a-a-angetan hat.» Sie kratzte sich auf der Höhe der Rippen und streckte den Rücken durch, so daß ich meine Hand, die nun zwischen ihrem Körper und dem Sofa eingeklemmt war, mit aller Kraft herausziehen mußte.

«Die Telefonrechnung habe ich übrigens heute gekriegt. Die meisten Anrufe gingen nach Italien. Da war mir alles klar: Die kleine Roberta, die für den Verkauf der Kataloge zuständig war, mußte für zwei Wochen nach Palermo. Angeblich aus familiären Gründen. Ich habe sein Liebesgesäusel finanziert, verstehst du? Sag jetzt nicht, ich solle mir einen Gleichaltrigen suchen. Clint Eastwood ist mit einer 36 Jahre jüngeren TV-Journalistin verheiratet, das sind dreimal soviel Jahre.» Sie machte eine kurze Pause, drehte den Aschenbecher und fuhr dann fort: «Gut, ich bin kein Hollywood-Star, auch nicht Oscar-Preisträgerin, aber ich bin beruflich erfolgreich, gutaussehend, gesund – ich hätte ihm doch einiges bieten können?»

Ich schwieg, wollte ihr nicht sagen, daß sie sich irrte, für ihren Studenten zu alt war. Sie machte sich was vor.

«Kann ich mal an deinen PC? Vielleicht hat er in der Zwischenzeit eine E-Mail geschickt.» Erna öffnete, ohne meine Antwort abzuwarten, den Deckel des Laptop und blätterte während des Ladevorgangs in einem Buch, das mir Paul vor seiner letzten Abreise nach Rom geschenkt hatte. Der Autor schreibt über den italienischen Widerstand gegen die Judenverfolgung. «Damit du verstehst, warum ich italophil bin.» Er hatte es neben mein Unterrichtsmaterial gelegt und mich aufs Haar geküßt.

Erna tippte mit dem Zeigefinger mehrmals auf dieselbe Taste. «Das hält doch kein Mensch aus.»

Ich fürchtete um meinen Computer, sie aber meinte nicht das langsam anspringende Gerät, sondern Paul, seine in die Vergangenheit gerichtete Arbeit. «Waren die italienischen Faschisten wirklich besser als die Nazis?»

«Sie waren mit Sicherheit weniger brutal und weniger totalitär. Die Kontrolle funktionierte nicht so wie bei den Deutschen.» Ernas Worte gingen mir nicht mehr aus dem Kopf.

Warum bezeichnete sie sich vor mir als «gesund»? Ich bereitete in Gedanken eine Rede vor, wollte ihr noch sagen, daß Gesunde nicht zwangsläufig stark und kräftig seien, daß aus zwingenden evolutionären Gründen jeder Mensch in mehr als einem seiner fast hunderttausend Gene molekulare Fehler habe, die sich über kurz oder lang als Beschwerden äußerten, aber ich schwieg. Ich biß den Nagel des kleinen Fingers kurz, zog einen Faden am Rocksaum und fuhr mit der Zunge nervös über die obere Zahnreihe.

«Vergiß mich.» Sie lachte auf. «Da steht es: *Vergiß mich*. Kurz war alles an ihm, bis auf die Haare.» Sie drehte sich auf dem Bürosessel mehrmals um die eigene Achse, stand auf und trank stehend ihren Melissentee aus. «Er ist zu feige, es mir persönlich zu sagen.» Sie lachte überlegen, versteckte ihre Enttäuschung.

«Ich gehe jetzt. Danke, Marianne.»

Warum, dachte ich, kann sich Erna nicht eingestehen, daß sie verletzt ist? Und – was heißt hier «gesund»? Das ist doch alles ein vorübergehender Glücksfall. Sie wird sich noch wundern, was auf sie zukommt, wahrscheinlich ist sie längst nicht mehr gesund. Sie ist mindestens so krank wie ich, nur hat sie den kleinen Vorteil, daß sie die erblichen Pannen nicht behindern. Erna weißt gar nicht, was sie für ein Glück hat. Sie kennt nicht einmal ihr Haltbarkeitsdatum, wundert sich, daß sie verlassen wird.

«Ich rufe dich an», sagte sie an der Tür. Dieses Mal standen wir nur ein paar Sekunden in der Zugluft. Erna drückte mir einen Kuß auf die Wange und meinte, als sie mir bereits den Rücken zugekehrt hatte: «Nimm mich nicht ernst heute; ich bin nicht zurechnungsfähig.»

Ich stand da, biß mir auf die Zunge. Ich ging festen Schritts in die Wohnung zurück, warf die Tür hinter mir zu. Erna, Ernesta – wie soll ich dich nicht ernst nehmen?

IV

Wenn Erna in den letzten Jahren anrief und sagte, sie müsse wieder einmal «richtig leben», dann meinte sie damit den Sturz in eine Nacht, ausgelassenes Tanzen, Ecstasy, Männer. Sie suchte nach Intensität, nach heftigen Gefühlen und litt anschließend, wenn diese Affären zu Ende waren. Aber jetzt hörte ich lange nichts von ihr. Sie war wohl nach Mailand gefahren und baute ihre Ausstellung auf.

Ich fing an, die Unterrichtsblätter zusammenzustellen, sammelte neues Material für die «Einführung in die Ikonographie», die ich in wenigen Wochen zum fünften Mal an der Volkshochschule hielt, und beschloß, Beppe am Abend auf ein Glas Wein einzuladen.

Unten auf der Straße quietschten Reifen; ich bewegte mich nicht, wartete auf den Aufprall, der nicht kam, statt dessen hupte jemand.

Warum hatte ich Beppe angerufen und Paul noch immer nichts von ihm erzählt?

Ich drückte mehrere Finger gegen das Schienbein, wagte aber nicht zu testen, ob die Fingerkuppen Dellen hinterließen. Ungeduldig zupfte ich am Seidenkleid, riß es mir vom Leib und stieg in eine Hose. Zum Glück galt wieder die Mode der 70er Jahre, und es war – im Gegensatz zu den engen Röhren der 80er – Platz genug für geschwollene Fesseln. Ich strich noch einmal mit dem Konturenstift über den rechten Lippenbogen – er schien mir weniger ausgeprägt als der linke –, ließ die Haare aus der Klammer fallen, kämmte sie mit den Fingern durch und sauste ins Vorzimmer. Meine Sandalen lagen zusammengequetscht unter Pauls Turnschuhen. In den letzten Wochen hatte er sich nur selten gemeldet. Er habe viel zu tun, sitze im Archivio Centrale und leide unter der römischen Hitze.

Die letzte SMS war um 2.44 Uhr weggeschickt worden. Seit mittlerweile drei Jahren beschäftigte ihn die Frage, warum und wie sich italienische Diplomaten und ranghohe Militärs für die Rettung von Juden einsetzen konnten. Er verglich Deutschland und Italien, ihre Ideologien, analysierte Wirtschaft und Gesetz. Dazwischen reiste er an, blieb einen knappen Monat, oder wir verbrachten manche Wochenenden im Friaul. Erst vor kurzem hatte ich mich darüber beklagt, daß wir uns so selten sahen.

«Was willst du», fragte er mich, «den Alltag? Sollen wir uns gegenseitig die Unterwäsche waschen? Es bleibt viel Liebe übrig, wenn man sie nicht täglich verbraucht, und sie hat genügend Raum und Zeit, um nachzuwachsen. Außerdem stehen dir in Rom alle Türen offen.»

«Alle Türen», sagte ich und schwieg. Die Türen, an die ich dachte, sahen elend aus und öffneten sich nur nach langem Warten. Dort, wo man mit den Schuhen gegen die Tür stieß, fehlte der Lack, um den Türgriff waren sie grau. Ich sah die Patienten Schlange stehen, Betten auf den Gängen, weil in den Zimmern zuwenig Platz war. Wenn ich die Zustände in den italienischen Krankenhäusern beschrieb, widersprach er: «Du übertreibst, wir haben hier europäischen Standard.»

«Wir?» fragte ich, aber da erzählte er bereits von Dante Almansi, einem Juden, der Vizechef der faschistischen Polizei war, und von mehreren jüdischen Familien, die offen die Faschisten unterstützten. Es habe in Italien keine «Judenfrage» gegeben, behauptete er, wie auch, wenn die Juden 1938 weniger als ein Prozent der Bevölkerung ausmachten und bei fast der Hälfte der damaligen Eheschließungen ein Partner nichtjüdisch war.

«Kann sein», sagte ich abwesend und knetete mit einer Hand meinen Knöchel.

«Kann sein», äffte er mich nach. «Kann nicht nur sein, es ist so. Das sind doch Gründe, findest du nicht? Sie sahen ja nicht einmal jüdisch aus, und selbst in Auschwitz suchten sie Trost bei Dante und nicht in der Kabbala. Für sie waren die jüdischen Bräuche und Rituale nichts weiter als symbolische Akte.» Paul unterbrach seinen Vortrag und fragte mich, wann die nächsten Untersuchungen fällig seien: «Ruf mich an, hörst du?»

Ich hörte und spürte gleichzeitig die Angst, die von mir Besitz ergriff.

«Ich habe heute», fuhr Paul fort, «einen anrührenden Brief gelesen, in dem eine aus Jugoslawien nach Italien geflüchtete Jüdin den Unterschied zwischen den Nationalsozialisten und den Faschisten verdeutlicht; die Deutschen hätten aus ihr mit allen psychologischen Mitteln ein Ungeziefer gemacht, bei den Italienern sei sie trotz allem Mensch geblieben.»

«Was willst du damit sagen? Soll ich mich in eine schlechtere medizinische Betreuung begeben, damit du dich sicher fühlst?»

«Du bringst da etwas durcheinander, Marianne, das eine hat mit dem anderen nichts zu tun.» Es war eine lastende Stille in der Leitung. Ich hörte, wie er das Feuerzeug aufklappte und sich eine Zigarette anzündete.

Deine Bedrohung, dachte ich, nährt sich aus der Vergangenheit, meine aus der Zukunft, das ist der Unterschied.

Er wechselte das Thema, wollte wissen, wer auf dem Gartenfest gewesen war, obwohl ihn das gar nicht interessierte; eigentlich langweilte ihn die Kunstszene.

«Ich habe dir doch gesagt, daß ich sehr früh nach Hause gegangen bin.»

«Du antwortest mir nicht auf meine Frage.»

Ich zählte auf: «Ein paar Akademiestudenten, Frühwald, Holztalers Ex, Berger.» Wieder behielt ich die Begegnung mit Beppe für mich, hatte aber sofort das Gefühl, die Wahrheit zu unterdrücken, im Verschweigen bereits zu lügen.

«Fahr mit mir nächsten Samstag nach Sabaudia», schlug Paul vor, als wollte er mich aufmuntern, aber ich war schon in Sabaudia gewesen, und ich hatte Bücher darüber gelesen. Was sollte ich noch auf diesen trockengelegten pontinischen Sümpfen, in deren Kargheit und kühlen leeren Bauten ich mich ebenso verloren fühlte, wie ich es in einem menschenleeren, durch Schatten bedrohlich wirkenden Bild von De Chirico täte?

Um keine Mißstimmung aufkommen zu lassen, sagte ich: «Vielleicht.» Aus dem gleichen Grund machte ich wenig später noch einmal den Computer an und schickte Paul eine SMS: «Habe Sehnsucht, Deine Marianne.»

Ich kam nicht aus der Wohnung. Seit meine Körperwelt mehr und mehr im Chaos versank, ordnete ich wie unter Zwang die Dinge, die mich umgaben. Ich ging nicht fort, bevor nicht Gläser und Tassen gespült, die Bücher aufgeräumt waren, lief zum Spiegel, um mich meiner selbst zu vergewissern. Erstaunt betrachtete ich die Schminke, mein Haar. Die Konturen waren sichtbar, die Linien nicht verwischt.

«Was machst du denn so lange?» Ich hörte Pauls gereizte Kommentare auch dann noch, wenn er nicht mehr da war.

Als ich endlich die Treppe hinunterlief, blieb kaum noch Zeit bis zu meinem Treffen mit Beppe. Ich winkte ein Taxi herbei.

Das Duftbäumchen am Rückspiegel roch süß und vermischte sich mit dem Schweiß und Deo der Taxifahrerin, die den umständlichsten Weg zum Gasthaus wählte.

Sabaudia ist ein Kaff, sagte ich mir, aber ein schönes Wort. Ich drückte auf den Fensteröffner und hielt mein Gesicht in den Fahrtwind, damit sich keine Schweißperlen auf der Nase bildeten. Was suchte Paul in Sabaudia? Den Inbegriff einer gesunden, sauberen Stadt voller großartiger Achsen und rechter Winkel? Um diese Reinlichkeits- und Ordnungsvisionen verstehen zu können, reichten doch Bücher aus. Paul jedoch wollte alles mit eigenen Augen sehen. Er mußte in die Retortenstadt, mußte die rechten Wege beschreiten, den Beton begreifen, seine Augen auf den Monte Circeo richten, dessen Grat dem Profil Mussolinis ähnelt. Für die Vergangenheit hatte er alle Zeit der Welt, die Gegenwart machte ihn nur ungeduldig. Mein Vorbeihuschen, meine seit Jahren andauernde Flüchtigkeit verwechselte er mit der Spannung des Unvorhersehbaren.

Dieses «Ich liebe dich, wie du bist» konnte nicht mehr mich meinen; wenn etwas passierte, mußte es plötzlich sein, durfte es sich nicht im Alltag verfestigen. Paul erfand mich von Rom aus, phantasierte mich. Seine Vorstellungen von unserer Zukunft entwickelte er ohne mein Zutun.

«Die Ampel ist grün», sagte ich. Die Taxifahrerin steckte sich einen Kaugummi in den Mund und startete im zweiten Gang.

Beppe saß in der hintersten Ecke und hob den Arm, um gesehen zu werden, aber es waren ohnehin keine Leute im Lokal. Über ihm brannte ein schmiedeeiserner Leuchter, obwohl genügend Tageslicht hereinfiel. Er stand sofort auf, um mich zu begrüßen, griff in das ausgesägte Herz und holte den Stuhl unter dem Tisch hervor. Als er mich zufällig am Oberschenkel berührte, entschuldigte er sich. Ich stellte ihn mir nackt vor und lächelte.

«Verzeihen Sie, ich hatte vergessen, daß Sie nicht alles essen können.» Er reichte mir die Karte und legte seine Hand auf meinen Unterarm.

«Sie denken jetzt daran», sagte ich.

«Sollen wir in ein anderes Restaurant gehen?» Der Druck seiner Hand verstärkte sich; ich hätte mich am liebsten eingerollt, den Abend unter seinen Fingern verbracht.

«Aber nein.» Ich verschwieg, daß ich schon zu Hause gegessen hatte. Ich wollte kein Aufsehen. Als ich das letzte Mal mit Paul im Kaffeehaus gewesen war und eine Portion Blattsalat ohne Salz bestellt hatte, erklärte mir der Ober, der gesamte Salat sei schon angemacht. Paul war wütend geworden: «Die Dame muß aus gesundheitlichen Gründen Diät halten; man wird wohl ein paar Blätter waschen können.»

«Haben Sie etwas gefunden, Marianne?» fragte Beppe.

Der Appetit war sofort wieder da, während meine Blicke über die Seiten flogen: Erdäpfelcremesuppe mit Pilzen, Spinatknödel, Flugentenbrust mit Rotkraut, Szegediner Gulasch, Nußpudding, Böhmische Palatschinken – und alles war versalzen, eiweißreich, purinhaltig.

«Ich hätte gerne Pfeffernieren vom Kalb.» Beppe schaute mich mit offenem Mund an; er vertiefte sich wieder in die Karte und kratzte sich am Ohr.

«Nein, nein», sagte ich und lachte.

Als der Kellner an den Tisch kam, bestellte Beppe Wasser und eine Gemüseplatte.

«Essen Sie doch», sagte ich, «oder finden Sie es sinnvoll, wenn die Menschen auf der Straße mit dem Gehen aufhören, weil sich ihnen ein Rollstuhlfahrer nähert?»

Er wählte die Saumeisen mit Rahmlinsen und einen halben Liter Grünen Veltliner.

Vor dem Fenster standen Leute herum, sie machten einen unentschlossenen, gelangweilten Eindruck. Beppe hatte sich mehrfach nach ihnen umgedreht, das Schattenspiel irritierte ihn.

Ich faltete die Serviette auseinander, strich über die Bügellinien. «Wenn ich die so sehe – worauf warten die eigentlich? Daß ihnen das Glück davonläuft? Wenn man krank ist, steht man nicht herum. Man hat oft nicht einmal mehr die Beine dazu. Man macht sich auch nicht lustig wie die da draußen. Das Glück ist doch eine ernste Sache. Was meinen Sie?»

«Keine Ahnung – ich sehe mich eher als einen, der auf Glück wenig Anspruch hat.»

«Das glaube ich nicht.» Ich machte eine kurze Pause. «Ich halte Menschen nicht aus, die das Leben nicht genießen können.»

Beppe schaute mich überrascht an.

«Sie sind ein Genußmensch, nicht wahr? Enttäuschen Sie mich nicht», sagte ich.

Er schwieg und zog an der Zigarette. Der Kellner brachte die Getränke und schenkte ein. Beppe inhalierte ungewöhnlich heftig, öffnete dann einen Spaltbreit den Mund, bis der Rauch ausgetreten war, blies ihn nicht von sich fort, sondern schien darauf zu warten, daß sich sein Gesicht vernebelte.

«Genuß», dachte ich, ist ein Wort, das mir einmal gehört hatte. Beppe trug es in Kilos mit sich herum.

«Ich bin unausgeschlafen und nicht sehr gesprächig, aber ich wollte Sie sehen», sagte er.

Mein Blick arbeitete sich durch den Rauch zu seinen Augen

vor; sie hatten die Farbe meines Seidenkleides, das auf dem Parkett liegengeblieben war.

«Ich schlafe auch schlecht.» Mir fiel kein besserer Satz ein, und ich hatte nicht den Mut zu sagen, daß ich jede Nacht wachlag. Meine Blicke streiften über die Möbel oder richteten sich nach innen. Ich mußte meine eigenen Schreckensbilder wiederkäuen wie schlechtverdaute Nahrung. Seit ich Beppe kannte, vermochte ich meinen Dämmergedanken zumindest eine andere Richtung zu geben und empfand das Einschlafen als eine Art seliges Heimkino.

Wir schwiegen und tranken, während die Leute vor dem Fenster lachten und sich abwechselnd auf das Sims setzten. Ich behielt die Hände nah an meinem Körper, um mich nicht in seinen Fingern zu verfangen. Der Gedanke an Sabaudia störte; ich lenkte mich sofort ab, bestellte die nächste Flasche Wasser und erkundigte mich nach Riesinger.

«Sie war auf dem Anrufbeantworter, fragte, warum ich so früh weggegangen sei. Den Hund hat sie gar nicht erwähnt. Ich habe gehört, daß sie schon einen neuen besorgt hat, einen Shih Tzu. Das soll auf chinesisch ‹Löwe› heißen. Der Hund soll aber eher wie ein langes Wollknäuel aussehen, dem man das Kopfhaar zu einem Schopf binden muß, damit er was sieht und die Augen nicht ständig vom überzüchteten Fell gereizt werden. Lieben Sie Hunde?»

«Säße ich dann mit einem Hundemörder am Tisch?»

«Das hab' ich nicht gewollt ...»

«Ich weiß», unterbrach ich ihn und staunte über seinen Ernst. «Mein Nachbar hatte viele Jahre einen Rottweiler; mir ist die Lust an Hunden vergangen.»

Das Gespräch kam nicht in Gang. Am Nebentisch dudelte ein Handy; im ganzen Lokal wurde hektisch in Handtaschen und Aktenkoffern gesucht.

«Sie haben ein gutes Gehör», meinte er, weil ich mich nicht rührte.

«Mein Handy sirrt nur leise. Ich mag keine Melodien, die man nicht mehr aus dem Kopf kriegt.»

Er sah mich ernst an. «Werden Sie mich aus dem Kopf kriegen?»

«Wie soll ich Sie aus dem Kopf kriegen, wenn ich Sie vor Augen habe?»

«Und was ist, wenn ich aus Ihrem Blickfeld verschwinde? Aus den Augen, aus dem Sinn?»

«Nein», sagte ich, «übersehen kann man Sie ja nicht. Ich denke auch an Sie. Fahren Sie denn weg?»

«Ich habe einen Auftrag; er wird mindestens drei Wochen in Anspruch nehmen.»

«Kunst?»

«Die habe ich längst aufgegeben.» Er spielte mit seiner Lesebrille, steckte sie ins Etui. «Ich muß zugeben, daß ich mit dem Zeichnen nicht aufhören kann, aber ich kümmere mich nicht mehr um Ausstellungsmöglichkeiten. Mit meiner Kunst ist es nicht so gut gelaufen.»

«Immerhin scheinen Sie zurechtzukommen. Aber fehlt sie Ihnen nicht?»

«Die Kunst? Die brauche ich. Sie meinen die Anerkennung? Da gibt es wichtigere Dinge.»

Der Kellner servierte das Essen. Beppe lehnte sich zurück, wartete, bis alles auf seinem Platz stand, und fuhr dann fort: «Kennen Sie Pagliatti?»

«Ja. Ich mag, was er macht, hab' aber seine Arbeiten nicht immer verfolgt. Wie kommen Sie auf ihn?»

«Meine Bank hat ein paar Bilder angekauft, und vor kurzem stand doch was in der Zeitung. Er hat jetzt mehrere Kunst-am-Bau-Projekte realisiert; seine Kunst fügt sich so subtil in die Architektur ein, daß sie als eigenständige Kunst gar nicht zu erkennen ist.» Beppe drehte den Teller und griff dann nach dem Besteck.

«Und Sie? Woran werden Sie arbeiten?»

«Na, ein Pagliatti bin ich nicht. Sie können sich nicht vorstellen, was meine Kunden von mir verlangen. Ich male ja alles mögliche: Märchenfiguren an die Kinderzimmerwand, Mäander ins Badezimmer, die drei Grazien ins Hallenschwimmbad. Aber das ist noch nicht alles: Der letzte Auftraggeber wollte, daß die Grazien die Gesichtszüge seiner Töchter tragen. Zwei davon hießen zwar Aglaia und Thalia, sahen aber aus wie die Erinnyen. – Wollen Sie probieren, oder kränke ich Sie mit dieser Frage?» Er schob den Teller in meine Richtung und reichte mir das Besteck.

Ich mochte Linsen nicht, aber ich wollte seine Gabel an meinen Mund führen.

«Sind Sie immer so schrecklich korrekt?»

«Nein», sagte er, «nur wenn mir jemand so viel bedeutet wie Sie.»

Ich schluckte, legte die Gabel zurück und klopfte gegen das Fenster. Das Gewieher vor den Scheiben hörte nicht auf. Einer der Jugendlichen drehte sich um und quetschte die Nase an das Glas.

«Sie kennen mich nicht», sagte ich hilflos, weil sich die Gedanken an Paul in meinem Kopf ausbreiteten. Seit wir einander liebten, war er ständig unterwegs. Paul begann schon als Schüler, Fahrpläne zu lesen, die mit seinen tatsächlichen Wegen nichts zu tun hatten; er zeichnete Kontinente und Staaten aus dem Kopf, verband Städte und Dörfer mit roten Filzstiftlinien. Wenn ich Afrika zeichnete, kam ich über ein zerfranstes Dreieck nicht hinaus. Ich lernte auch nicht wie Paul Abfahrts- und Ankunftszeiten auswendig. Weil sein Urgroßvater in der Stadt geblieben war, nicht mehr rechtzeitig vor den Nazis flüchten konnte, probte Paul bereits den Wechsel der Orte, als er noch gar keine Reisen unternehmen konnte.

Ich war müde und aufgekratzt, ein Zustand, der häufig mit starken Kopfschmerzen endete. Nachdem ich meine dritte Mineralwasserflasche bestellt hatte und Beppes Mimik ein weiteres Kompliment erwarten ließ, stand ich auf, um auf die Toilette zu gehen. Bevor ich mich abwandte, zeigte ich auf die leeren Flaschen: «Es wäre das beste, ich heiratete einen Getränkehändler.»

Auf dem WC schaltete ich sofort das Handy ein und hörte die Mailbox ab. In der Kabine neben mir plätscherte ein kräftiger Strahl ins Klosettbecken. Ich hörte das Rascheln des Stoffes, das Klirren der Gürtelschnalle, legte die Klobrille mit Papier aus und setzte mich erst, als die Frau neben mir abzog. In der Stille wäre der Unterschied zwischen uns allzu deutlich geworden: Ich hatte dem eben vernommenen Strom nur einen dünnen Strahl entgegenzusetzen, manchmal nicht einmal das. Einmal ertappte ich mich dabei, wie ich mit heruntergelassener Hose sanft den Spülhebel drückte, damit die vor der Tür wartende Bekannte keinen Verdacht schöpfte.

«Sie haben nichts gegessen», sagte Beppe, als ich mich wieder setzte. «Was kann ich für Sie tun?»

Ich griff in der Tasche nach dem Handy, um es auszuschalten. «Darf ich Sie auf das versprochene Glas Wein einladen?»

Er lächelte und holte ein Paket unter der Bank hervor: «Für Sie.»

«Nein.»

«Doch. Sie haben sich dieses Geschenk verdient.»

«Ist das für das nächste Gartenfest?»

Beppe tippte mit dem Finger auf die Karaffe, um anzuzeigen, daß er noch mehr Wein wollte. «Vielleicht», sagte er und zog die Augenbrauen in die Höhe.

Ich schälte eine schwarze Ledertasche aus der Verpackung und bedankte mich förmlich. Paul wäre ich um den Hals gefallen.

Es war Nacht, als wir Richtung Bar gingen. Ich hatte die alte Tasche in die neue gesteckt und trug sie zwischen mir und Beppe, der mir ungeschickt den Arm umgelegt hatte. Wir waren nicht imstande, unsere Schritte aufeinander abzustimmen; einmal trat ich auf seinen Fuß, ein anderes Mal drängte er mich vom Gehsteig. Erna war überzeugt, daß sich an solchen Details die Zukunft eines Paares ablesen ließe. Mit Paul, erinnerte ich mich, war ich vom ersten Tag an zu einer einzigen rhythmischen Bewegung verschmolzen, daran hatte sich nie etwas geändert. «Die zwei Kugelhälften», sagte er nach unserer ersten Nacht, «haben sich endlich gefunden.» Wir waren das dritte Geschlecht, eine Einheit von beiden; vierarmig und vierbeinig rollten wir durch Wochen und Monate, bis wir wieder auseinandergerissen wurden; dann fuhr die eine Hälfte über den Alpenhauptkamm nach Rom, die andere steckte fest.

«Sie sind weniger groß, als ich gedacht habe», sagte Beppe und faßte mich fester um die Taille.

«Für wie groß hielten Sie mich denn?»

«Ich weiß nicht.» Beppe wich aus, weil uns ein Liebespaar entgegenkam.

«War diese Frau größer als ich?»

Er ließ mich kurz los, um sich nach dem Paar umzudrehen: «Ich denke, schon.»

«Das liegt daran, daß eine Blonde in der Nacht größer erscheint als eine gleich große Dunkelhaarige.»

«Wieso das?» Er schüttelte den Kopf.

«Ein weißes Quadrat auf schwarzem Grund wirkt größer als ein geometrisch gleich großes schwarzes auf weißem Grund.»

«Aber Sie stehen doch nicht auf weißem Grund», lachte er.

«Ich stehe nicht», sagte ich, und mein Atem ging schneller, «ich schwebe.»

Es passierte nichts. Beppe fing an, über Malewitsch zu sprechen, über eine Moskau-Reise, zu der er von einem italienischen Industriellen eingeladen worden war, nachdem er seine Villa mit verschiedenen Allegorien ausgemalt hatte; er berichtete von seiner großen Enttäuschung über das winzige, fast schon graue «Schwarze Quadrat auf weißem Grund», das er in der Tretjakọw-Galerie gesehen habe, schwärmte von den Rubljow-Ikonen und verlor sich in Detailbeschreibungen von irgendeinem Friedhof, von dem ich noch nie gehört hatte. Wir saßen längst hinten in der Bar, da war er immer noch bei Chruschtschọws Grab und den Gräbern anderer Prominenter.

Die Wand gegenüber bestand aus einem Spiegel; er schaffte Raum, erzeugte aber auch diesen inneren Bumerang-Effekt, der mich immer nervöser machte. Ich fiel auseinander; je öfter ich, während Beppe sprach, einen Blick auf mich selbst erhaschte, desto weniger konnte ich mich in seiner Zuneigung einrichten.

Ich schlug die Beine übereinander, öffnete wieder die Schenkel, streckte die Beine aus, um sie gleich wieder anzuziehen, da sah er mich eine lange Weile schweigend an und fragte dann nach Leo.

«Er heißt nicht Leo, er heißt Paul», sagte ich.

«Ich weiß. Ich wollte aber nicht über das, was ist, sprechen, ich will, daß Sie mir Ihre Geschichte weitererzählen.»

«Meine Geschichte», wiederholte ich leise und verrückte dabei so den Sessel, daß mich der Spiegel nicht mehr irritieren konnte. Ich strich mit den Fingerkuppen über meine Augenlider und fuhr fort:

Es ist im zweiten Jahr; Leo holt mich ab, begleitet mich zur Vorlesung. Wir schreiben mit zwei anderen Studenten eine Arbeit über Caravaggios Auftraggeber, das heißt, ich verfasse den Text, und Leo setzt seine Unterschrift darunter.

Der Herbst ist nicht mehr Herbst, sondern ein Stück Winter in meinen kalten Fingern. «Gib mir deine Hand», sagt Leo und klemmt sie zwischen seine Oberschenkel. Mit solchen Gesten bezahlt er seine intellektuellen Schulden. Ich borge ihm mein Wissen. Weil ich schüchtern bin, flüstere ich die Antworten auf die Fragen des Professors ins Ohr meines Geliebten. Leo verwandelt die leisen Antworten in lauthals verkündete Kommentare und erntet anerkennende Blicke.

«Dein Gesicht ist eine Bühne», sagt Leo in der Mensa, und ich erschrecke, glaube einen Augenblick lang, meine Sehstörungen seien nach außenhin sichtbar. Ich laufe in die Toilette, schaue in den Spiegel und sehe nichts, nicht einmal meine langen Haare, weil ich sie im Nacken zusammengebunden habe. Kehren die Balken ins Auge zurück, kontrolliere ich meine Mimik und rolle meine Augäpfel nur, wenn ich sicher bin, daß mich niemand sieht. Augenturnen in der Öffentlichkeit verbiete ich mir; nur im Bett schiele ich zur Nasenspitze hin und beobachte die Lichtblitze, wenn ich im Dunkeln die Augen hin und her bewege.

Ich bilde mir ein zu erblinden. Als die Balken für ein paar Tage verschwinden, vergesse ich meine Angst.

Leo glaubt an uns. Er schwärmt von Caravaggio und lädt mich nach Rom ein, aber es ist zu spät. Ich habe die Bilder bereits ersetzt, habe mich sattgesehen an den jungen halb ausgezogenen Männern und kann die Zeichen der Abnutzung an den von Caravaggio gemalten Körpern nicht mehr ertragen. Ich will, daß mein eigener Zustand für Leo verständlich wird; er aber blättert in Kunstbüchern, zeigt auf die dreckigen Sohlen, auf einen zum Schwammigen neigenden Schenkel. Er identifiziert sich mit dem Lumpenproletariat, liebt den Mangel an Distanz. Jede Form der Berührung, die Caravaggio gemalt hat, bringt er mit Sexualität in Verbindung.

Als der Druck in den Augen wieder zunimmt und ich die Welt nur noch durch einen braunen Vorhang wahrzunehmen scheine, versucht mich Leo zu trösten: «Vielleicht ist es ja eine Bindehautentzündung, eine Allergie gegen Blütenstaub oder Hundehaare.»

Ich schaue auf den Schnee und schweige, drehe mich um und habe zum ersten Mal das Gefühl, vertröstet zu werden.

Erna begleitet mich am nächsten Tag in die Bibliothek. Wir blättern in Medizinbüchern, lesen uns durch Fachzeitschriften. Am Ende glaubt auch Erna, rauch- und wolkenförmige Trübungen in ihren Augen zu bemerken, und wir gehen zum Ausgang mit Fädchen, Ringlein und Mücken vor den Augen, mit dem Wissen versehen, daß diese Gebilde beim Blick auf ein weißes Papier oder die hellen Neonleuchten außerhalb des Lesesaales keine ungewöhnlichen Phänome sind, sondern auf den feinen Verdichtungen des Eiweißfadengerüsts beruhen, das den Glaskörper des Auges zusammenhält. Über den «Augentripper» lacht sie, bis ihr die Tränen kommen; ich hingegen erinnere mich an die Lidschwellung und betaste, als Erna sich kurz einer Studienkollegin zuwendet, der sie schon seit längerer Zeit eine Vorlesungsmitschrift versprochen hat, mit dem Zeigefinger die geschlossenen Augen.

Ich fürchte mich davor, eine Glühbirne zu wechseln, stehe mitten im Zimmer auf einem Stuhl und rufe nach Leo. Ich sehe die Kuh am Wassertrog vom Blitz getroffen. Leo lacht mich aus, wie er mich da sieht, die Birne in der Hand, die Augen auf den Kronleuchter gerichtet. «Vorsicht zeugt von Phantasie», fahre ich ihn an, laufe aus dem Zimmer und schlage die Tür hinter mir zu.

Ich bin unberechenbar; das macht mich interessant, Leo nennt mich sogar verrückt, bricht aber immer öfter die Telefongespräche ab. Ich suche einen Zeitpunkt, Anzeichen für die Krankheit in der Kindheit, finde sie nicht. Die Kranken in meiner Umgebung haben Jahre und Jahrzehnte, mit denen sie rechnen, ein Bild von früher, das zuerst war, in das die Mutter eingezeichnet ist, besorgt und voller Angst. Sie haben einen Grund, auf dem die Ziegel ihrer Beschwerden stehen, einen Körperbau, den die Restauratoren betreten können. Ich habe nichts als meine Launenhaftigkeit, bin wetterwendisch und unausgeglichen. Ich weiß keinen Anfang; ich war nur Vorbild für die Kinder anderer Mütter. Ich hatte einen Vorzeigekörper, gesund und großgewachsen, ein Vorzeigegesicht, um das sich die Photographen stritten. Ich war ein Bild von einem Mädchen.

Du bist noch immer schön, sagt Leo, und bewundert meine Hände. Noch bevor er mich ganz in Augenschein genommen hätte, habe er sich in die Hände verliebt. Ich kann an ihnen nichts finden: Die Daumenballen sind faltig, die Handteller zu groß, so daß die langen Finger kürzer erscheinen, als sie sind, und die linke Handwurzel kann ich gerade noch mit dem rechten Daumen und Zeigefinger umfangen; manchem gilt dieser Test als Maßstab für das ideale Körpergewicht. Dagegen sind meine Zehen krumm und meine Füße so groß, daß Leo und ich dieselben Schuhe tragen können.

Mich dürstet schon bei dem Gedanken, daß ich Durst haben könnte; wo ich auch hinkomme, halte ich Ausschau nach einem Gasthaus. An Leos Seite sehne ich mich bereits nach dem Zustand einer überwundenen, enttäuschten Liebe, die den Anfang der nächsten in sich birgt. Ich glaube, daß jede Liebe im Kern das Verlassen und Verlassenwerden enthält. Und ich bin süchtig nach Sehnsucht, als wäre ich vierzig.

Wenn kein Glas zur Hand ist, bücke ich mich über das Waschbecken, öffne den Mund, sobald der Wasserstrahl meine Lippen berührt, auf die Gefahr hin, daß mein Dekolleté naß wird. Ich habe immer einen Vorrat Papiertaschentücher bei mir, seit die Lufttrockner Handtücher und Papiertücher verdrängt haben. Mein nasser Ausschnitt paßt so wenig unter das Heißluftgebläse wie meine Füße in elegante Damenschuhe. Ich bin für alles eine Nummer zu groß.

«Ich liebe große Frauen», sagt Leo und betrügt mich nach einem Jahr mit einer Geographiestudentin, die hennarote Haare hat und mir nur bis zu den Schultern reicht. Ich betrüge ihn auch. Als er es erfährt, weinen wir beide und fangen von vorne an. Doch das nächste Mal komme ich ihm zuvor: Ich bleibe über Nacht bei seinem besten Freund und habe nicht die Absicht, ihm davon zu erzählen.

Leo nennt mich stark und fest. Ich gebe alles. In Wahrheit hält mich nichts zusammen.

Es ist immer dabei. Wenn ich ausgehe, wartet es darauf, daß ich für einen Augenblick nicht abgelenkt bin, und macht sich bemerkbar. Es zerrt mich aus einem hellerleuchteten Raum in eine dunkle Ecke, schickt mich in den Korridor oder auf die Treppen, die in den Keller führen. «Jetzt hörst du mir zu.» Ich versuche, wieder an den Tisch zurückzukehren, versuche, die Tür zum Eßzimmer zu öffnen, hinter der laut gelacht wird. Es sucht in allem Bedeutung, sucht das Gelächter zu entziffern, langweilt sich oft, weil es nichts Ähnliches erkennen kann, weil es sich nur verstanden fühlt, wenn es entdeckt wird.

Ich habe Gesellschaften oft fluchtartig verlassen, bin, ohne mich zu verabschieden, verschwunden oder für ein paar Minuten, für eine halbe Stunde ins Dunkle getreten, habe gehofft, daß einer nachkommen würde, daß einer es verstünde, mich anzusprechen.

Es macht fast keinen Unterschied, ob jemand die gleiche Sprache spricht oder nicht.

In den dunklen Ecken sucht jeder nach Licht. «Gehen wir zurück.» Mitten im Gespräch laufen die Raucher davon, haben ihre Zigarette ausgedrückt, die Hand Richtung Tür erhoben, die Gesten mit Sätzen unterstrichen: «Es ist kalt hier. Wollen wir nicht?»

Wir waren nirgendwo. Nicht einmal stehengeblieben. Es gibt im Eßzimmer keine Sätze, an die man anknüpfen könnte. Kein allgemein gebräuchliches Wort für das Dunkel in den Ecken, auf den Kellertreppen, für die Langeweile, die ausschließt. Es hat keinen Namen.

In den Nächten wird fortan getrunken, weil alle trinken, weil das Leben erst begonnen hat und jeder machen kann, was er will. Ich habe keine Wahl, trinke Wasser und finde mich ab.

Jahrelang bin ich scheu und zurückhaltend, schnell verlegen; ich schaue den anderen zu, wie sie sich betrinken und sich um ihren Verstand bringen.

Einmal trinke auch ich und trumpfe auf. Der Alkohol schießt mir ins Gesicht, als entdecke er eine heimliche Lüge. Ich erröte, und die Runde behält mich im Auge. Als ich in meiner Tasche kein Make-up finde, stehe ich auf und verlasse das Gasthaus. In der nächsten Straße übergebe ich mich zwischen geparkten Autos, halte mich an einer Stoßstange fest. Ich wische mir den Mund ab und spaziere nach Hause. Es regnet heftig. Der Wind zerstört die Kreise der Regentropfen in den Lachen. Ich denke an herunterfallende Ziegelsteine, höre das Knacken in den Bäumen. Aber kein Ast wird mich erlösen; meine Vorahnungen sind anderer Art. Ich werde die Angst nicht mehr los, obwohl ich längst ein Dach über dem Kopf habe, das heiße Wasser der Dusche mich wärmt. Ich fühle, daß eine andere Zeit kommen wird, eine, die nicht vergeht wie früher, die sich nicht mehr mitteilen läßt, die aus der Erfahrung fällt, eine, die ich nicht mehr aufzählen kann wie ein Kind an seinen Fingern die bereits gelebten Jahre.

Leo hat einen Überschuß an Kräften, gibt mir aber nichts davon ab. Auf sonntäglichen Wanderungen setze ich mich an den Wegesrand und streike, bis Leo den Rucksack öffnet, um mich mit Proviant zu versorgen.

Immer öfter richte ich mich ein in der Vergangenheit, mache die Reisen, die ich schon gemacht habe, noch einmal. Ich fahre die Bilder ab, besuche meine Großmutter in den siebziger Jahren und rede mit ihr über Heute und Morgen. Ungebremst rase ich auf Landkarten in den Süden, ziehe Photos aus den Schubladen und sehe mich glücklich in den Sommern, weiß mich aufgehoben in den Armen meines Vaters, sehe mich schwimmend im adriatischen Meer, in den Seen Kärntens, ohne Gedanken an den ungestillten Durst. «Hier trink.» Und ich trinke, was die Flasche hergibt, damals schon.

Beppe war ein geduldiger Zuhörer; gelegentlich nickte er zur Theke hin oder hob die Hand, um jemanden zu grüßen, der zur Tür hereinkam.

Gegen Mitternacht hörte ich auf zu reden; ich war so konfus, daß ich zweifelte, tatsächlich gesprochen zu haben. Oft saß ich bei Paul im Wohnzimmer und redete in Gedanken mit mir selbst, weil er in seinen Archivunterlagen blätterte und keine Zeit für mich hatte. Ich erzählte, ohne die Lippen zu bewegen. Und auch jetzt schien es mir, als hätte ich mich schweigend verausgabt.

«Wollen Sie noch etwas trinken?» fragte Beppe und deutete mit dem Daumen über seine Schulter in Richtung Ausgang. «Kennen Sie die Dame, die neben der Garderobe steht? Sie ist schon zweimal an unserem Tisch vorbeigegangen.»

«Ich kenne sie nicht persönlich, habe sie aber schon öfter auf Vernissagen gesehen», sagte ich, verschwieg aber, daß Erna und ich sie «DD», «dünne Dame», nannten. DD ließ keine Eröffnung aus, und wie die Bilder und Skulpturen, die sie sich jedesmal mit großem Interesse ansah, gehörten auch wir zum Programm. Wenn beim anschließenden Abendessen im Gasthaus neben der Galerie alle Stühle besetzt waren, holte sie sich einen Gartenstuhl und stellte ihn neben Erna, die jedes «Darf ich?» mit einem «Ja» beantwortete. DD sprach wenig, sagte manchmal gar nichts, strich sich nervös über den linken Ärmel und saß den ganzen Abend vor einem Espresso oder einer Cola, von der die Hälfte im Glas blieb. Ihre Hautfarbe hatte einen gelblichen Ton, den ich auf die ungesunden Getränke zurückführte. Mir fiel auf, daß sie sich immer dann in ein Gespräch mischte, wenn es um Städte ging.

«Paris», sagte sie, «ja, Paris ist eine grandiose Stadt. Ich habe dort gelebt.» Oder: «Von 1992 bis 1994 war ich in Rom.» Und als Erna von ihrer letzten Tokyo-Reise erzählte, fragte sie sofort nach, ob sie sich die Shinkej- und Hokusai-Bilder des Fuji angesehen habe. «Was für ein Berg», schwärmte DD, «auf dem der Rauch den Schnee frißt und der Schnee das Feuer.»

Von Shinkej gebe es fünfundzwanzig Ansichten, die alle denselben Blick auf den Heiligen Berg zeigten. Meistens belehrte sie uns; sie nannte die Höhenmeter und die Anzahl der Besucher, die zwischen Juli und August zum Kraterrand wanderten. Erna hielt sie für unsicher, weil sie nur von sich aus redete; sprach man sie an, schwieg sie sofort. Ich mußte an die Kühe denken, die einem den Hintern zeigen, sobald sie sich von Menschen bedrängt fühlen; sie tun so, als wären sie nicht auf der Wiese, obwohl sie neugierig sind. DD gab manchmal vor, die Frage nicht gehört zu haben, die man ihr gestellt hatte; sie verfiel in ein dümmliches Lächeln.

Ich bestellte die achte Flasche Mineralwasser an diesem Abend und genehmigte mir eine Ausnahmezigarette, die ich am Nebentisch schnorrte. DD nützte den Augenblick, um zu uns an den Tisch zu kommen. Sie streckte mir ihre feuchte Grußhand hin und setzte sich zu uns, ohne zu fragen.

«Ich brauche jetzt einen Wodka», sagte Beppe, zog die Schultern hoch und ließ sie wieder fallen, wohl um anzudeuten, daß ihm die Anwesenheit der anderen Dame egal sei oder ihm die Höflichkeit verbiete, sie abzuweisen. Als das Wasser kam, gab er seine Bestellung auf; DD nippte wie gewohnt an einer Cola.

«In Moskau», sagte DD, «beginnt der Tag mit Kascha.» Beppes Wodka nahm sie zum Anlaß, um von ihrer Rußland-Reise zu erzählen; es folgte ein umfassender Bericht über die marginale Rolle der zeitgenössischen Kunst in der russischen Hauptstadt.

«In der Elf-Millionen-Stadt gibt es nur sechs bedeutende Galerien», ereiferte sie sich; die anfängliche Röte in ihrem Gesicht war verflogen, und sie redete nun ohne Pause weiter.

«Vergleichen Sie das einmal mit Wien oder Berlin», sagte sie zu Beppe gewandt. Der zog es vor zu schweigen, obwohl er die Verhältnisse dort kannte; er sah mir zu, wie ich rauchte. Und ich merkte, daß ich nervös wurde.

DD empörte sich über Surab Zeretely, der für seine kitschigen Skulpturen Millionen aus der Staatskasse erhalte. Erst habe er eine Columbus-Skulptur nach Amerika verkaufen wollen, und als das Geschäft nicht zustande gekommen sei, habe er den Entdecker in den Zaren verwandelt. Um die Höhe des Bronzemasten anzuzeigen, hinter dem jetzt Peter der Große das Steuer hält, riß sie den linken Arm in die Höhe. Dabei rutschte der Ärmel herunter und legte den Unterarm frei. Ich erschrak. Es gab kein Stück Haut, das nicht durch Narben oder Gefäßwülste verunstaltet war.

«Zeretely», sagte Beppe, «ist ein enger Freund von Bürgermeister Lushkow, daher wird es ihm auch in Zukunft nicht an Aufträgen fehlen.» Er winkte den Kellner herbei, um zu zahlen.

«Oh», sagte DD, «habe ich Sie gestört?»

«Nein, nein. Wir wollten ohnehin gehen, nicht wahr, Marianne?» Das klang angesichts meiner noch vollen Mineralwasserflasche nicht sehr überzeugend.

Ich schwieg, lächelte DD an.

«Und erst die Piroggen», sagte DD, dieses Mal an mich gewandt, «Sie kennen doch die Piroggen?»

Ich glaubte ihr kein Wort mehr.

«Ja, gehen wir», sagte ich und tastete unter dem Stuhl nach

meiner Tasche. Als ich noch einen Blick auf DDs Unterarm erhaschen wollte, sah ich, daß sie den Ärmel bis zum Handrücken vorgezogen hatte. DDs Reisen, das wußte ich auf einmal, waren alle erfunden.

V

Morgens wachte ich früh auf und konnte mich an nichts mehr erinnern. Ich hatte mein Leben vergessen und lebte augenblicklich ein anderes. Meine innere Suchmaschine war ausgefallen. Nach einer kurzen Nacht, die ich, was ungewöhnlich war, im Tiefschlaf verbracht hatte, war es einfacher, mir eine normale Biographie vorzustellen. Ich war keine andere als die, die ich gern sein wollte: Ich sah die Welt nicht durch meinen Körper, weil er schwieg.

Sonst stolperte ich aus dem Schlaf und wußte alles. Mit geschlossenen Augen erkannte ich die Welt. Ich hörte die Bilder und roch sie, sie waren laut und schwarz. An diesem Morgen rettete ich mich in den nächsten Traum.

Als ich zum zweiten Mal erwachte, blickte ich mich enttäuscht im Zimmer um. Ich wälzte mich auf Pauls leere Seite und kniff die Augen zusammen. Es waren noch zwei Tage bis zur nächsten Untersuchung, drei bis zur Befundbesprechung. Und wieder lief ich in Gedanken durch die Stadt. Der Tod spielte mit mir. Ich wußte ihn an meinen Fersen, wußte ihn immer in der Nähe, selbst dann, wenn er sich keine große Mühe gab.

In drei Tagen, dachte ich und zog die Fingernägel über das Leintuch, war der Abstand gemessen; dann weiß ich für diesen einen Lauf, wie ich mich geschlagen habe, und dieses eine Spiel wird Aufschluß geben über alle Spiele, die er mit mir treibt.

Ich bewegte meine Zehen und öffnete die Augen: Das Licht war schmerzhaft grell, obwohl der Wecker 8.16 Uhr anzeigte. Pauls Kissen, an dem ich sehnsüchtig schnüffelte, roch nach Waschmittel.

Mit jeder Minute, die ich länger im Bett verbrachte, wurde es schwerer aufzustehen; die weißen Vorhänge verwandelten sich in eine Leinwand, auf der alte Filme abrollten. Einer zeigte die Abteilung, in der man mich zum ersten Mal behandelt hatte, in einem gerade erst fertiggestellten Klinikgebäude. Ich irrte durch die Gänge, lief treppauf, treppab, stand endlich am gesuchten Ort. Dort saß eine Schwester hinter Glas und gab Daten in den Computer ein.

Der nächste Film riß mitten in der ersten Einstellung, weil das Telefon klingelte. Ich sah mich noch bei der Aufnahme in einem anderen Krankenhaus, sah, wie mich die Schwestern unter die Lupe nahmen. Sie musterten mich wie eine, von der man schon weiß, daß man lebenslänglich mit ihr zu tun haben wird. Nur mir war damals nicht klar, wie oft wir uns in Zukunft wiedersehen würden.

Als ich vorm Telefon im Vorzimmer stand, lief bereits das Band an, der Anrufer hatte aufgelegt.

Ich duschte, setzte Kaffee auf und füllte eine Karaffe mit Leitungswasser, dann sah ich die neuesten Artikel für die Zeitschrift «Kunstblätter» durch. Ich arbeitete bis zum Mittag und kämpfte gegen die Müdigkeit. Der Kaffee jagte das Blut durch die Gefäße und Herzkammern, daß es pochte. Ich bekam rote Wangen und schwitzte. Um den Druck auszugleichen, schüttete ich den restlichen Kaffee in den Abfluß, trank Wasser und legte mich kurz auf das Sofa.

Ich lag da, ohne zu lesen; ich war jetzt in diesem beschäftigungslosen Zustand, in dem nur die Blicke wanderten; sie sahen die Wolken im Fensterquadrat und wandten sich von ihnen ab. Alles war zu schnell, zu intensiv. Wenn das Blut in mir raste, sehnte sich mein Körper nach abgedunkelten Räumen, nach Stillstand.

Ich wickelte die Druckmanschette um meinen Oberarm, steckte das Stethoskop ins Ohr und pumpte, bis die Manschette schmerzte und die Blutgefäße abdrückte; in diesem Augenblick öffnete ich das Ventil am Blasebalg: Der Druck ließ langsam nach, die Luft strömte aus. Ich behielt die Meßskala im Auge, notierte das erste Klopfgeräusch, den oberen Wert. Ich befreite durch das Ablassen der Luft die Blutgefäße vom Druck; das letzte Klopfen zeigte den unteren Wert an, bei dem das Blut ohne Einengung durch meine Adern fließen konnte. Waren die Zahlen hoch, fühlte ich mich elend, waren sie niedrig, sprang ich auf und dachte an den nächsten Espresso.

Ich wählte Leos Nummer und verabredete mich mit ihm zum Mittagessen; zehn Minuten später rief er zurück und fragte, ob es mich störe, wenn Holztaler dazustieße. Ich sagte nichts dazu. Eigentlich wollte ich einen Abstecher in die Vergangenheit machen; die Vergangenheit war schöner als die Zukunft. Holztaler hatte darin nichts zu suchen.

«Wie geht es dir?» Leo stürmte auf mich zu und vergaß zu grüßen. Mit dem Kuß an die Schläfe kam bereits die Frage.

Idiot, dachte ich und zog die Mundwinkel nach oben, als lächelte ich.

«Du siehst blendend aus», hakte er nach. «Paul scheint dir gutzutun.»

«In homöopathischen Dosen hättest auch du mir nicht geschadet.» Ich steckte die Sonnenbrille ins Haar, um ihn besser betrachten zu können. «Du siehst aus, als würdest du zuviel arbeiten.»

«Findest du?» Er war verunsichert.

Leo ließ mich am Eingang stehen, drückte mir seine Einkaufstasche in die Hand und ging durch die Tischreihen, um nach dem Kärtchen mit der Reservierung zu suchen, auf der sein Name stehen sollte. Er fand es nicht.

«Du hast vergessen anzurufen», sagte ich hinter seinem Rücken. Er stand an der Theke und verhandelte mit dem Inhaber. Man wies uns den Tisch neben der Toilette zu.

«Melde dich, wenn dir daran liegt, mit mir essen zu gehen, und grüße Holztaler von mir.» Ich drehte mich um und machte Anstalten, das Lokal zu verlassen.

«Was hast du?» Leo hielt mich am Arm.

«Wir haben uns seit Wochen nicht gesehen, und du hast es nicht der Mühe wert gefunden, einen Tisch zu reservieren. Außerdem willst du dich ohnehin nur mit Holztaler treffen.»

«Komm», er hielt mich mit der einen Hand fest, mit der anderen strich er unbeholfen über meinen Rücken, «laß uns jetzt essen.»

Dieses Gespräch, dachte ich, hätte genauso auch damals stattfinden können.

«Du brauchst mir keinen roten Teppich auszurollen», kam ich ihm zuvor, «du brauchst nur einen normalen Tisch zu bestellen. Ich habe keine Lust, eine Stunde lang Klogerüche einzuatmen.»

Leo rief den Kellner herbei, bat höflich um einen anderen Tisch und schob mich, als der nicht zu bekommen war, verärgert zur Tür hinaus.

Ich sah Leos Rücken vor mir, die grauen Stellen am Hinterkopf. Er hatte sich zur Straße gewandt und schaute den Autos nach. Ich spürte seine warme Hand, obwohl sie längst außer Reichweite war und eben den Ampelknopf drückte. Als es gelb leuchtete, lief Leo schon über die Straße, ich hinter ihm her.

«Du hast Holztaler herbestellt, damit wir nicht über uns reden müssen.» Ich überholte ihn und sperrte ihm, auf der anderen Seite angekommen, den Weg ab. «Jetzt hörst du mir mal zu.»

Leo las die Schlagzeilen auf den Plakaten vor dem Zeitungskiosk.

«Ich mag Holztalers Gier nach Geschichten nicht, das weißt du. Selbst wenn ich lüge und ihm sage, ich wäre im Krankenhaus gewesen, die Befunde seien stabil, will er eine Geschichte. Er bohrt nach der Geschichte. Er will das Geschehen und die Eindrücke in chronologischer Reihenfolge, damit sich's hinterher leichter schreibt. Es reicht nicht, daß ich sage, was mir fehlt. Er will alles wissen, will einen Anfang, die Fortsetzung und das spektakuläre Ende. Verschone mich, hörst du?»

«Du spinnst. Erzähl ihm nichts, damit ist die Geschichte zu Ende.» Leo machte einen Schritt zur Seite, als fühlte er sich bedroht.

Ich blieb stehen und merkte, wie mir das Wasser in die Augen trat. «Aber auch das Schweigen verwandelt sich bei ihm zur Geschichte, aus jeder Entschuldigung wächst eine Geschichte, jeder Kalauer wird ausgewalzt zu einer Geschichte.» Jetzt drehte ich ihm den Rücken zu, wischte die Nässe aus den Augen.

«*Du* machst Geschichten», sagte Leo und zog mich mit Kraft an sich.

«Sei nicht so grob.»

«Ich wollte dich nicht verletzen, ich wollte dich nie verletzen, das weißt du.»

«Nein», sagte ich trotzig. Auf der anderen Seite winkte Holztaler.

Wir saßen vor einem der Marktstände auf der Straße und löffelten alle drei die gleiche Rindssuppe. Ich war froh um den Lärm, selbst um die Müllmänner, die rücksichtslos neben uns die Container abstellten, um sie gleich darauf auf den Lastwagen zu hieven und zu leeren. Jemand kaufte am Nachbarstand Kamelien, wartete aber nicht auf die Verkäuferin, sondern steckte den eingerollten Geldschein unter die Klammermaschine und ging fort; die rosafarbenen Blüten waren mit Wasser besprüht.

Ich legte den Löffel auf die unberührte Serviette und sah den beiden zu, wie sie die faserigen Fleischstückchen zum Mund führten.

«Du bist fertig?» Holztaler warf einen Blick auf meinen halbvollen Teller und zog die Stirn in Falten.

«Danke», sagte ich und rückte mit dem Stuhl zur Seite, weil mich die Frau am Nebentisch unabsichtlich berührt hatte. Diese unnötigen Bewegungen mit der Hand, dachte ich, diese Kopfbewegungen, das Zurückwerfen des Haars, auch wenn es ihr nicht ins Gesicht gefallen ist. «Danke», flüsterte ich ein weiteres Mal und wunderte mich. Immer öfter sagte ich etwas, ohne es eigentlich zu wollen, verselbständigten sich Sätze und Wörter. Aus der im Schweigen verankerten Sprache lösten sich kleine Bestandteile, kamen an die Oberfläche und schwammen wie Fremdkörper in den Gesprächen der anderen.

Der und die und das und jenes; Holztaler erzählte in einem fort. Ich hörte nicht hin, betrachtete die Blumentöpfe, den

Zierkohl, den ich nicht leiden konnte, weil er aussah wie eßbares Gemüse, die Zyklamen, eine Kindheitszimmerpflanze, deren Rot wiederum an die Vriesea erinnerte, die bei uns im Treppenhaus gestanden hatte. Meine Gedanken blühten ebenso bunt und wirr wie die Pflanzen vor dem Laden, doch plötzlich sah ich zwischen den verschiedensten Stöcken und Schnittblumen die weißen Lilien. Sie steckten in einer Vase hinter dem Schaufensterglas, in dem sich die Bushaltestelle spiegelte; an ihnen wie auch an den Kamelien standen alle Blüten offen.

Wären Leo und ich für einen Augenblick allein gewesen, er hätte mich bestimmt darum gebeten, Holztaler weniger deutlich spüren zu lassen, daß mir nichts, aber auch gar nichts an diesem Gespräch lag, daß ich lieber mit Leo einen Spaziergang durch unsere Jahre gemacht hätte.

Im Lärm verstand ich die Namen nicht, die Leo nannte, dachte nur, als ich mitbekam, daß sich zwei getrennt hatten: Jetzt wird in den Gesellschaftsköpfen wieder umgeblättert und neu formuliert, neu geschrieben: Sie sind nicht mehr ein Paar. Und dieses Blättern in den Köpfen wird sich nicht verheimlichen lassen.

Die beiden unterhielten sich prächtig. Ab und zu boten sie mir eine Scheibe Brot an, gossen Wasser ins Glas oder ließen mich von ihrem Essen kosten, das sie – beide gleichzeitig – in meine Richtung schoben, so daß die Teller heftig aneinanderstießen und schepperten.

«Was hast du für schöne Haare», unterbrach Holztaler mit einem Mal Leos Redeschwall und strich über meinen Kopf. «Du hast so schöne Haare», hörte ich Paul als Echo in meinen Gedanken sagen und lächelte.

Ich suchte Leos Blick, doch Leo schlug die Augen nieder und kratzte mit der Gabelspitze auf seinem Teller herum.

Als Holztalers Hand wie zufällig von meinem Haar auf meine Schulter rutschte, griff ich nach dem Mineralwasser. Er verstand und zog sie zurück. Leo spielte noch immer mit seiner Gabel; an seinem oberen Tellerrand befand sich jetzt die Zeichnung eines weißen Gitters auf braunem Grund. Ich holte meinen Notizblock und einen Bleistift aus meiner Tasche, legte beides vor ihm hin und grinste.

«Stört es dich?»

«Aber nein», sagte ich und dachte an die Studienzeit, an all die Manuskripte, deren Ränder voller Verzierungen waren; am liebsten zeichnete Leo Vögel oder stilisierte Schmetterlinge.

Er verstand nicht, daß ich nach Anknüpfungspunkten suchte. Ich war gierig nach Vergangenheit, rekonstruierte meinen Körper im abgelebten Leben, weil ich ihn dort sicher wußte.

Es wäre für Leo ein leichtes gewesen, auf mich einzugehen, aber er stellte sich an, als hätte es unsere Zeit nicht gegeben, als hätte ich ihrer nie bedurft. Mit der gleichen besinnungslosen Wucht, mit der ich in seine Arme gefallen war, fiel ich aus diesem Verhältnis wieder heraus.

Holztaler rauchte unterdessen; er hielt die Zigarette an den Körper gedrückt, um zu vermeiden, daß mir der Rauch in die Nase stieg. Wenn er die Asche wegstippte, sah es aus, als spielte er Tennis und übte die Vorhand.

Nachdem Leo das Essen bezahlt hatte, bestand Holztaler darauf, uns zu einem Espresso einzuladen; wir gingen ins nahegelegene Kaffeehaus, weil die Tische auf der Straße besetzt waren. Schon auf dem Weg dorthin begann er von einer Kollegin zu erzählen, die seit Jahren ihren Mann betrog. Offenbar hatte sie Holztaler ihr Herz ausgeschüttet, oder es erfaßte ihn wieder die Lust am Fabulieren. An manchen Stellen glaubte ich, Holztaler selbst in der Rolle des Liebhabers zu erkennen; seine Augen glänzten, als hätte er noch vor wenigen Minuten mit der Frau geschlafen.

Leo hatte es sich auf der Bank bequem gemacht und betrachtete mich verstohlen. Es war das erste Mal an diesem Tag, daß ich lachen konnte.

«Am Ende», Holztaler nahm die Stimme etwas zurück, «war sie völlig fertig. Man muß sich das mal vorstellen: Der Ehemann kann jeden Augenblick nach Hause kommen, und sie kriegt die Weinbeere nicht wieder raus, die ihr der Liebhaber zum Abschied hineingesteckt hat. Und dann kommt auch noch die Putzfrau ins Zimmer.»

Leo grinste, sagte aber nichts.

«Und? Keine Geschichten?»

«Ich weiß nicht», sagte Leo, «ich stehe nicht auf Traubensaft.»

«Was gefällt ihm denn?» fragte Holztaler und zeigte mit dem Daumen auf Leo.

Ich zuckte mit den Schultern.

«Von euren spärlichen Sätzen ließe sich nicht einmal eine Short story produzieren.» Er äugte kurz ins Portemonnaie und bestellte einen Grappa.

Der Tag war gelaufen. Holztaler, der sich zwischen zwei Romanen befand, hatte alle Zeit der Welt und animierte Leo dazu blauzumachen. Auch ich blieb sitzen, trank sogar zwei Schnäpse, löschte das Brennen mit entsprechend viel Wasser und kühlte die Wangen mit den Händen.

Je später es wurde, desto mehr genoß ich auf einmal die Gesellschaft der beiden Männer. Manchmal gerieten ihnen durch den übermäßigen Alkoholkonsum die Selbst- und Mitlaute aus ihrer Sprachbahn; die verbalen Pirouetten meiner

Begleiter erinnerten mich an das Balzverhalten unserer Stadttauben; diese fast schon gelallten halblauten Komplimente hörten sich an wie das Geruckse auf den taubenreichen Plätzen der Innenstadt, und mit ihren nickenden Köpfen sahen die beiden aus wie die grauen Vögel, die mit ihrem Verbeugungsgurren einen nicht enden wollenden Tanz aufführten.

Wenn Leo trank, wurde er sentimental. Ich konnte mir seine Gefühle nicht leisten, schon deshalb nicht, weil ich selbst, im leicht angetrunkenen Zustand, zu Rührseligkeit neigte. Obwohl wir uns vor einigen Jahren getrennt hatten, waren wir lange nicht voneinander losgekommen. Wir verabredeten uns heimlich in Hotels, bis Leo Vera kennenlernte. Trafen wir einander jetzt in einer der beiden Wohnungen, achteten wir auf die Anwesenheit unserer neuen Partner oder luden Freunde ein. Zu zweit sahen wir uns nur in Kaffeehäusern oder Restaurants, und abgesehen von den üblichen Begrüßungsküssen wichen wir einander aus.

Leo und ich saßen auf der Bank, Holztaler hatte das große Fenster, hinter dem sich der Markt befand, im Rücken und thronte an der gegenüberliegenden Seite des Tisches; er konnte nicht bemerken, daß unsere Oberschenkel immer enger aneinanderrückten.

Den beiden schien der Gesprächsstoff auszugehen, oder es lag an der Anzahl der Grappas, daß sie eine Zeitlang nichts sagten.

«Wollen die nun alle lebendigen Leibes in den Himmel?» unterbrach Leo das Schweigen. Er hatte mit einer Hand in alten Zeitungen geblättert, die neben ihm auf der Bank lagen, mit der anderen zupfte er an seinem Nackenhaar.

«Ich hätte nichts dagegen, ein wenig länger zu leben», antwortete Holztaler, ebenfalls die Schlagzeilen lesend.

In diesem Augenblick betrat Beppe das Kaffeehaus; er ging Richtung Toilette. Ich tauchte mit dem Kopf unter den Tisch, als machte ich mich an meinen Schuhen zu schaffen. Nicht jetzt, dachte ich, nicht hier. Aber Beppe war jetzt und hier und überall dort, wo mir der Schweiß auszubrechen drohte. Ich wollte nicht, daß er Leo kennenlernte, daß er meine Erzählungen durch sein Bild ersetzte.

Über mir brach Leo eine Diskussion über die Gentechnologie vom Zaun, und Holztaler fragte mich besorgt, ob ich etwas suche.

«Nein, nein», sagte ich und kam mit hochrotem Kopf wieder hervor. Ich beschloß, Beppe vor der Toilette abzufangen. Wenn wir uns dort begrüßten und vielleicht für später verabredeten, ersparte ich mir das Zusammentreffen am Tisch.

Als ich aufstand, merkte ich, daß ich nicht mehr fähig war, gerade zu stehen; ich wankte, korrigierte meine unsicheren Schritte, indem ich schneller ging. In der Nähe der Toiletten, außerhalb von Leos Blickfeld, wurde ich langsamer. Mein Zeitgefühl war perfekt: Die Tür ging auf, und Beppe lief mir geradewegs in die Arme.

«Oh!» Mehr brachte er nicht heraus. Wir standen einander gegenüber, verzogen keine Miene. Bevor er sich faßte, ließ ich mich gegen ihn fallen, stand eine Weile an ihn angelehnt vor den Toilettentüren, bis ich mich beruhigt hatte, die Beine wieder fest auf den Fliesen standen. Er nützte die Situation aus, mir nicht ins Gesicht schauen zu müssen, daß ich mit ganzer Kraft in ihn hineinzukriechen wünschte, mich mit Brüsten, Mund und Stirn an ihn schmiegte. Seine Arme hielten mich, seine Finger fuhren über meinen Rücken, unschlüssig und vorsichtig zugleich.

«Das tut gut», sagte er, und ich sagte leise: «Ja.»

Wir wurden von einer dicken Dame mit Hündchen auseinandergerissen, die für sich und ihren Dackel die gesamte Breite des Korridors beanspruchte, und verabredeten uns für den nächsten Tag. Ich log, sagte irgend etwas von einer «wichtigen Besprechung» und flüchtete in die Damentoilette, in der mich ein schwanzwedelnder Dackel mit lautem Gekläff empfing; die Leine war an der Armatur befestigt; hing das Lederband durch und passierte die Lichtschranke, weil sich der Hund dem Waschbecken näherte, schoß das Wasser aus dem Hahn, und der Hund bellte noch lauter. Als ich endlich die Tür hinter mir zusperrte, merkte ich, daß meine Hände zitterten.

«Wir haben uns schon Sorgen um dich gemacht.» Holztaler saß vor einem doppelten Espresso und rauchte, als müßte er punkten.

Leo war verärgert; ich sah es an der Art, wie er mit dem Löffel spielte. «Was an Affen ausprobiert wird, versucht man bald an Menschen.»

«Um so besser», sagte Holztaler, «dann kann man endlich Gelähmte heilen.»

«Es werden nicht Gelähmte geheilt; es wird ihr Kopf auf einen anderen Körper genäht; das kannst du doch nicht als Heilung bezeichnen.»

«Ich versteh' dich nicht. Der Mensch manifestiert sich im Hirn, das wirst du nicht abstreiten, oder? Wo sonst sitzt sein Geist? Im Schwanz, in den Titten?»

«Nicht so laut!» fuhr ich dazwischen. Am Nebentisch drehte sich ein Ehepaar nach uns um.

«Der Geist sitzt im Gehirn, davon können wir mal ausgehen; also spielt es auch keine Rolle, welche Hülle ihn trägt, welche Glieder an ihm sind. Der Körper ist nichts anderes als die Betriebsstation, die das Hirn mit dem Notwendigen versorgt.»

Ich betrachtete Holztaler, wunderte mich, wie aufgeregt er seine Meinung äußerte, wollte ihm beipflichten, aber Leo war schneller.

«Nein, so einfach ist das nicht. Stell dir vor, du bist Musiker, du spielst ein Instrument, und plötzlich bist du gelähmt, man näht einen neuen Körper an deinen Kopf – und jetzt spiele, spiele, sage ich dir: Und du wirst keinen Ton rauskriegen. Deine Hände sind nämlich die Hände eines Metzgers, oder vielleicht kriegst du die zu kurzen Finger einer Köchin!» Leo lachte und schüttelte den Kopf. «Er ist verrückt», sagte er zu mir gewandt und deutete auf Holztaler. «Seine Lebensverlängerung ist doch nur Sterbensverlängerung.»

«Aber so einer hat kaum Überlebenschancen», warf ich ein, «bei schweren Lähmungen versagen doch die Organe. Was liegt also näher, als alle Möglichkeiten auszuschöpfen, die ihn retten könnten?»

Holztaler nickte und sah mich lange an. Einen Augenblick dachte ich, er habe sich auf diese Diskussion nur eingelassen, weil er Stoff für seinen neuen Roman brauchte, dann verwarf ich den Gedanken.

«Was heißt hier: alle Möglichkeiten?» sagte Leo. «Wer werden diese Spender sein? Menschen aus der Dritten Welt? Die man umbringt, um ihre Körper an berühmte Köpfe zu nähen? Die Make-up-Industrie wird blühen.» Er drehte das Schnapsglas hin und her, nippte dann daran.

«Wie redest du denn? Ich erkenne dich nicht wieder.» Ich bekam Kopfschmerzen vom vielen Alkohol, schloß die Augen, um all die sinnlosen Bilder loszuwerden: schwanzwedelnde Hunde, vorbeieilende Ober, das Ehepaar am Nebentisch, das sich anschwieg.

«Es ist ein Unterschied», sagte Holztaler, «ob man aus Berufsgründen neugierig ist oder sich wissenschaftlich mit gentechnischen Veränderungen auseinandersetzt. Das sind doch lauter Schlagwörter und Sensationsmeldungen aus der Zeitung.» Er erhob sich und ging auf die Toilette. Leo und ich saßen schweigend nebeneinander, dann begannen wir beide gleichzeitig zu sprechen, verstummten aber, als wir in der eigenen Stimme den anderen hörten.

«Sprich», sagte Leo.

«Nein, du.»

«Die Ansätze sind ja in Ordnung», begann Leo.

Ansätze, Ansätze, fuhr ich gedanklich dazwischen. In meiner Überlebensfrage dulde ich keine Halbheiten. «Aber?» fragte ich laut, und da er einen Augenblick zögerte, sprach ich weiter: «Es ist zuwenig, wenn du dich nur mit den Ansätzen einverstanden erklärst.» Deine Ansätze, dachte ich, sind wie angezündete Sätze, die du ausbläst, bevor sie brennen. «Es war immer schon alles zuwenig.»

«Du solltest unsere frühere Beziehung aus dem Spiel lassen», sagte Leo.

«Die meine ich nicht.» Ich schüttelte den Kopf, sah ihn an: «Du erträgst es nicht, daß sich Holztaler auf meine Seite schlägt.»

«Ach», wehrte Leo ab. «Es muß doch auch eine Würde des Todes geben, nicht nur eine Würde des Lebens. Ist das zuviel verlangt? Daß man Kopf und Körper gemeinsam begräbt?» Er lehnte sich zurück, holte tief Atem.

«Warum sprichst du nicht gleich vom ausgeweideten Körper, von der Achtung vor dem verlöschenden Leben?» Ich wurde laut und schüttelte seine Hand ab, die er auf meinen Unterarm gelegt hatte. «Du kannst mich zerstückeln und verschenken, wenn mein Hirn tot ist. Die Würde meines Lebens besteht in meinen Gedanken, in dem, was ich sage, nicht in irgendeiner Drüse oder sonst was. Man kann mir meine gesunde Leber entfernen, die Hornhaut der Augen, die Hände – all diese Eingriffe sind in dem Moment, wo mein Hirn außer Funktion ist, nicht mehr nachvollziehbar. Selbst der menschliche Körper, der nur noch durch Maschinen funktioniert, hängt nur so lange am Leben, wie der Kopf an das Leben denken kann.» Ich hatte Mühe mit dem Sprechen; der Schnaps brannte auf der Zunge.

«Woher willst du das wissen? Es geht doch um dieses ‹als ob›. Die Organentnahmen finden doch statt, als ob die Menschen tot wären.»

«Ich weiß nicht, was du für Vorstellungen hast, aber wer sich selbst nicht mehr denkt, ist tot, Leo.» Ich winkte den Ober herbei, bestellte eine weitere Runde Grappa. Leo sah mich erstaunt an. Einen Moment glaubte ich, er stimme mir zu, doch ich hatte mich getäuscht; es zuckte zwar um seinen Mund, aber er schwieg beharrlich.

«Ich will leben, Leo. Und es tut mir weh, daß du zu denen gehörst, die in ihren Gedanken immer nur bis zur Organentnahme kommen und nicht weiter. Was ist das? Egoistisches Sich-dumm-Stellen oder Dummsein? *Die Organentnahmen finden statt, als ob die Betreffenden tot wären.* Ach, ich kenne diesen Satz aus allen möglichen Zeitungen, aus den verschiedensten Mündern. Von dir habe ich ihn nicht erwartet.»

Das Ehepaar am Nebentisch erhob sich, ging zur Tür, nicht ohne vorher einen Blick auf mich und Leo zu werfen. Die Frau grüßte, und Leo grüßte freundlich zurück.

«Du sagst nichts?»

«Was soll ich dazu sagen?» Leo zuckte mit den Schultern.

Was erwartete ich von ihm? Daß er mich unterstützte, weil wir ein Paar waren? Sein Schweigen machte mich aggressiv. Der Ober brachte die Schnäpse; ich leerte mein Glas in einem Zug.

«Du gehörst also auch zu denen, die immer so tun, als ob, die reden, als ob. Als ob sie nie selbst. Als ob sie immer gesund wären – die Kinder, die Eltern, alle. Du begibst dich wohl nie auf die andere Seite. Du weißt nicht, was es bedeutet, mit dem ersten großen Defekt das Körpervertrauen zu verlieren. Es ist wie mit dem ersten Schlag. Du schlägst mich, und ich ertrage es nicht.» Ich zog das Portemonnaie aus der Tasche, stand schwankend auf, als Holztaler an unseren Tisch zurückkehrte.

«Du verläßt uns?» fragte er und hielt mich fest.

«Laß das», sagte Leo und steckte den Geldschein, den ich auf den Tisch gelegt hatte, in meine Tasche.

«Ich verlasse euch nicht. Ich bin gegangen worden. Schöne Grüße an das blühende Leben an deiner Seite», sagte ich zu Leo gewandt.

Holztaler ließ mich los, zuckte mit den Schultern und setzte sich.

«Ja», sagte Leo, ohne mich anzusehen, «Vera läßt dich auch grüßen.»

VI

Als sie mich hinaustrugen, hatten sie mir die schönsten Schuhe übergestreift, Tanzschuhe mit hohen Absätzen. Man muß sich hineindrehen in den Abgrund, noch einmal den Tod überragen, ehe man für immer fällt.

Um diese Schuhe weinte niemand. Paul besorgte sie auf der

Piazza Nicosia, in dem einzigen Schuhladen Roms, der Übergrößen führt.

Um die Schuhe nicht und nicht um das Kleid, meinem schwarzen Blickfang auch in späteren Zeiten. Manchmal lag der Stoff eng an, und die Knopflöcher spannten.

Als sie mich hinaustrugen, war alles ausgemacht, geregelt, aufgeteilt. Die Last des Aufräumens hatte ich ihnen abgenommen, keiner sollte sie allein tragen, keiner sich plagen mit meinem Hab und Gut. Was übrigblieb, konnte in vorbereiteten Kartons aus meiner Wohnung geräumt werden.

Ich möchte aufwachen eines Tages und eine Gesundheit haben, die nicht ausgeliehen ist, aufwachen und sie besitzen.

Als sie mich vor die Kirche stellten, breitete sich der Tod in den Köpfen aus, und alle trugen sich mit dem Gedanken an das Weiter. Alle liefen in die Tage, liefen zwischen den Metallgrabkreuzen um ihr Leben, flankiert von Scheinzypressen und flachwachsendem Wacholder. Die Vergißmeinnicht blühten ebenso wie die Hortensien am Fußende eines schwarzen Rechtecks.

Ich will kein Efeubeet, kein Klettergewächs, ich will bunte Blumen, keine Ranken, die alles überwuchern.

Die Touristen, die gekommen waren, um die Kirche zu besichtigen, standen in der Nähe und schlossen von der Menschenmenge auf den Beliebtheitsgrad der Toten. Aus Respekt vor den Lebenden hielten sie sich im Hintergrund, vermieden lautes Sprechen. Einer photographierte die Trauergesellschaft und lehnte sich dabei gegen die Friedhofsmauer. Als er sich von ihr löste und auf den Seiteneingang zuging, lamentierte seine Frau, weil sie am Sakko eine zerquetschte ziegelrote Schnecke entdeckt hatte.

Vera beobachtete die Szene vom Auto aus und lachte. Im Innenspiegel sah sie, wie sich ihre Augen mit Wasser füllten und langsam übergingen. Die herunterrinnende Schminke verwandelte sich in eine dunkle Schleimspur.

Die Touristen wühlten in ihren Taschen und fanden nichts, womit sie das Tier hätten entfernen können.

Als sie mich neben dem Grab abstellten, starrte Leo auf die Lilien und dachte an weiße Lappalien.

Hinter der Kirche sah der Himmel aus, als wollte er die Rhododendren und Begonien augenblicklich aus dem Beet schwemmen. Die Haufenwolken türmten sich über dem Längsschiff zu schwarzen Gewitterwolken.

«Erna, meine Liebe», sagte ich am Telefon, «wie schön, daß du dich meldest.» Ich wollte erzählen, aber sie ließ mich nicht.

«Sie ist ein Schnattertier», hatte Paul einmal über Erna gesagt, «sie kann nicht zuhören. Am besten man verschwindet im Gebüsch, überläßt sie dem Teich. Wäre sie ein Videofilm, ich drückte ständig auf die Fast-forward-Taste.»

«Stell dir vor, Frühwald ist ganz begeistert, daß ich seine Bilder in die Ausstellung nehme; er will mich heute abend treffen.»

«Er wird dich zum Dank vögeln», sagte ich, «und dir wird`s die Sprache verschlagen.»

«Nein», antwortete Erna, «ich habe genug von diesen Hamstern; die meisten kommen aus ihrem Karrieretretrad nicht mehr heraus. Ich bleibe allein. Sie sind doch alle gleich. Die älteren haben nichts dazugelernt, die jüngeren inszenieren sich passend zu den Erwartungen, die wir an sie richten. Lauter bequeme Chamäleons, die aber nicht nur die Farbe wechseln, sondern sich gelegentlich wieder in Tretradhamster zurückverwandeln.»

Ich hielt den Telefonhörer zwischen Schulter und Kopf eingeklemmt, hörte Erna zu und tippte gleichzeitig in die Handytasten: Menü Nachricht YES Nachricht Lesen? YES Keine Nachrichten.

«Es war alles umsonst», setzte Erna ihren Monolog fort, «alle unsere Ziele, findest du nicht? Nur wir Frauen haben uns zur Mitte hinbewegt, mit ganzer Kraft. Und jetzt stehen wir da, in der Mitte, wie auf einer Insel, haben zu unseren weiblichen Attributen ein paar männliche dazugewonnen, aber es kommt keiner. Sie sind alle dortgeblieben, auf ihrer fetten Männerseite. Und wenn sich ein paar Richtung Mitte bewegt haben, ein paar dieser Ausnahmemänner, die sogar bereit waren, auf das eine oder andere Privileg zu verzichten, dann hat man sie so lange als Softies beschimpft, bis sie sich wieder ins Tretrad begeben haben. Ich bin es müde zu warten.»

Reif fürs Festland, dachte ich und hatte eine dieser Insel-Karikaturen vor Augen, auf der sich die Palmen bogen, weil für die vielen Frauen auf dem Sand längst kein Platz mehr war.

«Fernbeziehungen funktionieren immer», sagte sie und meinte mich und Paul. Aber ich dachte nicht an Paul, ich dachte an Beppe. Ich sehnte mich und wußte nicht genau, wonach. Nach einem beschrifteten Display, das mich die Einrichtung der Wohnung vergessen ließ, nach einem vollen Band, das den unregelmäßig dahinstolpernden Motor des Kühlschranks übertönte, nach Bildern, die ich betrachten konnte, ohne an eine ikonographische Beschreibung zu denken. Statt dessen sah ich Cesare Ripas Personifikation der Wahrheit vor mir, eine schöne nackte Frau, die ihre Rechte zur Sonne hinstreckt, in ihrer Linken ein offenes Buch und einen Palmzweig hält. Der rechte Fuß ruht auf einem Globus, um anzuzeigen, daß sie über alle Güter der Welt erhaben ist.

Auch die grüne Lampe meines Anrufbeantworters blinkte nicht, und auf dem Display sprang lediglich die Minutenzahl weiter.

Es wurde dunkel; die Pflanzen auf dem Fenstersims schienen ins Glas zu wachsen. Es fiel mir auf, daß Erna nicht mehr stotterte, obwohl sie sich erregte.

«Glaubst du, daß ich noch einmal glücklich werde?» fragte sie. «Ich wünsche mir auch einen Paul, wie du ihn hast. Diese Zuverlässigkeit im Hintergrund.»

«Ja», sagte ich, «zuverlässig ist er.»

«Ich will weder einen Yuppie-Ehemann als Liebhaber noch einen Rasta-Studenten, der mich finanziell ruiniert, verstehst du? Ich hab' sie alle satt, diese Minimalintimitätskünstler, die über einen Coitus simplex nie hinauskommen. Aber ich sehne mich nach einem Mann. Ich halte es ohne nicht aus.»

«Eben wolltest du noch allein bleiben.»

«Es wäre das beste, aber es ist eben nur ein Wunsch», sagte Erna und erzählte von ihrem Telefonat mit dem Fabrikanten, den sie demnächst treffen werde: «Ich will die zwölftausend Schilling zurück. Wenn sie der Sohn nicht zahlt, bitte ich eben den Vater zur Kasse. Und jetzt ziehe ich mich um; in einer Stunde treffe ich Frühwald.»

Wenn sie sich herausputzte, trug sie fast immer ihren Ledermini, der sich beim Sitzen zu einem schmalen Band zusammenzog.

«Und morgen wirst du mir erzählen, daß du bei ihm übernachtet hast.»

«Niemals. Ich kann ihn schon deswegen nicht ausstehen, weil er einer von denen ist, die stets wiederholen, was man ihnen sagt. Kennst du das? Er muß immer alles bestätigen, so als könnte er seinen Ohren nicht trauen. Seinem Gaumen traut er auch nicht; er beschnüffelt die Speisen, bevor er sie ißt. Ekelhaft.» Sie lachte und fügte hinzu: «Aber er sieht gut aus.»

Kaum hatte Erna aufgelegt, klingelte erneut das Telefon. Ich hatte keine Lust mehr auf ein Gespräch und wartete, bis der Anrufer aufs Band sprach. Es war Leo, der sich wunderte, daß ich nicht abhob, wo doch eben noch die Leitung besetzt gewesen war. «Es tut mir leid wegen gestern», sagte er. Ich stand vor dem Gerät und schob langsam den Lautstärkeregler nach hinten, so daß seine Worte immer leiser wurden.

Nachts träumte ich von der Allegorie der Wahrheit. Sie spielte mit dem Himmelsglobus Fußball und warf die Arme ins grelle Mittagslicht. Aus einem der beiden Unterarme hingen die Gefäße wie Kabel, die noch nicht verlegt waren.

Ich stand auf, weil ich nicht mehr einschlafen konnte. Obwohl es mitten in der Nacht war, rauschte draußen der Verkehr. Seit Jahren litt ich unter dem Straßenlärm, fand aber nicht die Kraft, nach einer neuen Bleibe zu suchen. Paul, der den römischen Dauerkrach gewohnt war, fand unsere Wohnung schön. Ich schloß das gekippte Fenster und betrachtete die Steine auf dem Regal, Pyrite, die Paul vorletzten Sommer am Strand der Insel Elba gefunden hatte. Wir waren eigens mit dem Boot in die Nähe der aufgelassenen Bergwerke gefahren. Mineralien waren nichts für mich. Die kalte tote Natur interessierte mich nicht, eher das Blühende, Wachsende, das noch alles vor sich hat. Paul sammelte leidenschaftlich. Ständig kamen neue Steine zu den alten dazu, Bruchstücke aus den verschiedensten Gegenden der Erde, als versuchte er, dem Wesen des Kosmos auf die Spur zu kommen, sich auf diese Weise der ständigen Auflösung zu unterwerfen, das Unvollendete, Zerbrechende in diesen staubfangenden Mineralien nachzuvollziehen.

Ich holte ein Glas Wasser und setzte mich vor den Fernseher. Mit der linken Hand massierte ich den rechten Unterarm, dann drückte ich auf die Fernbedienung, hörte hier ein paar Sätze, dort Musik oder einen Schußwechsel, der in der Stille endete. Wenn ich schlecht geträumt hatte, liebte ich Werbespots, Bilder, die eine halbe Sekunde dauerten, jedoch vollkommen verständlich waren, die mich nicht aufwühlten, sondern beruhigten, trotz ihrer enormen Erzählgeschwindigkeit. Ich betrachtete diese geometrisch perfekten Gesichter, die wohlproportionierten Körper; manche Frauen trugen ihre Blondheit wie einen Heiligenschein, andere ihre Haare wie eine Krone. In ihren weichgezeichneten Körperlandschaften und den ebenmäßigen Zügen ihrer scheinbar unglücklosen Gesichter fand ich die nötige Müdigkeit.

Ich zappte so lange von Werbung zu Werbung, bis mir die Augen zufielen, schleppte mich zurück ins Bett, steckte Pauls Kissen zwischen meine Beine und schlief ein.

«Bitte Ihren persönlichen Code eintippen.» Wieder einmal stand ich vor einem Bancomaten und hatte einen leeren Kopf. Ich versuchte es mit Leos Geburtsdatum, doch der Automat zeigte eine weitere Fehlermeldung an. Weil ich mir nicht sicher war, ob ich beim nächsten Anlauf die richtige Zahlenkombination eingeben würde, legte ich die Karte ins Portemonnaie zurück und spazierte, das Fahrrad neben mir herschiebend, die Allee hinunter. Ich schaute zu den kugeligen Fruchtköpfchen der Platanen und rekapitulierte Geheimzahlen, Pin-Codes, Paßwörter und Kontonummern, doch die Ziffern für den Zugang zum EC-Automaten wollten mir nicht einfallen. War es mein eigenes Geburtsdatum?

Ich schloß das Fahrrad ab und setzte mich vor die Konditorei, um bei einem Espresso Paul anzurufen, meine «Zuverlässigkeit im Hintergrund».

Er hob nicht ab, vermutlich schlief er noch, hatte wieder einmal bis spät in die Nacht in den Kopien und Büchern gelesen. Wir lebten auf den entgegengesetzten Seiten des Tages, weil mich mein Körper zunehmend am Schlafen hinderte, mich zum Nacht- und Morgenmenschen machte, während Paul die Abende, an denen ich vor Erschöpfung einnickte, zum Arbeiten nützte.

Ich war ständig schlafsüchtig, träumte vom Ausschlafen wie Hungrige von einem Mahl, im Wissen, daß es möglich ist, länger ohne Nahrung als ohne Schlaf auszukommen.

«Paul, ruf mich zurück», sprach ich beim zweiten Versuch aufs Band, trank den Kaffee aus, legte die Münzen auf den Tisch und radelte nach Hause.

Mein Zahlengedächtnis verließ mich selten. Wenn ich dem in meinem Befund lesenden Arzt gegenübersaß, konnte ich die auf dem Kopf stehenden Werte in Windeseile entziffern und bis zur nächsten Untersuchung in Erinnerung behalten. Ich täuschte mich nie, weil ich von diesen Zahlen lebte, weil sie die Säulen meines Körpers waren. Verschlechterten sich die Blutwerte, hoffte ich, daß sie bis zum nächsten Mal zumindest nicht weiter anstiegen. Ich hatte Angst vor den veränderten Zahlen mehr noch als vor dem veränderten Körper, und ich wünschte mir nichts sehnlicher als deren Abschaffung. So wie man in Zukunft mit biometrischen Systemen all die Geheimcodes und Paßwörter durch eingescannte Körpermerkmale ersetzen wird, erträumte ich mir Befundbesprechungen, in denen ein Stimmen- oder Gesichts-Check, die Ohrform, eine Hand oder das Nagelbett Auskunft über meinen Zustand gaben. Die Augen des Arztes wären nicht mehr auf ein Blatt Papier gerichtet, sondern sie schauten mir gleich einer Automatikkamera tief in die Augen. Sie fänden mit einem Blick, was ich nicht finden konnte.

Die in Kommazahlen ausgedrückten Nuancen der Veränderung konnte ich an mir nicht erkennen. Wenn die Zahlen in die Höhe kletterten und die Körpersäulen zunehmend aus der Balance gerieten, hatte ich das Bedürfnis, mich anzusehen. Ich stellte mich vor Schaufenster, Spiegelwände und Spiegelschränke, liebte klare Gewässer, in denen ich mir begegnete. Du hast dich noch, sagte ich mir, er hat dich am Leben gelassen, noch nicht geholt.

Schon als kleines Kind soll ich, als man nach mir gerufen hat, zum Spiegel gekrochen sein und mit dem Zeigefinger auf mein Gesicht gezeigt haben.

«Was ist los?» Pauls Satz drang aus dem Chaos des römischen Mittags in meine geordnete Wohnung. Ich fragte nach dem Wetter und erzählte von Erna. Den PIN-Code hatte ich inzwischen als Autokennzeichen getarnt in meinem Adressenverzeichnis wiedergefunden.

«Hast du die Versicherung angerufen?» fragte Paul.

«Ich habe die Broschüre nochmals gelesen», antwortete ich, «den Anruf kann ich mir sparen.» Aus dem Hörer drang lautes Hupen. «Ich werde ohne Lebensversicherung leben», fuhr ich fort, «was bleibt mir anderes übrig? Man wird mich auch nicht holen, wenn ich mich halbtot im Ausland befinde. Für die Biographie, sagt Holztaler, sehe es ohnehin besser aus, wenn man an einem fremden Ort stirbt.»

«Aber warum? Nehmen sie dich nicht?»

«Sie nehmen mich nicht nur nicht, sie haben auch nicht den Mut, mir in normalgroßen Buchstaben mitzuteilen, daß ich nicht dazugehören darf. Und das, weil ich mit einem dikken CK durch die Gegend laufe.»

«CK?»

«Nicht Calvin Klein, chronisch krank», sagte ich.

«Vielleicht sollten wir es bei einer anderen Versicherung versuchen.»

«Ja, genau. Ich versuche es bei dir. Paul Vogel, versichern Sie mich?»

«In den größtmöglichen Buchstaben: Ja», antwortete er. «Ich werde dich überallhin begleiten und dich von überall lebend zurückbringen. Mit meinem Namen stelle ich doch die beste Flugambulanz in den Schatten.»

Eigentlich, dachte ich, ist es verrückt, sich bei einem Menschen sicher zu fühlen, dessen Leben an einem entfernten Ort stattfindet, aber ich wußte keinen, der mir mehr Halt bot. Obwohl ich mir seinen Atem aus dem Hörer holte und wir unsere Stimmen oft nur als Spuren auf den jeweiligen Bändern hinterließen, waren wir einander gewiß.

«Ich werde dasein, wenn es ernst wird», sagte Paul, als hätte er meine Gedanken gelesen.

Ich dachte an die Besuche, als ich das erste Mal im Krankenhaus lag, an die kurzen Aufenthalte an meinem Bett, an das Kommen und Gehen der Schwestern und Ärzte; in keinem Blick fand ich Verdächtiges, kein Wort schien mir gelogen, keine Stimme hatte unmerklich gezittert. Alle mir nahestehenden Menschen waren besorgt, aber das Ausmaß meiner Krankheit blieb ihnen verborgen. Wie, fragte ich mich, erkenne ich, wann es ernst wird? Wenn sich ein Blick scheu und ertappt von mir abwendet? Wenn ein Wort aus der Monotonie eines Satzes herausfällt? Wenn alle um mich herum schweigen?

Paul erzählte von Rom, von den herunterfallenden Steinen und Gesimsen. «Die Häuser werden immer magerer», sagte er, «wie die italienischen Frauen.»

Ich lag auf dem Sofa, mit diesem an nichts haftenden Blick, der zum Dösen verleitete. Die Grappas des Vortags zogen an den Gliedern.

«Hörst du mir zu? Marianne?»

Ich machte ein paar unsinnige Bewegungen, stieß gegen die Tischkante.

«Geht es dir nicht gut?»

«Ich wäre gerne dort», sagte ich und war nun in Gedanken in Fiumicino. Während Paul vom Fortgang seiner Arbeit berichtete, von den vielen Stunden im Archiv, während er seine baldige Rückkehr versprach, stieg ich am Flughafen in den Zug Richtung Termini, von wo er mich abholen würde, raste vorbei an Muratella, vorbei an der römischen Bosch-Niederlassung, an Magliana mit dem viereckigen Kolosseum in der Ferne, an Villa Bonelli, wo die Hühner hinter Verschlägen aufflatterten, vorbei an den Backsteinkondominien, die aus dem Schilf am Gleisrand herauswuchsen. Roma Trastevere, Roma Ostiense, Roma Tuscolana, zählte ich auf und erinnerte mich an die Werbung für den «caffè Kimbo» auf den orangefarbenen Waggons, an die römische Wasserleitung hinter dem Bahnhof.

Ich setzte das vor mir stehende Glas an die Lippen und trank gierig den abgestandenen Saft aus.

«Es geht mir gut», sagte ich zu Paul, der mitten im Satz innehielt, um mir zuzuhören, «es werden nur meine Wünsche ständig unterbrochen. Mein Körper ist ein Störenfried.»

«Welche Wünsche?»

«Du. Rom.»

«Aber du willst doch nicht nach Rom. Wie oft habe ich dich gebeten, mich zu begleiten. Komm doch mit nach Sabaudia.» Hinter Paul starteten Motorräder und Autos, trotzdem hörte ich die Veränderung in seiner Stimme.

«Ich will, aber ich kann nicht.»

«Nein, du kannst, aber du willst nicht», sagte Paul und klappte das Handy zu.

Ich schaute auf meine Fingernägel; die jähe Stille machte mir bewußt, wie schwer es war mit nichts als sich selber. Als «Frau der Abschiede», wie mich Paul einmal nannte, liebte ich die abgerundeten Gespräche, Schlußworte, die das Verstummen ankündigten, die das nachfolgende Schweigen erleichterten. «Paß auf dich auf» oder «Ich denke an dich» waren beruhigende Sätze, mit ihnen rutschte man bedenkenlos aus einem lauten Stadtgespräch in die Ruhe der Wohnung.

Ich hörte mein inneres Pochen und schaltete das Radio ein. Dann schickte ich Paul eine SMS: «Wo ist Deine Geduld? Ich liebe Dich. Marianne.»

Wenn ich vor dem Computer saß, konnte ich, umrahmt von den Dächern der umliegenden Häuser, ein Stück Himmel sehen, das die Form eines Ls hatte. Manchmal gelang es mir, meinen Körper zu vergessen und die Welt durch diesen einen Buchstaben zu sehen; in meiner von Lampen ausgeleuchteten Stadt behielt er auch nachts einen Hauch von Blau und Gelb.

«Ich dich auch, testarda!» schrieb Paul zurück.

«Mein Lieber», begann ich eine E-Mail, «Du hast zwar die Geduld für Deine winzige Handytastatur, aber für einen netten Schlußsatz» – hier unterbrach ich meine Nachricht und beendete die Seite.

Ich war, was Paul geschrieben hatte: starrköpfig. Wer einen durchlässigen Körper besitzt, braucht einen dicken Schädel.

An diesem Nachmittag korrigierte ich die restlichen Artikel für die «Kunstblätter», dann stopfte ich mich mit Fernsehereignisfetzen voll und schluckte die doppelte Portion Entwässerungstabletten, damit ich vor Beppe eine gute Figur hatte. Eine knappe Stunde bevor wir uns trafen, legte ich mich auf den Boden, dicht an die Wand, kletterte mit den nackten Füßen Richtung Decke, bis die Beine durchgestreckt waren. Die Ödeme, hoffte ich, würden nun wasserfallartig in mein Becken stürzen und von meiner Blase entsorgt werden.

Doch in den hochgelagerten Beinen rührte sich nichts; ich lag da, suchte die Decke nach Sprüngen ab.

Erna fiel mir ein und ihre Frage, ob ich denn immer wisse, was Paul genau in Rom mache. Er saß seit vier Jahren im italienischen Staatsarchiv und in den verschiedenen Dokumentationszentren der Ministerien oder las sich zu Hause, in San Lorenzo, durch das Leben mir völlig unbekannter Menschen. «Ich muß wissen, warum der italienische Teil der Familie meines Vaters überleben konnte, während alle anderen deportiert wurden», begründete er einmal seine Arbeit vor Holztaler. Paul konnte sich in die unterschiedlichsten Menschen hineinversetzen und vergaß darüber sich selbst.

Ich stand auf und rief ihn an; er meldete sich nicht. Ich wurde unruhig, überlegte kurz, die Verabredung mit Beppe abzusagen, zwängte mich dann aber doch in die enge hautfarbene Stützstrumpfhose, die mich an meine Großmutter erinnerte. Meine Beine sahen aus wie prall gefüllte Säcke.

«Ich weiß nicht, was du hast; sie sind völlig normal», hätte Paul mich beruhigt. Ich lief zum großen Spiegel und wieder zurück ins Badezimmer, doch das Nylon zwickte im Schritt und spannte derart um die Oberschenkel, daß ich mich mit Gewalt von ihm befreite; ich schnitt mit der Nagelschere in den Bund und riß es herunter.

Wenn Paul wütend wurde und den Hörer auflegte, dauerte es gewöhnlich keine Stunde, bis er zurückrief, um sich zu entschuldigen. Dieses Mal blieb der Anruf aus, und ich fuhr verunsichert zu meiner Verabredung. Noch in der Straßenbahn drückte ich mehrmals auf die Wiederholtaste, am anderen Ende blieb es still.

Auf der Nebenfahrbahn zogen die städtischen Gärtner die Bewässerungsschläuche hinter sich her und gossen junge Bäume. Ich war in Gedanken immer noch bei Paul und seiner Beschäftigung mit Tagebüchern und Lebensläufen. Im Gegensatz zu Pauls historischen Persönlichkeiten, für die zum Zeitpunkt ihrer Aufzeichnungen der Ausgang des Krieges und ihres eigenen Lebens unklar war, konnte ich meine Krankheitsbiographie in die Zukunft hinein fortschreiben; ich war eine Vorläuferin all jener, die in absehbarer Zeit durch Genanalyse ihre späteren Defekte erfahren werden; ich konnte große Teile meiner Biographie schon vor ihrem Ende aufarbeiten, weil sie nicht wie bisher nur aus der Rückblende entstanden, sondern auch aus der Vorhersage.

Und dieses vorzeitige Wissen um deine Zukunft, sagte ich mir, wirst du nie mehr los. Es dient den Versicherungen als Kriterium, läßt sich nicht verdrängen, bleibt haften, lebenslänglich. Da half auch Beppes Ermutigung nicht, seine sich auf nichts stützende Behauptung, ich stürbe einen anderen Tod. Ich starb den einen gewiß und die anderen dazu.

Als sie mich hinaustrugen, blickte Erna in den Himmel. Sie folgte mit ihren Augen dem Flug einer Schwalbe. Durch das dunkle Wolkengebilde drang wieder die Sonne durch, so daß Erna ihren Blick senkte. Während sie sich bückte, um das Papiertaschentuch aufzuheben, das ihr aus der Hand gefallen war, dachte sie daran, daß sie den Einkaufszettel vergessen hatte.

Paul wollte ihr zuvorkommen, stieß aber mit seinem Kopf gegen ihren Oberarm. Für ein paar Sekunden hatte er die Kränkung vergessen. Seit er wußte, daß er nicht der letzte war, mit dem ich vor meinem Tod gesprochen hatte, zweifelte er an meiner Liebe.

Als sie mich zum Grab trugen, steckte mein Vater ein paar Geldscheine in die Innentasche seines Sakkos, damit er das Trinkgeld für die Kranzträger parat hatte, sobald die Kiste versenkt war. Er stand mit hängenden Armen neben meiner Mutter und wußte nichts mit ihnen anzufangen.

Im selben Augenblick, als einer der Träger, von der im Wind flatternden Schleife des Liliengestecks irritiert, die Schulter anhob, so daß die Kiste für einen Moment nach vorne hin absank, fiel Riesinger die Parte in die Hände. Jetzt erst erinnerte sie sich an mich und erschrak.

Als die Kiste vor der Grube abgestellt wurde, drängte sich Holztaler durch die stehengebliebene Menge nach vorne, um zu sehen, was sich auf den Gesichtern der Trauernden abspielte.

Vor dem Delikatessenladen standen Körbe mit glänzenden Äpfeln. Sie sahen aus, als wären sie naßgemacht und anschließend mit einem Wolltuch poliert worden. Zu Schulzeiten spuckten wir sie an und wischten sie so lange mit den Ärmeln sauber, bis wir uns in den roten und gelben Backen zu spiegeln glaubten. Wir liebten die abstrusen Formen, seltene Ausbuchtungen, Veränderungen, die sich aus einem ungewöhnlich astnahen Wuchs ergaben. Diese hier hatten zwei gleich tiefe Gruben, die eine bei der Fliege, die andere beim Stil, und waren farblich nahezu identisch.

Ich betrat das Geschäft und suchte nach einem Geschenk für Beppe; es sollte etwas sein, das an den Morgen erinnerte, Waldhonig, Aprikosenmarmelade, eine Packung Lavazza oro, etwas, von dem ich ebenfalls essen oder trinken konnte.

Warum, dachte ich, kommt eigentlich niemand auf die Idee, einen Delikatessenladen aufzumachen, in dem Diätprodukte verkauft werden, eiweiß-, kalium- und natriumarme Köstlichkeiten, appetitanregend verpackt, in großen Mengen vorrätig, so daß man zumindest in dem einen Geschäft der Stadt die Illusion haben konnte, wie jeder normale Mensch einzukaufen?

«Wir schließen in fünf Minuten», sagte die Verkäuferin zu einer neuen Kundin, die soeben bei der Tür hereinkam. Sie ließ sich nicht davon abhalten, die offenen Käseseiten mit Klarsichtfolien zu bedecken, obwohl ich vor ihr stand.

Ich hätte mich gerne in Ruhe sattgesehen; ich hätte gerne noch länger betrachtet, was ich nicht essen durfte, Camembert, Brie, Parmesan, Gorgonzola, Taleggio, jede Art von Ziegen- und Bergkäse – wie gebannt schaute ich auf die von Kälte und Wasser geröteten Finger der Verkäuferin, die mit schnellen Griffen die Vitrine in Ordnung brachten; ich hätte gerne an jedem einzelnen Käse gerochen, diese harten, weichen, wohlriechenden und wunderbar stinkenden Sorten in Händen gehalten, um dann die Finger an die Nase zu führen, daran zu schnüffeln, als könnte ich jeden Augenblick ein Messer nehmen und –

«Ich nehme den Honig», sagte ich laut, doch eigentlich sagte ich: «Es ist genug», und wandte mich ab.

VII

Ich mußte eingenickt sein. Als ich wach wurde, war mir im ersten Moment nicht klar, wo ich mich befand. Dann sah ich das über den Nachtkästchenrand hängende Präservativ, daneben lag der Honig-Deckel. Ich zog die Bettdecke über die nackte Schulter und betrachtete das Tapetenmuster: Chinarosen, Teerosen, Moosrosen, was auch immer auf dem Papier blühen mochte, das Licht und der Zigarettenrauch der vielen, ständig wechselnden Gäste hatten den Rosen mit den Jahren die leuchtenden Farben genommen, nur die schwärzlichgrünen gefiederten Blätter schienen nicht zu verblassen.

Ich bewegte mich nicht, denn das Rascheln der Bettdecke hätte die Stille gestört. In einer solchen Nacht wird das eigene Haar laut, es hört sich an wie Stroh, das wieder aufsteht. Aus der Schräglage sah ich nur einen Teil der Wand und ein Fenster hinter dem Nachtkästchen, in das mehr und mehr Licht zurückkehrte.

Beppe war fort; ich hörte ihn nicht atmen. In der Ferne bremste ein Auto, zwitscherten die Morgenvögel. Ich lag unter der Bettdecke, obwohl es heiß war. In der ärgsten Hitze brauchte ich eine zusätzliche Schicht, einen Schutz gegen Blicke. Je heller es wurde, desto deutlicher wurden die Fenster und in ihnen die Vorstellung fremder Augen.

«Hier kennt uns keiner», hatte Beppe gesagt, doch als wir an der unbesetzten Rezeption standen und klingelten, erschien zu meiner Überraschung Ernas Rastastudent. Er grinste mich an, nahm den Schlüssel und begleitete uns in den ersten Stock. Unsicher blieb ich im Türrahmen stehen, als Beppe einen Blick ins Badezimmer warf.

Noch bevor ich Paul betrügen konnte, hatte ich einen Mitwisser. Ich stellte mir Ernas Ex-Liebhaber in einem Plüschsessel der Empfangshalle vor und wußte, daß er an Zimmer 15 dachte. Ich war mir sicher, daß er uns bereits ausgezogen hatte, als wir noch bekleidet am Fenster standen, daß er sich bereits vorstellte, wie wir einander liebten, als Beppe das dritte Mal den Lichtschalter mit dem Ventilator verwechselte und ich nervös ins Badezimmer verschwand, um das Make-up zu kontrollieren. Ich wußte, daß er wußte, und schüttete den billigen Hotel-Wein in mich hinein, damit ich ihn endlich vergaß.

Ich stand auf und zog die Vorhänge zu. Beppes Decke lag ordentlich zusammengelegt auf seiner Seite. Ich versuchte zu rekonstruieren, wann er aufgestanden war, um in seine Wohnung zu fahren. Es mußte zwischen vier und fünf Uhr früh gewesen sein, da ich kurz vor vier das letzte Mal auf die Uhr geschaut hatte. Nebenan, erinnerte ich mich, wurde eine Tür aufgesperrt, man hörte eine weibliche Stimme und Gelächter.

«Schlaf», hatte Beppe gesagt und mich dann zwischen den Schulterblättern geküßt, «ich werde nicht mehr dasein, wenn du aufwachst, weil ich nicht dasein darf. Es ist besser, wir gewöhnen uns nicht aneinander.»

Während ich an seine Worte dachte, faßte ich mit dem Zeigefinger und dem Daumen nach dem leeren Gummi, trug ihn ins Badezimmer und warf ihn ins Klo. Ich wollte schon den Spülhebel betätigen, da vernahm ich ein leises Hecheln. Ich zog die Hand zurück und stand eine Weile bewegungslos auf dem grauen Marmor. Es hörte sich an, als liefe ein Hund mit heraushängender Zunge den Berg hinauf. Ich betrachtete den Gummi, der über dem Wasser in der Muschel liegengeblieben war, und konzentrierte mich auf die Geräusche des Nebenzimmers.

«A, Ah», auseinandergerissene Buchstaben und ein lautes «Ja» übertönten das Stöhnen. Ich näherte mich der Wand, stellte mich auf die Zehenspitzen, um mein Ohr an eine fliesenfreie Stelle legen zu können. Mit der einen Hand stützte ich mich an der Mauer ab, hielt so das Gleichgewicht, das ich mit Zehen und Ballen nicht hätte halten können, die andere rutschte zwischen meine Beine. Erst deckte ich meine Nacktheit zu, dann nestelten meine Finger an den großen Lippen. Ich sah Paul vor mir, sein Gesicht, das sich durch die ausgefallenen Haare reichlich Platz geschaffen hatte, die in der Lust und im Schmerz gleichbleibenden Linien, und ich dachte an Beppe, versuchte mir seinen Körper in Erinnerung zu rufen, fand ihn aber nicht wieder, nicht einmal die Umrisse, als hätte er das Bild mit sich fortgetragen, all meine Vorstellungen noch in der Nacht zerstört.

Die Hitze meines Ohres übertrug sich auf das Stück Wand, der kühle Kalk wurde wärmer, der Knorpel wegen des anhaltenden Drucks empfindlicher, aber ich blieb stehen und lauschte.

Ich vernahm eine weibliche sonore Stimme, konnte aber nicht verstehen, was sie rief, weil das Hecheln nun von lautem Klatschen begleitet wurde.

Meine Finger arbeiteten an meiner Lust, erst langsam, dann immer schneller, sie paßten sich dem Rhythmus des Nebenzimmers an.

«A, Ah» und wieder «A, Ah. A, Ah.»

Ich stieß die Nägel in die Silikonverfugung, drehte mich und preßte den Hintern gegen die kalten Fliesen. Als die Anspannung nachließ, rollte ich von den Zehenspitzen zu den Fersen ab: Ich stand wieder mit beiden Füßen auf dem Boden, zog den Spülhebel und betrat das Schlafzimmer.

Auf dem Korridor waren Schritte zu hören, ein Schlüssel wurde umgedreht. Ich lag ausgestreckt auf dem Bett und konzentrierte mich auf das Plätschern des nachfließenden Wassers; es dauerte lange, bis sich der Kasten gefüllt hatte. Als das Tröpfeln endlich aufhörte, war es auch im Nebenzimmer still.

«Ich habe mich in dich verliebt», hatte Beppe gesagt. Im Zimmer war es dunkel, lediglich im Bad brannte ein kleines Licht über dem Spiegelschrank. Er hatte die Tür angelehnt, so daß die Intensität des schmalen Lichtstreifens der einer Kerze entsprach. Solange er angezogen war, siezte er mich.

«Ich hätte Ihnen lieber meine Wohnung gezeigt, aber meine Mutter ist im Augenblick auf Besuch. Ich möchte ihr nicht unnötig Hoffnungen machen.»

«Hoffnungen?»

«Sie wünscht sich ein Enkelkind», sagte Beppe.

«Mit einem defekten Motor kommt man nicht weit, Sie haben recht.»

«Aber so war es doch gar nicht gemeint.» Er strich mir die Haare aus dem Gesicht und küßte mich auf die Stirn. «Sie sind doch gebunden.»

«Nein», antwortete ich, «nicht gebunden, gefesselt von Ihrer Unaufmerksamkeit.»

Er schwieg; wäre genügend Licht vorhanden gewesen, ich hätte in ein verdutztes Gesicht geschaut.

«Ziehen Sie sich endlich aus», sagte ich.

Er trat ein paar Schritte zurück und rührte sich nicht von der Stelle.

«Ich werde Ihnen nicht gefallen», sagte Beppe leise und knöpfte das Hemd auf, während ich mit übereinandergeschlagenen Beinen am Bettrand saß und ihn beobachtete: Er legte das Hemd über die Stuhllehne und stieg etwas ungeschickt aus der Hose, so daß es einen Augenblick lang den Anschein hatte, er verlöre das Gleichgewicht. Von seinem Körper sah ich nichts als einen in Bewegung geratenen Schattenriß, ich konnte auch nicht herausfinden, ob er Boxershorts trug oder einen Slip. Kaum hatte er sich entkleidet, sprang er ins Bett und zog die Decke über seinen Körper.

«Uns trennt nur ein Leintuch, eine Bettdecke und ein Matratzenspalt», sagte ich, aber Beppe blieb ernst, rollte sich ein Stück weit in meine Richtung und sagte, ohne die geringste Vorwarnung: «Ich habe mich in dich verliebt», so als wäre das Sie unter den Kleidern liegengeblieben.

«Wann?» fragte ich, «wann haben Sie sich verliebt?» Ich schlüpfte aus den Sandalen und riß die Druckknöpfe meiner Bluse auf.

«Wann?» wiederholte ich, als hätte sich mit diesem einen Wort der unter einem Stoffberg verschwundene Satz herausschälen lassen. «Als wir den Hund zu Grabe trugen?»

«Du», sagte er und schwieg.

Wir lagen eine Weile nebeneinander, Beppe unter der Bettdecke, ich halb in der Bluse; die Gabardine-Hose rutschte über den rechten Hüftknochen, aber er unternahm nichts.

«Ich bin nicht erotisch», sagte er und rieb sich die Augen.

«Wenn es eine Erotik des Zuhörens gibt, dann bist du der erotischste Mann, den ich je kennengelernt habe.»

«Dann sprich», sagte er.

Ich sprang auf, warf die leeren Flaschen in den Papierkorb und zog mich an. Der Gedanke, noch einmal und bei vollem Tageslicht dem Rastastudenten zu begegnen, war mir unerträglich. Ich verzichtete auf das Duschen, packte den Honig in die Tasche und verließ das Hotelzimmer. Unter mir knarrte der Dielenboden, aber ich schaffte es, die Rezeption zu passieren, ohne bemerkt zu werden. Als ich mich, fünfzig Meter vom Hotel entfernt, umdrehte, sah ich in eine menschenleere Gasse.

Die Geschäfte und Kaffeehäuser waren noch geschlossen, es waren kaum Autos unterwegs. Eine Straßenreinigungsmaschine bog um die Ecke und zwang mich, die Gassenseite zu wechseln. Ich ging Richtung Kai, atmete bei jedem Schritt tief durch. Erst im Freien war mir bewußt geworden, wie stickig die Luft im Hotelzimmer war. Ich zog das Handy aus der Tasche, tippte den Pin-Code ein und suchte auf dem Display nach einem kleinen Kuvert, nichts. Weder Paul noch Beppe hatten eine Zeile hinterlassen. Da ich es nicht glauben konnte, blätterte ich ein zweites Mal das Menü durch.

Als ich aus der Gasse heraustrat, trieben sich auf dem grünen Streifen vor der Haltestelle zwei Hunde herum. Die Besitzer, beide ältere Herren, der eine im Trainingsanzug, der andere in kurzen Hosen, standen vor dem Rasen und spielten auf ähnliche Weise mit der Leine: Der kürzere Teil der Schnur rotierte auf Bauchhöhe, der längere hing schlaff zwischen den Beinen. Während der größere Hund, eine Kreuzung aus einem Schäfer und einem Bernhardiner, sein Geschäft erledigte, stürmte der kleinere auf mich los und kläffte. Ich wich aus, lenkte meine Schritte instinktiv Richtung Häuser. «Er tut nichts», rief der Alte hinter meinem Rücken.

«Es tut nichts», hörte ich die Stimme der jungen Ärztin. Ich zwang mich, an etwas anderes zu denken, hatte plötzlich das abgegriffene Bettende vor Augen, das schmuddelige Holz, an dem ich mich festgehalten hatte, Beppes verschmiertes Honiggesicht, als der Hund freudig an mir hochsprang, mich beschnupperte. «Laß das, geh weg.»

«Heute», hatte die Turnusärztin bei der letzten Untersuchung gesagt, «habe ich in der Früh nach meinem Auto gesucht, zwanzig Minuten lang; dabei stand es zwei Schritte von meinem Haus entfernt.» Sie saß mir gegenüber, hatte meinen Oberarm mit einem nylonstrumpffarbenen Gummi abgebunden und tastete schon eine ganze Weile nach meiner Stechvene auf dem Handrücken; ich sah sie neben ihrer Zeigefingerkuppe durchscheinen. «Es tut nichts», beruhigte sie sich beim ersten Stich. Beim zweiten Versuch schwieg sie.

Nach einer Weile fuhr die Tram vor. Ich stieg in den leeren hinteren Wagen, lehnte den Kopf an die Scheibe und schloß die Augen. Mit einer ruckartigen Bewegung rollte die Straßenbahn los, den Kanal entlang. Die Flußmöwen kreisten über dem Wasser. Ich sah das Rettungsboot unterhalb der Brücke gegen die Kaimauer schlagen, obwohl ich die Lider gesenkt hielt. Durch einen hauchdünnen Spalt, dem von den Wimpern die Lichtschärfe genommen wurde, drang der Tag in mein Dunkel.

Zwei Stunden später rief Beppe an. «Es geht mir nicht gut», sagte er. «Ich fahre morgen los und weiß nicht, was ich denken soll.»

Ich saß am Schreibtisch und blickte auf den Jahresplaner. Das Kästchen mit dem eingezeichneten B rückte immer näher. «B» wie Blutwerte und Befund oder Besprechung.

«Ja», sagte ich. Es war weder eine Frage noch eine Feststellung, ein Wort, das ein Räuspern ersetzte. «Ja», wiederholte ich und schattierte das B mit einem stumpfen Bleistift, der unter die Ladevorrichtung des Telefons gerollt war. «Ich weiß auch nicht, was ich denken soll. Ich weiß nicht einmal, was ich fühle.» Angst, dachte ich, während das B immer schwärzer wurde und die Striche weit über das Kästchen hinausragten.

Beppe entschuldigte sich für die Nacht.

«Was gibt es da zu entschuldigen?» fragte ich.

«Ich hätte mit so vielen Hoffnungen fahren können, wenn ich dich gestern nicht in dieses Hotel eingeladen hätte.»

«Es wäre nur ein Aufschub der Enttäuschung gewesen», sagte ich.

«Bist du enttäuscht?» fragte Beppe.

«Aber nein, ich dachte, du seist es.» Ich legte den Bleistift weg, ging zum Fenster.

«Wann bist du weggegangen?»

«Es war sehr früh, zwischen fünf und sechs Uhr. Ich konnte nicht schlafen.»

«Du hast doch hoffentlich ein Taxi genommen?»

«Nein, wozu?» antwortete ich. Auf dem Platz landete eine Krähe und verschwand hinter den Glascontainern.

«Es hätte dich jemand sehen können.»

Ich lachte. «Es gab nichts zu sehen in meinem Gesicht, nur Müdigkeit.» Mir fielen ein paar von Caravaggios Figuren ein, Judith, David, der Knabe, der von der Eidechse gebissen wird, dieser Ausdruck von Kraft und Verletzlichkeit, Lust und Schmerz, Passion und Zaudern in ihren Gesichtern. Ich sah mich selbst im Fensterglas, unbeweglich, unkonzentriert, mit matten Augen.

«Was wirst du malen?» fragte ich Beppe.

«Nichts von Bedeutung: Rosetten, Engel, Wolken.»

Ich schaute der Krähe nach, die, von einem Auto verscheucht, auf die Platane flog. Die unaufmerksame Wärterin kehrt nicht mehr nach Osteuropa zurück, dachte ich, sie bleibt auch im Sommer in der Stadt.

«Wußtest du, daß die Federn der Krähe weiß waren?» fragte ich Beppe und trat vom Fenster zurück.

«Wie kommst du darauf?»

«Auf dem Baum vor meinem Fenster ist gerade eine gelandet.»

«Es war eine Strafe», antwortete er, «doch ich weiß nicht mehr, wofür.»

«Sie hätte verhindern müssen, daß Apollons Geliebte fremdgeht. Das ist ihr nicht gelungen.»

«Letzte Nacht war sie erfolgreich», sagte Beppe.

«Wie meinst du das?»

«Sie hat verhindert, daß wir miteinander schlafen.»

«Und sie hat dazu beigetragen, daß ich nicht von Pfeilen durchbohrt wurde, um anschließend als Leiche auf dem Scheiterhaufen zu landen», ergänzte ich. «Du hast eine seltsame Vorstellung von Treue. Du bist in mich eingedrungen und behauptest, wir hätten nicht miteinander geschlafen.»

Beppe schwieg. Ich vernahm ein leises Klopfen, als spielte er mit seinen Fingerknöcheln auf einer Tischplatte. «Ist deine Mutter schon wach?»

«Man kann doch nur von einem Betrug sprechen, wenn man Lust dabei empfunden hat», sagte er.

«Du hast keine Lust empfunden?»

«Marianne, sei mir nicht böse, aber ich kann mit dir die Realität nicht verlassen. Ich weiß nicht, wie ich dir das erklären soll.»

«Ich habe zuviel erzählt, ist es das? Ich habe deine Phantasie zerstört. Du sagst zwar, du willst mich so, wie ich bin, aber du wünschst dir etwas anderes.»

«Nein, so ist es nicht, meine Liebe.» Er zog das Wort «Liebe» absichtlich in die Länge.

«Wie ist es dann?»

«Man wird doch nicht durch eine Person erregt, wie sie wirklich ist, sondern immer durch das Bild, das man von ihr hat», sagte Beppe.

«Die Macht der Bilder – ich sagte es doch: Du wünschst dir etwas anderes. Du liebst deine Vorstellungen, aber die kann ich nicht erfüllen. Die Realität ist zu stark, nicht wahr? Sie ist eine Bilderkillerin. Laß uns aufhören», sagte ich.

«Denk an mich: Ich bin dick, unförmig –»

«Verwende nicht deinen Körper als Ausrede, um mich zu schonen», fuhr ich dazwischen.

«Ach», sagte Beppe, «aber deinen Körper verwendest du für alle Ausreden dieser Welt.»

«Das reicht», sagte ich, «wie könnte ich eine Ausrede finden? Es steht doch nichts an mir geschrieben.»

«Das ist wahr, man sieht dir nichts an», sagte Beppe, «aber du bist glaubwürdig.»

«Du bist eben ein Körper-Analphabet, aber das seid ihr alle.»

«Ihr?» fragte Beppe.

«Männer generell», sagte ich, «es gibt aber auch entsprechende Frauen. Diese Art der Sprache läßt sich nicht mit einem Körperwörterbuch übersetzen.»

«Wie denn?» Beppe hustete in den Hörer hinein; ich schwieg.

«Meine Mutter ist ins Bad gegangen. Kann ich dich später noch einmal anrufen? Vielleicht entwickle ich noch eine Erotik des Sprechens?»

In dieser Hinsicht ist Paul unschlagbar, dachte ich und schämte mich für den Vergleich.

Ich setzte Teewasser auf und machte mich ans Arbeiten, obwohl ich kaum Schlaf gefunden hatte und die Weinspuren in den Gliedern und im Kopf Schmerzen verursachten. In Pauls Bibliothek fand ich ein paar brauchbare Beispiele für eindeutige symbolische Darstellungen, mehrere Vanitas-Stilleben, die ich auf den Scanner legte und anschließend auf Klarsichtfolien abzog. Ich machte es mir leicht: Es waren Bilder mit Symbolen an exponierter Stelle, so daß sich auch im Unterricht keine großen Interpretationsschwierigkeiten ergeben würden, weil die Gegenstände, Pflanzen und Tiere nicht unbedingt zum Alltag gehörten, wie es oft in Genrebildern der Fall ist. Sie verwiesen auf tiefere Bedeutungen. Wer hatte schon einen Totenschädel auf seinem Tisch liegen, eine Geige mit gesprungenen Saiten?

In einem modernen Bild, dachte ich, ließen sich Instrumente, Sanduhren, Schmuck und Spiegel problemlos aktualisieren, doch der Totenschädel? Die gentechnischen Möglichkeiten erlaubten längst Eingriffe in die humane Substanz, was die Hoffnung auf Unsterblichkeit vergrößerte. Ich erinnerte mich der zahlreichen Versuche an genmanipulierten weißen Mäusen, denen man ein Loch ins Ohr gestanzt, den Schwanz abgeschnitten oder das Rückenmark verkürzt hatte. Sie entwickelten aus sich selbst heraus die Kraft zur Regeneration: Das Ohrloch war nach kurzer Zeit verschwunden, der Schwanz wuchs nach, als gehörte er einer Eidechse, und nach Tagen der Lähmung bewegten sich die Tiere, als hätte eine Beschädigung des Rückenmarks nie stattgefunden. Es blieben nicht einmal Narben. Waren Vanitas-Symbole wie der Totenschädel angesichts solcher Aussichten nicht obsolet?

Wenn ich tagträumte, spann ich Resultate aus wissenschaftlichen Forschungen zu einem wohligen Netz. Ich lag darin wie in einer Hängematte und wiegte mich für kurze Zeit in Sicherheit. All die Defekte, Schwächen und Irritationen, jene Maschen, durch die ich immer wieder auf den Boden gefallen war, schienen geflickt. Auf dem Tisch meines Bildes lag ein Tableau Eier, und über den Totenschädel krochen Hunderte Skarabäen, so daß der Schädel kaum noch erkennbar war. Der Tod, dachte ich in solchen Augenblicken, wird sich noch wundern. Er, der alle Zahlen negiert, wird immer öfter weggeschickt werden, weil er zu früh angeklopft hat.

Als das Telefon klingelte, kündigte sich in einem langen Piepston ein Fax an. Ich stellte mich vor das Gerät und schaute zu, wie das Papier, mehrfach stockend, aus dem Schlitz ratterte. Auf dem fertigen Blatt war mit einem dicken Filzstift ein Herz gezeichnet, dessen busenförmiger oberer

Rand die gesamte Breite ausfüllte, darüber stand in Druckbuchstaben: «Ich muß Dich noch einmal sehen. Beppe.»

Für einen Zeichner fand ich es seltsam aus den Proportionen geraten, dick und breit, lieblos hingeschmiert. Liebe reduziert, dachte ich und legte mich kurz auf den Teppich, um meinen Rücken zu entlasten. «Je leidenschaftlicher man sich sehnt», hatte Paul sich einmal entschuldigt, «desto stärker kommt einem das Differenzierungsvermögen abhanden.» «Paul», sagte ich halblaut, sprang auf und griff nach dem Hörer. Er schien nicht zu Hause zu sein, und das Handy war ausgeschaltet. Als ich mich wieder hinlegte, zerknitterte ich Beppes Herz unter meinem schweren Körper.

VIII

«Wir haben eine Nacht miteinander verbracht, das ist alles», sagte ich zu Erna, die mich erstaunt ansah. «Hätten wir aber tatsächlich zueinander gefunden, es wäre heute morgen vorbeigewesen.»

«Was heißt *tatsächlich*? Habt ihr oder habt ihr nicht?»

«Zählt das?» fragte ich.

«Wenn ich einen Paul hätte, ich ginge nicht fremd», sagte sie und warf das dritte Stück Zucker in den Kaffee.

«Ich bin nicht fremdgegangen. Das Ganze hat mit Paul nicht das geringste zu tun. Es ist, als suchte ich meine eigene Nähe. Irgendwann wird uns das Alter entstellt haben.»

«Was redest du da.»

Zwischen den Kaffeehaustischen hielt eine Frau nach der Tageszeitung Ausschau. Ihre Unterhose spannte, zeichnete sich an der Jeanshose ab, weil der Gummi in die Oberschenkel schnitt.

«Es könnte ja sein, daß sie mich alle fallenlassen, wenn mich die Medikamente modellieren, früher noch als die Jahre. Ich gehöre nicht der achtundsechziger Generation an.»

«Du tust gerade so, als stünde das Gehäuse im Mittelpunkt.»

«Ach, Erna, mach dir nichts vor. Du streichst es jeden Tag neu, und ich soll dir glauben, es bedeute dir nichts?»

«Sag», Erna runzelte die Stirn, «ko-ko-kommt vielleicht demnächst eine Blutuntersuchung auf dich zu?»

Ich rührte in meiner Tasse. Die Frau hatte keine freie Zeitung gefunden; sie ging zurück an ihren Platz und verschränkte die Arme über der Brust.

«Wann?» fragte Erna.

«Übermorgen.»

«Soll ich dich begleiten?» Der vierte Würfel landete im Kaffee.

«Wie kannst du nur», sagte ich und deutete auf den Zucker. Ich schaffte es nicht, Ernas Frage zu beantworten. Weil ich merkte, wie sich die Augen füllten, bückte ich mich nach meiner Tasche und holte dabei tief Luft.

«Ich begleite dich», hörte ich Erna über dem Tisch.

«Das ist nicht nötig», nuschelte ich in die Tasche. Neben mir sah ich die Hosenbeine des Kellners, der gerade vorbeilief; sie waren viel zu kurz.

«Hast du eine Zigarette?» fragte ich, um das Wühlen in der Tasche zu rechtfertigen.

«Nein, aber ich besorge welche.» Erna stand auf und ging Richtung Toilette.

Unterdessen beobachtete ich an mir erschrocken die übliche Wartesaalhaltung, die – so schien es mir – bereits auf mich abgefärbt hatte. Die Hände lagen im Schoß, die Füße standen eng beieinander. Ich zupfte am Nagelbett des Daumens, sah in die Gesichter der Kaffeehausbesucher und mußte an die Patienten denken, die auf den Boden starrten, an ihre Blicke, die über die Fliesen wanderten, auf der Suche nach den ausgebesserten Stellen. Das Kaffeehaus schrumpfte augenblicklich auf ein paar Quadratmeter Wartezimmer, und ich merkte, wie ich die Beine anzog bei der Vorstellung, in diesem kleinen Raum zu sitzen. Man hatte in der Not das Treppenhaus zum Wartezimmer gemacht, die Sessel an der Mauer aufgereiht, so daß der Großteil der Patienten durch die Glaswand und Glastür den Eingang zum Arztzimmer im Auge behalten konnte und nur ein kleiner Teil, welcher mit dem Rücken zur Glasverbauung saß, nicht zu sehen vermochte, wer dort ein- und ausging. In diesem improvisierten Warteraum, diesem angsterfüllten Unzimmer, dachte ich, senkten fast alle den Blick, sie stierten vor sich hin und in sich hinein, als ertrügen sie die Treppen nicht, als wüßten sie um ihre eigene Lähmung, um die Folgen des Wartens und der Ungewißheit, als schafften es ihre Augen nicht nach oben, nicht einmal sie, als ließen sie die Blicke lieber dort, wo sie sich selber befanden. Ausgerechnet sie, fiel mir ein, die ganz unten angekommen waren, mußten in einem Treppenhaus sitzen, in dem der Großteil des Raumes nicht von ihnen, sondern von diesem Aufgang verbaut war, den die Ärzte benützten. Sie saßen wieder und wieder, oft nur für ein paar Minuten, gelegentlich aber auch für Stunden am unteren Ende und warteten darauf, daß man sie aufrief.

Wie oft bin ich in Gedanken einfach aufgestanden und hinaufgegangen. Ich liebte diesen Traum vom Hinaufkommen, die Architektur dieses einfachen Treppenhauses.

An manchen Stellen, erinnerte ich mich, war der Abdruck von Schuhsohlen an der Wand zu sehen, Nervositätszeichen von Patienten, die sich nicht setzen konnten, die sich, müde vom langen Stehen, mit dem Fuß an der Mauer abstützten.

«Was wirst du jetzt machen?» fragte Erna und hielt mir eine aufgerissene Zigarettenpackung vors Gesicht. Ich versuchte vergebens, mit den Fingernägeln eine einzelne Zigarette herauszuziehen. «A-a-andererseits», Erna setzte sich, «kannst du auch nicht davon ausgehen, daß Paul all die Jahre treu war.»

«Woher willst du das wissen?»

«Ich weiß es nicht, es ist eine Vermutung.» Sie sah mich nicht an, als sie es sagte.

Meine Hand faßte nach dem Schienbein, drückte einmal kräftig zu. Aus alter Gewohnheit führte ich den Zeigefinger langsam kniewärts, preßte und preßte, bis das Unterbein von lauter Dellen übersät war. Ich mußte an die alten Stufen denken, die zu Leos Wohnung hinaufführten, an deren Einbuchtungen, die im Laufe eines Jahrhunderts in der Mitte entstanden waren.

«Wenn er mich fragt, werde ich ihm davon erzählen; er wird aber nicht fragen», meinte ich.

«Ich habe ihn getroffen», sagte Erna nach einer langen Pause.

«Wen?»

«Den Fabrikanten.»

Ich dachte an den Rastastudenten, an die Tapetenblumen, die sich in der Erinnerung in Kletterrosen verwandelten. «Und bekommst du das Geld?»

«Ich habe ihn nicht darum gebeten», sagte Erna und grinste.

«Nein!»

«Doch.» Sie nickte heftig.

«Er gefällt dir?»

«Alles noch einmal, nur doppelt so alt. Ideal.»

«Ich weiß nicht.» Der Ober stellte das Tablett auf unserem Tisch ab, weil ein Gast im Stehen zahlen wollte. «Und wie hast du dich herausgeredet? Du wolltest ihn doch wegen der Telefonschulden seines Sohnes treffen.»

«Nachdem ich ihn zu Hause zum dritten Mal verpaßt hatte, bin ich in die Firma gefahren. Ich hatte Glück; in der Empfangshalle hingen die Photos der Belegschaft. Ich habe ihn nicht nur am Namen erkannt. Die beiden sehen sich verblüffend ähnlich.»

«Du bist verrückt.»

«Warum? Es war gar nicht so einfach, ihn auf mich aufmerksam zu machen. Ich hab' ihm von der Mailänder Ausstellung erzählt. Er wird sich ein paar Bilder anschauen.» Erna hob Schultern und Augenbrauen: «Umwegrentabilität», sagte sie, nahm die Zigarettenschachtel und drückte den Daumennagel in den Karton.

Es zog mich schon bald nach Hause. Wie in Kindertagen begann ich auf der Straße zu laufen. Ein Mann drehte sich nach mir um, schüttelte den Kopf, weil ich ihn unabsichtlich mit der Tasche berührt hatte. Vor der Brücke mußte ich innehalten, rang nach Atem. Ich überquerte die Straße und lehnte mich gegen das Geländer.

Es ist noch nichts passiert, sagte ich mir und schaute in die Tiefe. Ich dachte an das Brackwasser der Themse, an dessen Ufern sich die Bewegung der Gezeiten ablesen ließ, an die deutlichen Markierungen, die hier nicht zu finden waren. Wie andere nach Friedhöfen suchten, um die Vergangenheit eines Ortes an den Grabinschriften zu rekonstruieren, lief ich, wo immer ich konnte, zum Wasser.

Früher waren es die Bäche, die sich in Mäandern durch die Landschaften zogen, die blaugrünen Flüsse der Gletscher, deren Trübung durch winzige Gesteinspartikel verursacht wurde; ich erinnerte mich an die Fische, die davonflitzten, wenn mein Schatten auf das Wasser fiel, an das abgetragene Material, das der Fluß fortgeschleppt und an anderer Stelle liegengelassen hatte, an die so entstandenen Sand- und Kiesbänke, auf denen die Vögel landeten.

Das Wasser unter mir war ruhig, ein breiter Strich in der Stadt, dessen dunkle Farbe nichts Lebendiges erkennen ließ.

«Ist Ihnen nicht gut?» fragte eine ältere Frau und berührte mich am Oberarm. Sie mußte über die Brücke gekommen sein. Ich hatte sie wegen des Verkehrslärms nicht bemerkt.

«Danke, es ist alles in Ordnung.»

Als ich meine Rechte vom Geländer löste, um weiterzugehen, hatte ich das Gefühl, mein Körper funktioniere nicht mehr. Ich schaffte den Weg nach Hause nur noch, indem ich mir die einzelnen Bewegungsabläufe ins Gedächtnis rief: Ich setzte einen Fuß vor den anderen, atmete durch die Nase ein, mit dem Mund aus, zählte die Atemzüge. Als ich hundert Meter zurückgelegt hatte, verschwanden die Zahlen aus dem Kopf. Ich lief langsam, aber gleichmäßig bis zum Platz.

Wenn ich mit dem Zug unterwegs war, zwängte ich mich bereits in der Vorstadt durch die schmalen Gänge der Waggons, lief zum ersten Wagen vor und stellte mich an die Tür, wo es aus der Toilette roch. Sobald der Zug zum Stehen gekommen war, sprang ich auf den Bahnsteig, eilte in die Halle, um Zeitungen und einen Fahrschein für die U-Bahn zu kaufen. Ich glaubte immer wieder, die Zeit zu überlisten, wenn ich alle überholte. Mir reichte die Gewißheit, ein paar Sekunden, ein paar Minuten an mich gerissen, die vorgesehene Zeit unterboten zu haben, um mich als Siegerin zu fühlen. Während die anderen Reisenden geduldig warteten, bis sie mit dem Aussteigen an der Reihe waren, befand ich mich bereits auf der Rolltreppe oder steckte den Fahrschein in die Tasche.

Die Zeit dehnt sich nicht mehr, dachte ich, und bald wird sie eingehen wie Wolle, die man zu heiß wäscht.

Noch bevor ich zu Hause angekommen war, hörte ich die Kinder schreien. Eines stand auf dem Glascontainer und drohte mit schwingenden Armen in das Blumenbeet zu springen. Da bemerkte ich auf der Bank gegenüber der Platane einen Mann. «Trau dich doch», rief er dem Mädchen zu und lachte. Es war Beppe, der vor meinem Haus zu warten schien, die Beine von sich gestreckt, die Arme hinter dem Kopf verschränkt. Neben ihm auf der verwitterten Holzbank lag ein Paket.

Ich erschrak über meine neuerliche Atemnot, führte sie auf meine Eile zurück, blieb stehen und schaute ins Gebüsch, in dem sich Papier verfangen hatte.

Als Kind gab ich mich manchmal der Illusion hin, nicht gesehen zu werden, wenn ich selbst wegsah. Beppe wandte sich in diesem Augenblick von den spielenden Kindern ab, schaute ins Grün, ohne mich wahrzunehmen.

Seine Überraschung wollte nicht gelingen. Ich war nicht glücklich, ihn zu sehen. Meine Erregung entwarf ein maßloses Bild von ihm: Er war zuwenig und zuviel zugleich. Schon war ich in den Erinnerungen, sah ihn tolpatschig aus der Hose steigen, seinen unförmigen Körper unter der Decke verschwinden, versuchte, meine Aufregung einzudämmen. Aber es gelang mir nicht. Ich sah auf meine zitternden Hände und machte kehrt. Beinahe wäre ich über die Bordsteinkante gestolpert.

Ich lief den Weg auf der gegenüberliegenden Straßenseite zurück, wo ich mich hinter den geparkten Autos sicher wähnte. Kurz bevor ich um die Ecke bog, warf ich einen Blick auf den Platz: Das Kind stand noch immer mit fuchtelnden Armen, angefeuert von den anderen Mädchen, auf dem weißen Glascontainer; von Beppe fehlte jede Spur.

Obwohl ich vor ihm davongelaufen war, hatte ich Sehnsucht nach seiner Begleitung. Ginge er neben mir her, ich wünschte ihn wieder fort. «Du mußt wissen, was du willst», hatte Leo immer wieder gesagt.

Vor mir schoben orangegekleidete Männer Straßenkehrwagen vor sich her. Am Straßenrand notierte eine uniformierte Frau Nummernschilder.

«Und?» Ich hörte in Gedanken Beppes Stimme, die Stille, die seinen Fragen folgte. Nie lief er mir in die Sätze, es war in seiner Gegenwart nicht nötig, die Gedanken zurückzuhalten.

Wieder erzählte ich, lief kreuz und quer durch mein Viertel – jeder Schritt ein stiller Satz, dem keiner folgte außer ihm, mein letzter Zuhörer:

Es geht nie fort, nicht einmal, wenn ich mich auflöse. Ich habe Übung im Trinken, beobachte, wie sich in den Körperhöhlen die Flüssigkeit ansammelt.

Leo liebt mich noch immer und hält mich für abwesend. Aber ich bin nicht abwesend, bin durch und durch Zeit, bis auf die Knochen. Alles an mir ist gestern und jetzt, aber zu wenig morgen. Die Zeit betrifft mich, in all meinen Fasern, und Leo merkt es nicht.

Wenn er die Jahre verplant, zucke ich zusammen. Ich glaube ihm kein Wort, denn ich bin eifersüchtig. Hinter meinem Rücken trifft er sich mit der Geographiestudentin, die inzwischen blonde Haare hat. Ich stelle mir ihre gemeinsame Zukunft vor, liege vor dem Fernseher und sehe sie lachend im

Garten sitzen. Ich döse und träume von etwas, an das ich mich kaum noch erinnere.

Wenn Leo morgens aufwacht, greift er nach der Zeitung. Er holt den vergangenen Tag noch einmal zurück, weckt mich mit Papiergeraschel und lacht, wenn ich mir die Augen reibe. «Hör dir das an!» Ich höre. Zwischen der einen und der anderen Zeitungsmeldung schiebt er die Decke nach unten und küßt meinen Nabel. Sooft ich ihn nach seinen Träumen befrage, weiß er nichts zu erzählen. Ich bin mir sicher, sie verdunsten in der Bettwäsche. Meine brechen tagsüber aus mir heraus, es ist ein feiner Film, der sich über die Haut legt.

Es ist noch immer im zweiten Jahr, verschwindet manchmal, zugedeckt vom Alltäglichen, weil ich es ignoriere. Ich verstehe es immer besser, Situationen zu vermeiden, in denen es sich Geltung verschafft, täusche eine schriftliche Arbeit vor, um meine Kräfte zu schonen. Ich bleibe zu Hause, wenn Leo und die anderen am Wochenende in die Berge gehen.

Es ist nie mehr Aufbruch in den Tag. Es ist Aufbruch in die Stunde. Ich gebe mich längst mit den kleinsten Einheiten zufrieden. Und doch habe ich nur eine Ahnung, was mit mir ist.

Ich möchte mit dir Kinder haben, sagt Leo bei einem Abendessen im besten Gasthaus unseres Viertels und legt die Gabel kurz auf den Teller. Ich sitze in der Werbung und strahle ihn an. Die Plastikblumen auf der steifen Tischdecke sehen aus wie echt. Ich vergesse alles, weil die Zukunft mit einem Mal wie ein Wasserfall in die Gegenwart rauscht. Der letzte Bissen Brot steckt mir im Hals und kann sich nicht entscheiden, welche Richtung er einschlagen will. Leo eilt mir zu Hilfe, wirft beim Aufstehen den Stuhl um und schlägt mir auf den Rücken.

Die Leute im Lokal drehen sich nach uns um. Ich reiße die Arme in die Höhe, wie es mich meine Großmutter gelehrt hat, und schaue einem Vogel nach, den sie erfunden hat, damit er das Brot aus der Kehle holt. Leo setzt sich wieder auf seinen Stuhl und wartet, bis ich mich beruhigt habe, um nach meiner Hand zu greifen.

Damals, dachte ich. Wie vor jedem näherrückenden Ambulanzbesuch spielte ich mit den Jahren, mit der Zeit, die sich akkumuliert hatte, bezog Prognosen aus dem Zufall, sah auf die befahrene Straße und redete mir ein, daß alles gutgehen würde, wenn auf die ersten zehn Autos von rechts ein rotes käme. Wenn die Augen jetzt, und nur jetzt, im Himmelsausschnitt einen Vogel erspähten, wenn die Ampel in diesem Augenblick auf Grün spränge. Aber die Autos auf der Kreuzung blieben stehen, und ich ertappte mich dabei, wie ich schleunigst nach einem anderen Zufall Ausschau hielt.

Damals, dachte ich, war «damals» ein unbelastetes Wort.

«Damals», sage ich zu Leo, «rollten Panzer durch unser Dorf.» Er glaubt mir nicht, weil ich ein Wohlstandskind bin, ein Friedenskind. Mit seinem Unglauben ist er stets schneller als ich mit dem Erzählen. Ich sage, daß es sich um Manöver gehandelt, daß die Erde unter den schweren Fahrzeugen gezittert und die Großmutter um ihr Porzellan gebangt habe, aber Leo hat das Interesse an meinen Worten verloren. Ich sage: «Weißt du noch?», um seine Neugierde zu wecken. Ich sage: «Wußtest Du?», aber er reagiert nicht. Immer öfter muß ich mir etwas einfallen lassen, dabei erzähle ich nur, um von mir selber abzulenken. Daß mir das Geld für einen Sommerurlaub auf Sardinien fehle, daß unser Professor den Hintern einer Studentin getätschelt habe, daß ich Holztaler mit der Geographiestudentin –, daß Erna bei Georg –, daß –, daß –, daß –, aber Leo steigt nicht ein. «Und?» fragt er, ohne mich anzusehen. Das Verbindungswort ist meine Brücke. Er läßt mich auf ihr stehen und merkt nicht, daß das Wasser steigt.

«Was willst du einmal werden?» fragt Leo in einen Sonnentag hinein. Ich höre einen anderen Satz: «Was wird aus dir einmal werden?»

«Das weißt du doch», sage ich beleidigt. Leo bewegt seine Finger in meiner Hand und blickt zu den Wolken, die auf die Bergkette zusteuern. «Die Photographie», sagt er, «interessiert mich nicht, auf ihr wird alles bewegungslos.» Neben mir liegt meine Kamera. Vielleicht ist es das, was mich reizt: Ich will endlich Stillstand. Ich photographiere für mein Leben gern, weil ich mir etwas schenken möchte, von dem ich glaube, daß es mir ständig abhanden kommt.

«Wenn du Erfolg haben willst, mußt du nach Bildern am Rande des Abgrunds jagen, und den Schrecken wirst du nie mehr los. Er spukt zeitlebens durch deine Seele. Vielleicht siehst du dich in deinem Krankenhaus um», rät mir Holztaler, «verlegst dich auf die Schauplätze sterbender Körper.»

Ich photographiere statt dessen die Larvengänge und Fluglöcher in Kiefernstöcken und morschen Fichtenhölzern und schicke ihm die Fraß- und Schadensbilder mit der kurzen Widmung «Für Herrn Holztaler» nach Hause.

Jahre danach erkenne ich in den abstrahierten und vergrößerten Zeichnungen seines Romanumschlags eine Photographie von mir wieder. Sie zeigt das Fraßbild eines Borkenkäfers unter einer dünnen Kiefernrinde. «Ach», sagt Holztaler, «das war von dir?»

Wem erzählte ich? Es war keiner da, der mich zurückholte. Fiel mir nichts mehr ein, dachte ich an die Blutwerte. Vor jeder Untersuchung setzte ich wie im Lotto auf meine Zahlen; und während andere sich ausmalten, was sie mit dem Gewinn alles kauften, vergaß ich meine Wünsche. Ich brauchte nichts: keine Dachwohnung mit Terrasse, kein neues Auto, keine Kunstwerke, keine Reisen – ich setzte allein auf Lebensverlängerung. Wenn die Werte nur annähernd an die gesetzten Zahlen herankamen, war ich außer mir vor Glück.

«Wo bist Du?» las ich wenig später auf dem Display und wußte, daß die Nachricht von Beppe kam, obwohl sein Name fehlte. Paul hätte angerufen, Erna unterschrieben. Ich eilte nach Hause. An der Tür klebte ein Zettel: «Habe ein Paket bei Deinen Nachbarn hinterlegt. Gruß B.» Als ich dort anklopfte, machte keiner auf.

IX

«Was hast Du nur?» fragte Paul. «Es ist schon öfter vorgekommen, daß du mich nicht erreicht hast, deshalb mußt du noch lange nicht –. Unterbrich mich nicht. Dieser Tonfall –»

«Tut mir leid. Ich bin mir einfach zuviel. Ich muß mich irgendwo loswerden.» Beim Hochlagern der Beine stieß ich auf dem kleinen Tisch vor dem Sofa den Kerzenständer um.

«Was war das?» fragte Paul. «Ist alles in Ordnung?»

«Das sind nur meine Beine. Und, wie geht`s den Toten?» Ich gab dem Kerzenständer einen Fußtritt, so daß er auf den Boden krachte und die Kerze aus der schmiedeeisernen Halterung fiel.

«Ist wer da?» fragte Paul.

«Reiche ich dir nicht?»

«Was ist los? Marianne –»

«Ich habe es dir doch gesagt. Die Beine machen, was sie wollen.»

«Spar dir die Eifersucht auf meine Toten.»

«Gehören sie jetzt schon dir?»

Ich hörte nichts mehr. «Paul? Hallo?»

Die Leitung war unterbrochen. Nachdem ich auf Wiederwahl gedrückt hatte, ertönte am anderen Ende das Besetztzeichen.

«Dann spule doch deine Gegenwart vor», sagte ich laut, «als existiertest du im Augenblick nicht, als hätte es dich lediglich in den Anfangsjahren gegeben.»

Einmal glaubte ich, die Tür der Nachbarn zu hören, lief ins Treppenhaus, in der Hoffnung, das Paket in Empfang nehmen zu können, doch ich hatte mich geirrt.

Der Untersuchungstermin rückte näher. Ich las und wußte hinterher nicht mehr, was ich gelesen hatte. Wenn ich auf dem Sofa liegend die vorbereiteten Unterrichtseinheiten Revue passieren ließ, schob sich das in meinem Traum abgewandelte Bild der Wahrheit in Cesare Ripas mittelalterliche Illustration. In der Erinnerung war sie nicht einmal mehr nackt, und das Buch war wegen der aus dem rechten Unterarm hängenden Kabel verdeckt.

«Du bist ekelhaft», sagte Paul zehn Minuten später, «und ich rufe dich nicht zurück, um dir das zu sagen. Die Werte sind stabil, du wirst sehen.»

«Woher nimmst du die Gewißheit?» fragte ich und sah die Verità angezogen mit Mantel, Mütze und Schal.

«Ich habe ein gutes Gefühl.»

«Das beruhigt dich, aber nicht mich. Deswegen hättest du mich nicht anrufen müssen.»

Als er aufgelegt hatte, griff ich nach der Zeitung, dabei rutschte das Magazin aus dem Mittelteil und fiel zu Boden. Vor mir entfaltete sich ein Model in Militärkleidung. «Camouflage», stand da, «Mode der Saison.» Endlich eine Gelegenheit zu verschwinden, dachte ich und sah mich in einem Tarnfarbenanzug durch den Park marschieren, bereit zum Kampf, immer den Körperspuren hinterher wie früher die Jäger den Bärentritten. Ich wünschte, ich wäre unsichtbar im Alltagsgestrüpp, eingehüllt in Sumpf- und Sandfarben für die bevorstehenden Expeditionen ins Mündungsgebiet. Auf der Rückseite posierten Frauen und Männer in Stiefeln, die an die NS-Zeit erinnerten. Hätte ich mich vor Erna abschätzig darüber geäußert, wir wären uns in die Haare gekommen. Weil ich die angebliche Ironisierung der faschistischen Kluft in den Moschino-Uniformen der letzten Frühjahrskollektion nicht zu verstehen vermochte, nannte sie mich «Paul-verseucht». Wir sprachen tagelang kein Wort miteinander.

Ich wollte das Fenster öffnen, als es klingelte.

«Ich weiß, daß du zu Hause bist», sagte Beppe. «Laß uns noch einmal darüber sprechen.»

«Worüber?»

«Über uns.»

«Es gibt uns nicht», sagte ich und schluckte.

«Es gibt uns vielleicht nicht mehr, aber vor ein paar Stunden gab es uns noch.»

«In Eichensärgen zerfällt man erst nach Jahren.»

«Was soll das?» Beppe wurde lauter.

«Es gibt noch andere Möglichkeiten, zum Beispiel ökologische Faltsärge. Sie kosten viel weniger, können mit bis zu zweihundert Kilo beladen werden und verrotten in kürzester Zeit.»

«Du bist grausam.»

«Nicht ich, der stumme Dauergast.» Ich lachte.

«Darf ich vorbeikommen?»

«Ja. Komm.» So schnell hatte noch keiner aufgelegt. Ich weinte.

Er mußte vom Platz aus angerufen haben. Als ich die Wohnungstür öffnete, war mein Gesicht noch naß. Wir standen zwischen drinnen und draußen, fielen uns in die Arme.

«Entschuldigung», sagte ich.

«Aber warum?»

Ich zuckte mit den Schultern. «Er – er ist meine Gegenströmung. Manchmal würde ich mich am liebsten umdrehen und mit ihm treiben.»

Beppe schob mich in den Korridor, versperrte die Tür und drückte mit Daumen und Zeigefinger meine Nasenflügel zu: «Damit du nicht ersäufst, wenn die Wassermassen kommen. Und jetzt schwimmen wir gemeinsam.»

Wir landeten auf dem Sofa, das viel zu schmal war, so daß ich mehr und mehr Beppes Körper unter mir spürte.

«Ich bin schwer», sagte ich und versuchte mich mit der Rechten abzustützen.

«Ich fürchte, nicht schwer genug. Damit du zu mir paßt, müßtest du an Gewicht zulegen.»

«Oder du nimmst ab.»

«Dafür wird der Liebeskummer sorgen.» Man hörte die Kinder auf dem Platz, die Protestschreie, weil sie zum Abendessen gerufen wurden.

«Gibst du dich immer im voraus geschlagen?»

«Nie, außer in der Liebe. Man muß schon sehr eloquent sein, um in dieser unaufhörlichen Flut utopischer Körper dem Häßlichen etwas entgegensetzen zu können, das von ihm ablenkt.»

«Du bist nicht –»

«Ich weiß, was ich bin», unterbrach er mich. «Du sollst nicht glauben, daß ich die Medien für meinen Körper verantwortlich mache. Manchmal lebt man nur, indem man vergißt», sagte Beppe. Sein Mund war in meinem Haar.

«Warum sagst du nichts?» fragte er mich nach einer Weile.

«Überlebt», korrigierte ich ihn.

Er nahm eine Haarsträhne und wickelte sie um seinen Zeigefinger.

Man kann nur vergessen, wenn die Wörter passen, dachte ich, aber sie passen nicht mehr. Sie passen in keinen einzigen Schuh dieser Welt. Wörter müssen in Schuhe hinein, sie müssen überallhin gehen können.

«Willst du etwas trinken?» Mir rutschte die Stimme davon und mit der Stimme der Körper. Ich hing halb vom Sofa, die andere Hälfte lag in Beppes Umklammerung.

«Du hast Korrekturmöglichkeiten», sagte er, als habe er meine Frage überhört. «Du bist schön. Und mit Schönheit wird Gesundheit verbunden.»

«Ich habe dich gefragt, ob du etwas trinken willst.»

«Nichts.»

«Ich muß trinken. Dann trinke ich eben allein.» Ich stand auf, ging in die Küche. Beppe folgte mir, faßte mir mit der Hand an den Hintern, mit der anderen zwischen die Beine.

Irgendwo schepperte ein Deckel, fiel eine Plastikflasche in die Spüle. Was für ein Glück, sagte ich mir, ich bin nicht die Reinkarnation der Heiligen Marianne, ich brauche kein Venus-Kinn, das Botticelli vorgezeichnet hat, keine Mona-Lisa-Augenbrauen. Ich bin die Anti-Orlan schlechthin. Meine Computerentwürfe sind auf ein paar Zahlenkorrekturen reduziert, ich brauche nur einen neuen Motor.

Die Marmorplatte unter meinem Hintern war naß. Beppe hatte mich ausgezogen und auf die Arbeitsfläche zwischen Herd und Spüle gehoben. Ich spürte mit der Hand die Wassertropfen, roch das Basilikum hinter dem Abtropfständer. Mein Kopf geriet mehr und mehr in die Nähe des Gewürzregals. Was für ein Glück, dachte ich und nieste. Ich hörte den schneller werdenden Atem, griff nach Beppe. Was für ein Glück.

Später sahen wir uns wortlos in die Augen. Beppe hatte sich mit einem Leintuch zugedeckt und kämmte mit seinen langen Fingern meine Haare nach hinten. Ich erhob mich ein einziges Mal, um die Brahmsplatte aufzulegen und Wasser zu holen.

«Wir fangen an, uns aneinander zu gewöhnen», sagte ich.

Er küßte mich wieder und wieder.

«Woher nimmst du nur die Fähigkeit, mich zum Sprechen zu bringen», fuhr ich fort und dachte an Paul, an die zerhackten Sätze in der Leitung. Wie sollen Langsamkeit und Andacht möglich sein, wenn wir uns so selten sehen, wenn die Zeilen auf dem Display erscheinen und wieder verschwinden?

Ich brauchte nur Beppe anzuschauen, schon wuchsen die Geschichten; wie von selbst kamen mir die Wörter über die Lippen:

Es breitet sich aus, nimmt immer mehr Platz ein und stiehlt meine Aufmerksamkeit. Mit der Zeit mischt es sich in alles ein, in meine Verhältnisse und Lieben, nimmt sich alles heraus.

Es ist im dritten Sommer. Leo und ich sitzen im Auto und fahren Richtung Meer. Am Dunsthimmel kreisen Vögel, als verfolgten sie Schiffe. Ich beuge mich vor, so daß ich mit der Brust das Lenkrad berühre, lasse mich aber schnell wieder nach hinten fallen, als ich auf meiner Fahrspur einen Sattelschlepper bemerke. Leo hat seine Arme um sich gelegt und schläft. Ich konzentriere mich auf den Straßenbelag, weiche den Spurrinnen aus. Doch bald geraten die Reifen in die Vertiefungen, weil ich an meine Augen denke, an die Schatten, die mein Blickfeld eingrenzen, an den Schwindel der letzten Wochen, der sich in unklaren Kopfschmerzen äußerte, in der Unsicherheit beim Aufstehen, und ich erschrecke, weil der Wagen schlittert, glaube, die Kontrolle zu verlieren, so wie ich über mich die Kontrolle zu verlieren glaube, wenn mich dieses Benommenheitsgefühl überkommt, diese Taumeligkeit, als würde mich ein Unsichtbarer zuerst nach der einen, dann nach der anderen Seite ziehen.

Während im Radio die Kurznachrichten übertragen werden, starre ich auf das Heckteil des Sattelschleppers, als könnte ich das Auto gleich einer Tänzerin, die sich beim Drehen auf einen festen Punkt konzentriert, um den Schwindel zu unterdrücken, durch Blickfixierung in Balance halten. Mit der rechten Schulter, die ich ruckartig nach oben ziehe, wische ich mir die schweißnasse Wange ab, fahre einhändig, als die Gefahr gebannt scheint, und streiche mir erleichtert über die Stirn. Leo hat nichts bemerkt.

Es bleibt nicht fort, kommt zurück, sitzt in den Wörtern, die mir keiner abnimmt, am wenigsten Leo. Ich fahre langsam, vergesse die Vögel und folge den Linien auf der Autobahn, während die Kopfschmerzen stärker werden.

Ich trete aufs Gas und setze zum Überholen an. Über dem Teer flimmert die Luft, und ich bin mir wieder nicht sicher, ob es nicht ein Flimmern vor den Augen ist, das nichts mit der Hitze zu tun hat, nichts mit dem Dunst dieses heißen Tages. Ich umklammere das Lenkrad, daß die Fingerknochen weiß hervortreten, und schere aus. Erst als ich die Überholspur erreicht habe, bemerke ich aus den Augenwinkeln im Spiegel das heranschießende dunkle Auto. Ich kann nicht mehr beschleunigen, kann nicht mehr zurück. Der Fahrer ist bereits einige Meter hinter mir. Im Rückspiegel flammt die Lichthupe auf. «Leo», sage ich leise, doch Leo schläft. Mein erster Impuls ist auszuweichen, aus Angst, der Wagen hinter mir könnte mich überrollen, an die Leitplanke drücken. Ich sehe das Schwarz, die drohenden Lichter. Und das Gaspedal ist durchgedrückt. Ich reiße das Lenkrad nach rechts, hätte die Hupe hören müssen, die mich warnt, daß ich dem Sattelschlepper den Weg abschneide. Leo schläft noch immer. Mir ist schlecht. «Leo», sage ich und noch einmal «Leo», sehe, wie der LKW auf die Pannenspur ausweicht, das dunkle Auto in der Ferne verschwindet. Er öffnet die Augen, legt die Hände in den Schoß und schweigt.

Die Radiostimme ist durchsetzt von kratzenden, zischenden Lauten, die, je weiter ich mich vom Sattelschlepper entferne, allmählich verstummen. Ich verstehe dennoch nur Fetzen, einzelne Wörter. Vor mir, auf dem Straßenbelag, führt eine Bremsspur von der Straße ab. Die Leitplanken sind repariert, und das Getreide neben der Autobahn steht senkrecht, unberührt.

«Was machst du?» fragt Leo. Er sieht abwechselnd zu mir herüber, dann wieder auf die Straße, die von der Autobahn zu einer Raststätte führt.

«Ich tanke», sage ich und bedecke, als der Wagen steht, mit

den Händen meine Augen. Es schimmert rötlich durch die Finger.

Leo steht vor meiner Autotür und wartet, daß ich aussteige. Aber ich steige nicht mehr aus. Meine Lider sind schwer wie noch nie, als wüchsen mir die Augen zu. Im Dunkel höre ich das Pochen und Rasen meiner Blutbahnen, rieche das Ammoniak, das meinem offenen Mund entströmt.

Als ich zu mir komme, liege ich auf einer weißen Trage. «Es wird sich alles zum Besseren wenden», sagt Leo und hält meine Hand. Alle suchen immer nach dem Besseren, denke ich und stufe mich zurück, wünsche nur das Gute, das schon war, noch einmal. Ich will, daß Leo geht, aber er bleibt. Er ruft Erna, Georg und Holztaler, die sich einer nach dem anderen an mein Bett setzen, bis ich sie nach Hause schicke. Anders als Leo gehorchen sie und verlassen das Zimmer.

Im Grunde bleibt alles, wie es war. Der Ammoniakgeschmack auf der Zunge geht nicht mehr weg, und gegen meine innere Überschwemmung schlucke ich Tabletten. Am frühen Morgen kommen die Ärzte und messen den Wasserstand.

Es kriegt einen Namen, kriegt Zahlen und einen Anfang. Schon meine Einlieferung wird mit einem Datum versehen, an dem ich mich festhalten kann. Es beginnt, obwohl es schon begonnen hat. Meine Freunde sind besorgt, und ich ruhe mich aus, wenn ich dem Entfernten näher bin als dem Nahen. Wo ich bin, bin ich manchmal nicht mehr. Man führt mich hinaus in ein anderes Zimmer, überträgt mich auf einen Monitor, macht mich transparent.

Ich fühle mich wie ein nächtliches Haus, das bis vor kurzem in der Dunkelheit lag. Jetzt wird es indirekt beleuchtet.

Sobald in der Nähe der Haustür ein Vogel auffliegt oder der Wind in die Weide fährt, geht das Licht an. An der Klingel taucht das Objektiv einer Mikrokamera auf; Garten und Einfahrt treten zutage.

Leo weicht mir nicht von der Seite. Er will mir weismachen, daß meine Krankheit eine Chance ist. «Gib den Satz zurück, wo du ihn ausgeliehen hast», sage ich und drehe mich zur Wand. Ich kann beim besten Willen keine Möglichkeiten sehen, wo er selbst an Entbehrungen denkt. Es gibt keinen Sinn der Krankheit, denke ich und drehe mich zurück zu Leo, der an meinem Leintuch zupft. «Die, die das Ende vergessen, haben tausend Namen für den Sinn. Sie interessieren mich nicht, genausowenig wie dein Mitleid», sage ich zu Leo. Er ist empört, steht auf und geht zum Fenster. Seit sie mich in dieses Zimmer gebracht haben, weicht die Gegenwart in die Vergangenheit zurück. Wenn ich glaube, ich bin noch, war ich schon und habe noch weniger von mir. Die schrumpfenden Nieren sind meine Zukunft.

Ich liege im Bett, habe die Mappe vor mir ausgebreitet und präge mir die Diagnose ein: chronische Glomerulonephritis. Wann immer die Befunde in der Halterung am Bettende stecken, nehme ich sie unter den neugierigen, teils vorwurfsvollen Blicken der Frauen, die mit mir das Zimmer teilen, in die Hand und lese sie. Was ich nicht verstehen kann, lerne ich auswendig. Die längst vergessenen Griechischvokabeln aus der Gymnasialzeit kommen mir zu Hilfe: *ho nephros, he syndrhome*.

Wenn die Mappe verschwunden und sonst keiner da ist, der mich nach meinem Befinden fragt, suche ich die Nähe zum

Licht, lebe ganze Stunden vom Hinausschauen. Ich versuche zu sehen, was ist, verbiete mir vorzustellen, was sein könnte. Nur wenn der Hubschrauber auf dem Dach des Hauptgebäudes landet, vergesse ich die Weiden, die Krähen und den Buntspecht. Weil die Drehflügel noch immer rotieren, ziehe ich den Kopf ein und renne mit den Sanitätern zum Eingang, um die Trage zu holen. Ich schlage mich zum Ausgleich auf die Seite der Helfenden. Sobald in der Ferne der Wagen sichtbar wird, auf dem man den Verunglückten ins Haus rollt, habe ich das Gefühl zu schwitzen. Dabei schwitze ich längst nicht mehr. Mein Flüssigkeitshaushalt stimmt ebensowenig wie mein Blutdruck. Es ist, als fege bei Ebbe ein Sturm durch meinen Körper und entwurzele meine Gedanken.

Ich kann mit den Worten des Arztes nichts anfangen. Er steht am Fußende meines Bettes und gestikuliert, als müsse er seinen Sätzen eine Geschwindigkeit geben, die sie gar nicht haben. Während er Blickkontakt sucht und von meiner Zukunft spricht, schaue ich seinen Fingerspitzen hinterher. Ich folge ihnen, weiß aber nicht mehr, welche Zeichen sie machen.

Man wartet, bis sich mein Zustand stabilisiert hat, und schickt mich dann zur Diätberatung. Der innere Aufruhr ist einer Bewegungslosigkeit gewichen, die mich schläfrig macht. Die Balken vor den Augen sind verschwunden, aber die Bilder sind trübe. Ich sitze im ungemachten Bett, lasse die Beine heraushängen und betrachte den Abdruck meines Kopfes im Kissen. Die Mulde wird kleiner, je länger ich sie fixiere. Es bleiben die Falten im weißen Stoff.

Ich denke an ein Gemälde Pieter Brueghels d. Ä. Die Krankenschwester schiebt ihren Arzneiwagen vorbei und blickt kein einziges Mal auf meine nackten Beine. In der unteren rechten Ecke des Gemäldes verschwindet Ikarus im Wasser, und niemand sieht hin: Das Pferd zieht den Pflug in die entgegengesetzte Richtung, der Kopf des Bauern neigt sich den Furchen zu. Selbst das Schiff, das Ikarus hätte retten können, segelt weiter. Die Wellen, die sich um den ins Wasser stürzenden Körper bilden, sind die letzten Zeichen seiner Existenz. Bald hat sich das Meer über ihm geschlossen.

«Alles braucht seine Zeit», sagt Leo und stellt mehrere Flaschen Mineralwasser auf das Nachtkästchen. Ich bedanke mich nicht, will nur wissen, ob er meine Hausschuhe mitgebracht hat, und kriege einen Wutanfall, weil er sie vergessen hat. Er verläßt geknickt das Zimmer und kann sich des Mitleids der Frauen, die neben mir liegen, sicher sein. Am Abend stehen drei Paar Hausschuhe unter meinem Bett: Die Krankenschwester hat mich mit Pantoffeln aus dem Gemeinschaftsschrank des Männertraktes versorgt, Leo ist mit dem Taxi nach Hause gefahren, um meine Filzschuhe zu holen, und Erna hat ein Paar Clogs gekauft, deren Holzabsätze mich noch größer machen und bei einer gleichmäßigen schnelleren Gangart als Metronom eingesetzt werden können.

Obwohl ich mehrfach beteuere, es allein bis zur Diätberatungsstelle zu schaffen, packt mich ein Pfleger in einen Rollstuhl und fährt mich in den obersten Stock des Gebäudes. Auf der Tür, vor der ich warte, wird mit Plakaten, auf denen Zigaretten und Weinflaschen durchgestrichen sind, für Gesundheit geworben.

Die Diätberaterin ist eine schöne Frau, die in einer Dachkammer des Krankenhauses Tabellen kopiert und mich auf später vertröstet. Nachdem sie einen Hocker unter einem weißlackierten Holztisch hervorgezogen und ihn mir als Sitzgelegenheit angeboten hat, wendet sie sich erneut dem Kopierer zu und drückt mit Schwung die grüne Copy-Taste.

Ich fürchte mich vor Stühlen ohne Rückenlehne. Weil ich schon einmal mein Gleichgewicht verloren habe, setze ich mich seitlich an den Tisch und halte mich mit einer Hand an der Kante fest.

«Jetzt komme ich gleich zu Ihnen», sagt die Frau und wendet sich wieder dem Kopierer zu.

Auf dem Regal vor mir stehen weiß-blaue Medizinbücher, die mich an Georg erinnern. Vor seiner Pathologie-Prüfung lagen sie, unterschiedlich groß und dick, auf dem Küchentisch oder auf dem Badetuch, wenn wir Ausflüge zu den umliegenden Seen unternahmen. «Thieme», lese ich, Theodor, Heinrich, Isidor, Erich, Martin, Ewald. Die Diätberaterin legt Papier nach und betrachtet mich unverhohlen. Ich zähle achtzehn Blätter am Bäumchen des Verlagsemblems, bevor ich für die Buchstaben T, H, I, E, M und E nach weiblichen Vornamen suche.

«Sie werden sich umstellen müssen», höre ich die Stimme der Diätberaterin. Während die Kopiermaschine die Blätter ausspuckt, liest sie in meinen Befunden und erklärt, was ich längst schon weiß. Daß die chronische Entzündung der Nierenkörperchen langfristig zu einer Dauerbehandlung mit einer künstlichen Niere führte. Daß im glücklichen Falle eine Transplantation die lebenserhaltende Maschine vorübergehend unnötig mache. Daß die Diättherapie das endgültige Nierenversagen um Jahre hinauszögern könne.

«Was willst du noch wissen», frage ich Leo am Abend, «genügt es dir nicht?» Die Liste der von nun an verbotenen Nahrungsmittel lasse ich in der Lade neben dem Bett verschwinden.

«Ich könnte ein solches Leben nicht aushalten», sagt er wahrheitsgetreu und streicht mir mit gesenktem Blick über den Handrücken.

«Ich auch nicht.»

Das Schlimmste ist das Warten, das keiner verkürzt. Nachts liege ich wach, bin allein mit den Stunden, drehe mich im Kreis. Ich versuche Worte zu finden und denke an Douglas Gordon, den kanadischen Künstler, der den Film «Psycho» mit einer Spezialkamera auf vierundzwanzig Stunden ausgedehnt hat. Wenn ich mein Leben betrachte, sehe ich einen ähnlichen Film, sehe mich in der Verzögerung, fremd, nicht wiedererkennbar.

Die da liegt, soll ich sein. Wasser, überall Wasser. Die Fesseln zum Fesseln eine Freude. Gleich drückt das Seil das Wasser aus dem angehobenen Bein, das ich ins schwache Nachtlicht halte, fort von mir, als wäre es ein Schwamm. Gleich winde ich mich, winde mich aus.

Weil mir der Arzt mitgeteilt hat, daß die Urinmenge abnehmen wird, schule ich mein Gehör. Sitze ich auf der Muschel, schaltet sich wie von selbst das Harnstrahlmeßgerät ein. Aber das Rauschen, das Fließen und Strömen bleibt aus. Es rinnt zaghaft, bis es nur noch tröpfelt.

Mitten in der Nacht wanke ich über den Korridor. Ich habe die abgelichteten Seiten aus der Lade genommen und will mich damit in den Aufenthaltsraum begeben, weil sich eine Zimmernachbarin über das eingeschaltete Licht beklagt hat. Die Nachtschwester kommt aus dem Arztzimmer und fragt, ob ich eine Schlaftablette wolle, tadelt mich, weil ich, ohne ihre Begleitung anzufordern, in einen anderen Raum gehe. «Ihr Blutdruck ist noch immer nicht eingestellt», sagt sie und bleibt dicht hinter mir, bis ich auf einem der billigen Fornicastühle vor dem laufenden Fernseher sitze, dessen Ton abgedreht ist. Schon öfter sei einer schwindelig geworden, habe sich bei einem Sturz schlimmste Verletzungen zugezogen. Ich verspreche, nach ihr zu rufen, wenn ich wieder ins Bett will.

Sie dreht das Deckenlicht heller und deutet mit dem Zeigefinger auf die Tabellen: «Ich gebe Ihnen einen Rat, halten Sie sich daran. Sie können Jahre dazugewinnen.»

Die Luft im Aufenthaltsraum, der während der Mahlzeiten in ein Eßzimmer für mobile Patienten verwandelt wird, ist abgestanden, warm. Auf mehreren Tischen stehen gebrauchte Tassen und Gläser. Ich überlege, die Balkontür zu öffnen, bin aber zu müde, vertiefe mich statt dessen in die Unterlagen, studiere den Natrium- und Kaliumgehalt von Getränken, präge mir die eiweißarmen Lebensmittel ein, ihre Hersteller und Bezugsquellen. Ich werde mit fortschreitender Krankheit immer seltener auf dem Markt oder in Lebensmittelgeschäften einkaufen gehen, werde Reformhäuser aufsuchen, Apotheken und Drogerien.

Andere vertreiben sich die Zeit, ich muß sie gewinnen, denke ich und schaue auf, starre auf den Bildschirm, auf dem einem Hund das Futter gereicht wird. Der gulaschartige Brei liegt in einer Silberschüssel, dahinter entfernen sich die kerzengeraden Beine einer jungen schlanken Frau.

Ich lag im Bett, hatte längst aufgehört mit meiner Erzählung. Von draußen drangen die Stimmen trunkener Männer ins Zimmer, unterbrochen vom Scheppern der Dosen, die zu Boden fielen. Eine Zeitlang schien es, als spielten mehrere Personen mit leeren Büchsen Fußball.

Beppe hatte zugehört, keine Sekunde Müdigkeit gezeigt. Meine Angst, er könnte einschlafen und mich mit meiner Geschichte allein lassen, war unbegründet gewesen. Vielmehr wartete er meine Erschöpfung ab und beschrieb, mich von hinten umfassend, das Schicksal seiner Mutter, die sich gelegentlich in seiner Wohnung einquartierte, weil sie einsam war und sich in ihrem Haus auf dem Land langweilte.

«Man kann nie weit genug wegziehen», sagte Beppe und zeichnete mit seinem Finger ein paar Striche auf meinen Rücken.

Dora Held war in den frühen fünfziger Jahren die Geliebte eines italienischen Zöllners gewesen, der sie trotz Präservativ geschwängert haben mußte, aber hartnäckig seine Vaterschaft ausgeschlossen hatte.

«Für ihn war sie eine Hure.» Nachdem er sie geschlagen hatte, sei sie endgültig abgehauen.

«Und warum hat sie dich Giuseppe getauft?»

«Sie hat mir seinen Namen gegeben, weil sie gehofft hat, ich würde ihm ähnlich sehen und er wäre schließlich gezwungen, seinen Irrtum einzugestehen, aber ich bin leider nach der Familie meiner Mutter geraten: dick, unförmig und hellhäutig.»

«Mach dich nicht so häßlich, so schön bist du nicht.»

«Ich bin ein Unfall, ein aus dem Gummi getropftes Kind. Das sieht man.»

Er lag jetzt da und schlief. Sein angewinkeltes Knie berührte meinen Oberschenkel, eine Hand lag auf meinem Bauch. Ich legte sie auf das Leintuch, rutschte sachte nach unten und bettete meine Wange auf seinen fleischigen Hintern.

X

«Wasser, Wasser, Wasser.» Ich erschrak, hob den Kopf und sah in Holztalers Gesicht. «Seit einer Stunde bestellst du nur Wasser, ich beobachte dich», sagte er. «Darf ich dich zur Abwechslung zu einem Glas Wein einladen? Wartest du auf jemanden? Hast du eine Verabredung?»

Holztaler in seinem Element, dachte ich. Der Informationssauger setzte sich sofort in Betrieb.

«Ich treffe Erna.» Kaum hatte ich es ausgesprochen, ärgerte ich mich schon.

«Eine unhöfliche Person, dich so lange warten zu lassen.»

«Vielleicht bin ich früher gekommen, um in Ruhe Zeitung zu lesen?»

«Nennst du das eine Zeitung?» Er griff nach der Zeitschrift, die auf dem Tisch lag, und blätterte darin.

Es hat keinen Sinn, ihm zu antworten, dachte ich, weil es ihn gar nicht interessiert. Ich schenkte Wasser ein und trank das Glas in einem Zug leer.

Holztaler blieb vor mir stehen, hatte den Kulturteil aufgeschlagen und regte sich über einen Literaten auf, der aus deutschen Wörtern arabischer Herkunft Gedichte bastelte. Er warf die Zeitschrift auf den leeren Stuhl am Nebentisch und setzte sich. Sein «Darf ich?» kam in dem Moment über seine Lippen, als er die Beine ausstreckte und mich dabei unabsichtlich berührte.

Ich zuckte mit den Schultern.

«Habt ihr euch inzwischen versöhnt?»

«Wen meinst du?»

«Dich und Leo.»

«Da gibt es nichts zu versöhnen», sagte ich, «Meinungsverschiedenheiten kann man auch stehenlassen.»

«Nicht, wenn sie dein Überleben betreffen, schließlich ward ihr ja ein Paar. Und liebt euch noch immer. Er kann doch nicht so tun, als wäre es gleichgültig, ob du in ein paar Monaten stirbst oder in fünfzig Jahren. – Übrigens hat Collina ein neues Herz bekommen. Ich habe es gestern im Radio gehört. Da ist sie.» Holztaler stand sofort auf und reichte Erna die Hand. «Dann will ich nicht länger –»

«Der Schauspieler? Tatsächlich?» Ich freute mich.

«Du störst nicht», sagte Erna, küßte mich auf die Wangen und drückte Holztaler in seinen Sessel zurück. «Habe ich richtig gehört? Collina ist operiert worden? Ich liebe ihn.» Wie sie das I in die Länge zog, erinnerte sie mich an Beppe. «Seine Stimme ist ein Wahnsinn, fast so schön wie die von Florentin Knoll.»

«Du meinst den Groll?» Holztaler fischte nach meinem Tuch, das von der Lehne rutschte.

«Kann schon sein.» Erna ertrug es nicht, wenn man sie korrigierte. Sie stieß sich vom Boden ab, daß der Stuhl quietschte. «Mutig, mutig, der a-a-alte Collina. Hoffentlich wird er nicht ein anderer.»

«Wieso soll er ein anderer werden?» fuhr Holztaler auf. «Der Austausch eines Organs bedeutet doch nicht, daß sich die Identität verändert. Mein Gott, aus welcher Zeit stammst du denn? Glaubst du etwa noch immer, daß das Herz der Sitz der Seele ist? Wenn du eine funktionierende Pumpe kriegst, hat das Gehirn wieder genügend Sauerstoff, das ist alles. Du änderst dich nicht, im Gegenteil, du bist wieder die, die du warst, bevor es gesundheitlich bergab ging.»

«Naja», antwortete Erna, «wer weiß das schon so genau. Ist ja alles noch in den Anfängen.»

«Es wird Zeit, daß du dich von deinen veralteten Vorstellungen langsam löst.»

«Laß das», sagte ich leise, als Erna aufstand, um einen Freund zu begrüßen, der gerade zur Tür hereingekommen war, «sie hält an ihren Vorstellungen fest, weil sie Angst hat.»

«Zuwenig Angst», sagte Holztaler.

«Kann sein.» Ich faltete mein Tuch und tat es in die Tasche, weil es ein zweites Mal vom Stuhl zu rutschen drohte. Es war mir suspekt, daß sich Holztaler mit so viel Engagement für mich einsetzte, aber er las viel, und vielleicht gehörte er tatsächlich zu den wenigen Menschen, die sich mit lebensbedrohlichen Krankheiten beschäftigten, ohne selbst davon betroffen zu sein. Holztaler stand noch immer vor mir und konnte sich nicht entschließen zu gehen.

«Ich weiß selbst nicht, wie ich heute darüber dächte, wenn ich nicht bald von diesen lebensverlängernden Maßnahmen abhängig wäre», sagte ich und blickte zu ihm hoch. «Vielleicht würde ich ebenfalls gegen Transplantationen sein oder mich für die Menschenwürde und Selbstachtung des Embryos stark machen. Ich frage mich nur, wie man gegen therapeutisches Klonen sein kann, wenn man gleichzeitig das Leben der Mutter über das Leben des ungeborenen Kindes stellt.»

«Tut sie das?» Holztaler zeigte auf Erna, die hinter ihm stand.

«Wer nicht? Im Freundeskreis sind doch fast alle gegen therapeutisches Klonen. Und sie sind alle gesund.»

«Warte, bis sie in die Jahre kommen.»

«Und wie sie mich immer ansehen, wenn ich meine Medikamente auspacke. *Wie kannst du nur? Bist du sicher, daß sie dir nicht mehr schaden als nützen? Hast du es schon mit Misteltee versucht? Mit Zinnkraut? Brennesseln?* Ich kann das nicht mehr hören. Warum verteidigst du mich eigentlich?»

«Ich verteidige dich nicht. Ich liebe dich.» Er imitierte Erna und zog das I so in die Länge, daß Erna sich von ihrem Freund abwandte und Holztaler einen Vogel zeigte.

Der Ober putzte die Vitrine; er zog mit gestrecktem Arm den Abzughahn des Fensterputzmittels, so daß es wirkte, als schösse er auf die Kuchen- und Tortenstücke.

Immer wenn ich Holztaler zuhörte, glaubte ich, einen Ton in seiner Stimme zu vernehmen, der das genaue Gegenteil von dem, was er behauptete, anklingen ließ, als wären seine Worte von einer zweiten Stimme überlagert, die nur schwer auszumachen war. Ich traute ihm nicht. Er saß mir gegenüber und versuchte, meinen Blick einzufangen.

«Laß das Flirten.»

«Flirte ich?»

«Es reicht, daß du so tust, als ob.»

«Ich komme gleich», fuhr Erna dazwischen, nahm ihre Tasche und folgte dem Mann. Mir fiel ein, daß ich ihm auf dem Riesinger-Fest begegnet war. Er hatte in Frühwalds Nähe gestanden und Flaschen entkorkt.

«Typisch Erna», sagte Holztaler, «wenn man nicht ihrer Meinung ist, geht sie lieber.»

«Sie ist aber nicht feige, nur überfordert.»

«Du nimmst sie in Schutz?»

Wer bleibt noch übrig? dachte ich. Beppe, der heute morgen abgereist ist, und Paul in der Ferne. Ich hielt die flache Hand unter die Nase, öffnete den Mund und stieß den Atem aus. Der Ammoniakgeruch war stärker geworden, obwohl ich das Gift in mir mit Wasser zu verdünnen versuchte. «Ich rieche nichts», hatte Beppe gesagt und mich geküßt. Es war früher Morgen gewesen, die Vögel schwiegen noch, und auf dem Platz brannten die Laternen. Er hatte nicht bemerkt, daß ich zweimal aufgestanden war, um mir die Zähne zu putzen und den Mund zu spülen. Als er mich ein letztes Mal streichelte, hielt ich die Augen geschlossen. Seine Finger, schien mir, tasteten über meinen Rücken, als suchten sie nach meinem Leben.

«Entschuldigung», Erna kam zurück, nachdem sich Holztaler verabschiedet hatte. Mir wäre lieber gewesen, sie wäre noch eine Weile fortgeblieben. Ich hatte den Platz gewechselt, mich auf die Bank neben dem Eingang gesetzt, von der aus man das ganze Kaffeehaus im Auge behalten konnte. Ich saß gegenüber der Spiegelwand, die aus sechs Rechtecken zusammengesetzt war. An den Schnittstellen traten Zerrlinien hervor. Von der linken unteren Kaffeehauswand glaubte man, daß sie nach rechts versetzt sei – eine optische Täuschung. Ich brauchte von diesem Tisch aus nie den Kopf zu drehen. Tür, Uhr, Palme und der bei Zugluft leise bimmelnde Kristallkronleuchter bildeten ein gespiegeltes Stilleben. Wer das Kaffeehaus betrat und sich umschaute, war für einen Augenblick Teil dieses Bildes, ohne mich als Betrachterin wahrzunehmen.

«Er ist doch Photograph», sagte ich zu Erna und zeigte mit dem Daumen in die Richtung, aus der sie kam. «Verlangt er viel?»

«Warum? Brauchst du Photos? Du? Ich kenne keine bessere Photographin als dich.»

«Es gibt Stellen, die kann man nicht selbst photographieren.»

«Wie soll ich das verstehen? Willst du in die Pornoindustrie einsteigen?»

«‹Playboy› plant eine Seite mit dem Titel ‹Erotik der Todgeweihten›.»

«Du spinnst.»

«Glaubst du, daß ich Chancen habe?»

«Die setzen dich aufs Titelblatt.» Sie rief den Ober herbei und bestellte zwei Gläser Sekt.

«Du weißt doch, daß ich keinen Alkohol trinke.»

«Du mußt ihn ja nicht trinken.» Erna verschwand unter dem Tisch, holte den Organizer aus der Tasche und legte ein Photo vor mich hin. «Wie findest du ihn?»

«Die Ähnlichkeit ist verblüffend.» Vater und Sohn sahen aus wie Zwillinge unterschiedlichen Alters.

«Er ist ein Traum», sagte Erna und schaute mit großen Augen zum Kronleuchter.

«Noch. Die Rastalocken werden dir bald fehlen.»

«Lieber weniger Haare als weniger Geld. Er hat mir bereits zwei Bilder abgekauft.» Sie steckte das Photo wieder ein und machte ein beleidigtes Gesicht. «Sei keine Spielverderberin.»

Spiel, dachte ich, ist das richtige Wort. Verluste und Gewinne buchte sie einfach um und merkte nicht, wenn sie auf dem falschen Konto landeten.

«Ich möchte meinen Unterarm photographieren lassen, bevor er zerschnitten wird», sagte ich. «Es wird nicht mehr lange dauern, ich spüre das. Der Kaliumwert war schon das letzte Mal bedenklich erhöht. Wenn er weiter steigt, dann macht das Herz nicht mehr mit.»

«Aber wozu?» sagte Erna. «Du wirst genauso schön sein wie vorher, die Narben werden dich noch interessanter machen.»

«Verstehst du das nicht?»

«Was bringt es zu wissen, wie man war?»

«Hör zu, ich bitte dich um einen Gefallen. Du kannst ja sagen oder nein, aber verschone mich mit deinen Fragen. Es kann sein, daß ich die Bilder nie anschauen werde, aber ich will sie haben.»

«Und warum läßt du sie dir nicht von mir machen?»

«Ich will professionelle Photos, keine Schnappschüsse.»

«Du wirst immer schrulliger.»

Als ich nach dem Sekt griff, um mit Erna auf ihre neue Liebe anzustoßen, stolperte mein Herz. Die unkoordinierten, schnellen Zuckungen gingen in eine unregelmäßige Schlagfrequenz über. Ich lehnte mich zurück, umfaßte die Lehnen und wartete ab, was passierte.

«Ist etwas?»

«Nichts.» Ich nahm einen Schluck und war erleichtert, als das Herz wieder regelmäßig arbeitete.

«Ich werde Michael fragen. Wenn du willst, sofort. Er hat im Moment viel zu tun. Ich wollte, daß er die Mailänder Ausstellung dokumentiert, aber er hat mir abgesagt. Schade, er ist wirklich ein ausgezeichneter Photograph.» Erna verlor sich in lauten Gedanken und hatte bereits vergessen, daß sie mir ein Angebot gemacht hatte. Sie erzählte von den Schwierigkeiten mit der italienischen Bürokratie, schimpfte über die Mailänder Organisatoren, die keine zusätzlichen Kosten tragen wollten und deshalb gegen die Aufstellung einer Zwischenwand seien, und kritisierte Frühwald, der ihr zwei Photoarbeiten geschickt habe, die ihr nicht gefielen.

«Das war nicht ausgemacht», sagte sie, trank einen Schluck und verstrich mit dem Zeigefinger einen Tropfen an der Außenwand des Glases.

«Dann lade ihn wieder aus.»

«Das geht nicht, auf Frühwald kann ich nicht verzichten. Außerdem will ich keine zusätzlichen Probleme. Wenn ich in den nächsten Tagen ausgewählt habe, kann ich mir am Wochenende freinehmen. Ich brauche dringend Liebesurlaub.»

«Und wohin fährst du?»

«Das hängt von den Flügen ab. Vielleicht kriegen wir noch eine Maschine nach London oder Paris.»

Meine Welt besteht nicht mehr aus allen möglichen Zielen; wenn ich den Globus drehe oder Landkarten betrachte, sortiere ich sofort aus: kommt in Frage, kommt nicht in Frage. Ich weiß um meine Privilegien, um die Gleichzeitigkeit anderer Wirklichkeiten, um die vergangenen und bestehenden Krisengebiete. Damals, als in Bosnien Krieg herrschte, dachte ich daran, wie es wäre, aus Sarajewo-Grbavica zu sein. Eine wie ich ist chancenlos. Allein der Transport in ein Lager, die abgenommenen Privatgegenstände, unter denen sich die Medikamente befänden, hätten das Ende bedeutet.

Sah ich die Abendnachrichten, versetzte ich mich sofort in andere Lebenssituationen und rechnete automatisch meine Überlebenschancen aus. «Ich weiß, woran du denkst», hatte Paul gesagt, als Jahre später Frauen, Kinder und alte Menschen fluchtartig den Kosovo verließen.

«Dafür, daß du um meine Gedanken weißt, liebe ich dich», flüsterte ich ihm ins Ohr, knabberte an seinem Ohrläppchen und verließ das Wohnzimmer, um in der Küche Tee aufzusetzen. In den meisten Fenstern hatte das blaue Licht der Fernseher geflimmert.

«Ich freue mich für dich», sagte ich zu Erna, die damit beschäftigt war, ihre Fingernägel zu betrachten.

Mir fiel ein Zeitungsbericht ein, den ich vor einigen Monaten gelesen hatte. Darin war von einem Kosovo-Flüchtling die Rede, dessen Aufenthaltsgenehmigung ablief. In letzter Minute hatte der vierunddreißigjährige Mann, dem man gerade erst die zweite Niere entfernt hatte, den Flug verweigert, weil er als Dialysepatient in seiner Heimat zugrunde gegangen wäre. Schon die Rückreise in sein Dorf, die auf dem Landweg vier Tage gedauert und eine Blutwäsche an der Maschine unmöglich gemacht hätte, wäre zu lang gewesen.

«Nach London würde ich auch gerne fahren.»

«Fahr doch», sagte Erna. «Du könntest doch mit – wie war sein Name?»

«Beppe.»

«Du könntest doch mit Beppe hinfahren, und wir treffen uns wie zufällig in der Tate Gallery.»

Erna gehörte wie Leo zu den «Wie-heißt-er-doch-gleich?»-Menschen, die sich keinen Namen merken konnten, aber auf Partys und Vernissagen sofort die Informanten ausspähten, die sie vor einer Blamage bewahrten. Vor mir zögerte sie nicht, sich eine Blöße zu geben, stürzte weiter, von einer Vergeßlichkeit in die andere.

«Ich habe dir doch erzählt, daß er für drei Wochen im Ausland ist.»

Ich griff nach dem Tuch in der Tasche, als gäbe es ihn mir zurück, vergrub die Finger in der gestreiften Seide. Heute morgen hatte der Nachbar, kurz nachdem Beppe abgereist war, das Paket vorbeigebracht und dabei auf eine Weise gegrinst, daß mein schlechtes Gewissen Paul gegenüber nur eine Deutung seines Gesichtsausdrucks nahelegte: Ich traute dem alten Mann zu, daß er um sechs Uhr früh, vom lauten Öffnen der Wohnungstür neugierig geworden, aufgestanden war, um durch den Spion unseren Abschied zu beob achten.

«Du liebst ihn?» fragte Erna.

«Sprichst du von dir?»

«Nein. Wie meinst du das?»

Ich sah zu, wie Erna rauchte, wie sie die Asche, kleine Zeitpartikel, abstreifte und zwischendurch mit der Zunge die vom Rauch austrocknenden Lippenbögen befeuchtete.

«Es interessiert dich doch nicht, was ich erzähle», sagte ich, «du reißt jedes Gespräch an dich.»

«Ich habe dir doch gerade eine Frage gestellt.»

«Wenn ich darauf antworte, wirst du sie zum Anlaß nehmen, um wieder von dir zu sprechen.»

«Das stimmt doch gar nicht; sei nicht so empfindlich. – Warum ist Holztaler eigentlich gegangen?»

«Siehst du.»

«Mein Gott, Marianne. Was ist denn los? Man kann nicht alles abwiegen, es hat nicht alles seinen von dir zugewiesenen Platz. Ich bin verliebt. Ist das ein Problem für dich?»

Erna begleitete mich nach Hause, setzte sich in die Küche und schaute mir zu, wie ich die seit vierundzwanzig Stunden im Wasser liegenden Kartoffeln mit einem Löffel aus der Schüssel fischte, in neues Wasser legte, abkochte und anschließend mit Olivenöl und Pfeffer abschmeckte und aufaß. Auf diese Weise verloren sie das gefährliche Kalium, aber auch den Geschmack. Da ich noch Hunger verspürte, bestrich ich ein paar eiweißarme Zwiebackscheiben mit einer salz- und proteinarmen Pastete. Erna wollte nichts essen, weil sie mit ihrem Fabrikanten verabredet war, fuhr mit dem Messer in den Tartex-Aufstrich und verzog das Gesicht.

Wenn Paul aus Rom zurückkehrte, veranstalteten wir manchmal ein Essen, zu dem auch Freunde eingeladen wurden. Einige Male war auch Denzel dabei, ein Journalist aus Pauls Studentenwohngemeinschaft, der sich nicht aus der Küche fortbewegte und in allen Einzelheiten über meine Krankheit informiert werden wollte. «Die Zeit», hatte er einmal mit Bestimmtheit gesagt, «arbeitet für dich. Du hast den besten Arzt der Stadt, und wenn es soweit sein wird, werden sich neue Möglichkeiten auftun.» Was sich mir auftun sollte, verschloß sich ihm für immer: Er wurde von serbischen Heckenschützen erschossen, als er sich während des Bosnienkrieges ins Zentrum von Sarajevo wagte, wo er im Holiday-Inn-

Hotel einen amerikanischen Journalisten treffen und Informationen austauschen wollte. Ich erinnere mich, daß Denzel nur selten Gastgeschenke mitgebracht hatte, daß aber, was er sagte, die Blumensträuße und Weinflaschen hundertfach ersetzte. Wenn er längere Zeit im Ausland war, schrieb er oder rief an: «Was macht der Körper? Warst du schon beim Arzt?» Er erinnerte sich sogar daran, was er bei uns gegessen hatte, und wußte auch noch nach Monaten die genaue Abfolge der Speisen.

«Und was ißt du sonst?» Erna nahm die Verpackung in die Hand und studierte die Nährwerte.

«Zum Beispiel Palatschinken.»

«Das sind doch Eiweißbomben.»

«Es gibt proteinarmes Mehl, und statt Milch nehme ich Wasser mit einem Schuß Rahm.»

Sie schüttelte den Kopf und brach ein Stück Zwieback herunter. «Da beißt man sich die Zähne aus.»

Anfangs bereitete es mir Schwierigkeiten, für die anderen zu kochen und fast nichts davon essen zu können, schlimmer noch: Ich sah auf die Teller meiner Freunde und vergaß die verschiedenen Arten der Zubereitung, verwechselte die Namen der Kräuter, mit denen ich die Speisen gewürzt hatte. Wenn sie mich nach dem Rezept fragten, mußte ich die Kochbücher aus dem Küchenregal holen. Ich hatte die Proteinaustauschtabellen im Kopf, die erlaubten Tagesmengen an Phosphor, Kalium, Natrium und Eiweiß. Ich wußte, daß in zehn Deka Camembertkäse von der fettesten Sorte fast achtzehn Gramm Eiweiß enthalten sind, daß der Proteinanteil mit abnehmendem Fettanteil steigt, daß es Mineralwassersorten gibt, die auf einen Liter Flüssigkeit über zweihundert Milligramm Natrium enthalten, was in meinem Fall die erlaubte Dosis um das Doppelte überstieg, doch ich vergaß die einfachsten Rezepte. Ich zwang mich, gegen das Vergessen weiterhin zu kochen, und je mehr mein Blut vergiftet war, je restriktiver die Diätvorschriften ausfielen, desto mehr freute ich mich auf den Moment, wo ich eine Spargelspitze auf der Zunge zergehen lassen oder den Finger in den Teig stecken konnte. Ich probierte teelöffelweise die verschiedenen Mousse-Varianten und dachte an meine Großmutter, für die Schokolade früher ebenfalls eine Kostbarkeit bedeutet hatte.

«Uccellino», nannte mich Paul, wenn er mir ein abgerupftes Stück Schinken oder eine dünne Bananenscheibe in den Mund steckte. Glücklich war ich, wenn er mich bekochte; an solchen Abenden legte er eine Tischdecke auf, stellte Blumen in eine Vase und verwöhnte mich mit einem Brunello di Montalcino oder einem teuren Burgunder, den er mir in einem Schnapsglas servierte. Er kannte alle Tricks, hatte sich Diätbücher für Nierenkranke besorgt, sich eingelesen.

Erna stellte sich ans Fenster und wartete, bis ich das Geschirr in die Maschine gesteckt hatte, dann sagte sie, ohne mir ins Gesicht zu schauen: «Er ist kein besonders guter Liebhaber, aber das werde ich ihm schon noch beibringen.»

«Dem Sohn vielleicht, aber dem Vater?»

«Wahrscheinlich hast du recht.»

«Wenn ich dich so ansehe: Sehr verliebt wirkst du nicht auf mich.»

Sie machte ein paar Schritte vom Fenster weg, als wollte sie sich im Glas betrachten. «Mir ist seit ein paar Tagen schlecht, besonders abends.»

«Schwanger?»

«Das glaube ich nicht. Nein, das kann ich mir nicht vorstellen. Außerdem wäre mir dann morgens schlecht. Beim Aufstehen fühle ich mich immer ausgezeichnet.»

«Laß dir einen Termin bei deiner Ärztin geben, ehe es zu spät ist», sagte ich.

«Du neigst zur Übertreibung.» Sie drückte die Fingerspitzen angestrengt gegen die Stirn, bis sich die Kopfhaut verzog.

Im Küchenregal klirrten die Weingläser, weil ein Lastwagen über den Platz fuhr. Ich holte eine Flasche Mineralwasser aus dem Kühlschrank.

«Woher nimmst du nur diesen ständigen Durst?» fragte Erna.

«Ich trinke auf Befehl.» Es zischte, als ich den Verschluß öffnete.

«Seit ich dich kenne, habe ich dich immer nur trinken sehen. Trinken, trinken, trinken – wann hört das auf?»

«Wenn die Nieren versagen und ich an der Maschine hänge. Dann muß ich die Flüssigkeitszufuhr auf einen halben Liter pro Tag reduzieren. Davor fürchte ich mich schon jetzt. Trinken fällt mir sicher leichter als nicht trinken.»

«Das verstehe ich nicht.»

Erna kam auf mich zu, umarmte mich. «Aber du kannst dich auf mich verlassen, das weißt du hoffentlich.»

Die Spitzen der Bäume bogen sich leicht, über ihnen sammelten sich dunkle Wolken.

«Nein», schrie Erna, «das darf doch nicht wahr sein: Es sieht nach Gewitter aus, und dann diese Stoffsandalen.»

Wahrscheinlich ist er mir schon nahe. Ich lag da und redete mit mir selber, suchte nach Mustern an der Wand, nach Figuren im Kalk. In der Kindheit gab es eine Stelle über dem Bett, wo die Farbe schlecht verstrichen worden war. Dort entdeckte ich Delphine, Seepferdchen und Käfer, die sich in meiner Vorstellung einrollten, um auf mein Kissen zu fallen, sobald ich die Augen schloß. Jetzt, als Erwachsene, vermochte ich auf der Wand keine Tiere zu entdecken. Die unregelmäßig verputzten Flecken sahen aus wie die weißen Kalaharidünen, von denen ich gelesen hatte, daß sie bei trockenem Wetter ein Geräusch verursachten, das sich anhörte, als brüllten sie.

Ich mußte eine Strategie entwickeln, wie ich die Nacht überstehen konnte. Es juckte mich am ganzen Körper. Das Gift will aus dir heraus, sagte ich mir, stand auf, stellte mich unter die Dusche, aber es nützte nichts. Sobald ich den Bademantel überzog, bildete ich mir ein, keine Luft mehr zu kriegen. Ich setzte mich nackt an den Küchentisch, griff nach dem Handy und tippte Beppes Nummer ein, ohne zu wählen. Das Liebeschaos entsprach immer mehr dem Körperchaos. Du bist ein Dummkopf, sagte ich mir.

Ich träumte vom Fliegen.

Geschwindigkeit vernichtet die Chronologie, zerstört die logische Zeitenabfolge.

Ich lebte, als ob ich fliegen wollte, egal wohin. Ich mußte an die Konstruktion der Flügel glauben.

Um Mitternacht hoben mich Beppes Worte über die Rasenfelder, über die großblumigen Topfchrysanthemen, die Islandmoosflecken, Kieswege und Kreuze.

Er klingelte mich aus dem Halbschlaf: «Es ging nicht früher.»

Sein Auftraggeber hatte ihn aufgehalten, ausführlich seine Wünsche formuliert. Das Badezimmer, ein dreißig Quadratmeter großer Raum, sollte mit aufgemalten Säulen verziert werden.

«Er will Figurenkapitelle oder Korbkapitelle, kann sich aber nicht entscheiden. Mir wären Lotosknospen oder einfache Würfel lieber, sie kosten weniger Zeit, und ich wäre schneller bei dir.»

«Ich will nicht schuld an deinem finanziellen Ruin sein. Schwatz ihm doch alle möglichen Ornamente auf, Flechtbänder, Wellenbänder und was dir sonst noch einfällt. Es gibt nicht so viele Verrückte, die für die Verschandelung ihrer neoklassizistischen Paläste ein Vermögen ausgeben.»

«Verschandelung?»

Wir lachten.

«Du solltest das Haus sehen, die Kunst im Garten. Ich werde dir eine Videokassette schicken.»

«Ein paar Photos reichen doch auch», sagte ich vorsorglich. Wer weiß, auf welche Ideen Beppe kam, wenn er Tage und Wochen einsam in dieser Villa zubrachte.

Leo hatte mir einmal, als er einen Monat das Landhaus seiner Tante hüten sollte, eine Kassette aufgenommen. Der Briefträger brachte sie an einem Freitag, als meine Eltern auf Besuch waren. Es waren lauter langweilige Bilder: das Haus von innen, das Haus von außen, das Haus von einem Hügel aus, einige Weinbergschnecken, ein Nachtpfauenauge, Sommerflieder und Waldaufnahmen, die so dunkel waren, daß ich mich kurz wegdrehte, um meiner Mutter das Tablett abzunehmen, auf dem der fertige Kaffee stand. Sie wollte noch nach dem Zucker sehen, blieb dann aber wie angewurzelt stehen und starrte auf den Bildschirm, auf dem sich statt der zu erwartenden Fichten und Lärchen ein einziger Zapfen in den Vordergrund schob, der höchstens von der Form, aber niemals von der Farbe her die ausgereifte Frucht einer Weißtanne sein konnte.

«Es ist zum Aus-der-Haut-Fahren», sagte ich und kratzte mich überall.

«Bleib in ihr drinnen, wir brauchen sie noch.» Die Leitung war gestört. Ich verließ die Zimmerecke, suchte nach einem besseren Empfang.

«Ich mache mir Vorwürfe. Es war falsch abzureisen», sagte Beppe.

Wahrscheinlich war ich für alle ein Grund zur Flucht. Sie zogen den kleineren Fehler dem größeren vor, gingen lieber fort, als zu bleiben. Wie mir das fehlte: ihn morgens beim ersten Öffnen der Lider neben mir zu erblicken, das Stück Schulter, ein Ohr, das vom Schlaf zerdrückte Haar. Ich schwieg, lockte ihn nicht.

Es war nichts zu hören, so daß ich glaubte, die Leitung wäre tot.

«Hallo?»

«Ja? Wolltest du mir etwas sagen?»

«Erwartest du einen besonderen Satz?»

«Ich liebe deine Gegenfragen.» Das «liebe» übertönte die nachfolgenden Worte, Beppe verschluckte sie, als sei ihm bei der Dehnung des Vokals der Atem ausgegangen.

«Es wäre nicht sehr klug gewesen hierzubleiben. Hast du dir eigentlich nie überlegt, deinen Vater ausfindig zu machen?»

«Was für ein Gedankensprung. Nein, ich weiß, wo er lebt und wie er heißt, das genügt. Er glaubt mir ja doch nicht, daß ich sein Sohn bin.»

«Dann reiß ihm ein Haar aus, laß es analysieren und bring ihm den genetischen Beweis.»

«Du meinst, ich sollte an seiner Wohnungstür klingeln, *Buon giorno, signor Sinibaldi!* rufen und ihn an den Haaren packen? Und wenn seine Frau die Tür aufmacht? Oder eines seiner Kinder?»

«Du hast Geschwister?»

«Zwei Halbbrüder, vierunddreißig und neunundzwanzig. Mammoni, die den gedeckten Tisch und die gebügelte Wäsche erst aufgeben, wenn die Mutter stirbt. Soll ich Unruhe und Unordnung ins Leben dieser Menschen bringen? Aus Rache?»

«Du hättest Gewißheit. So steht Aussage gegen Aussage. Es könnte genauso sein, daß deine Mutter lügt.»

«Was kümmert mich die Gewißheit, wenn alle Beteiligten mit der Ungewißheit und dem Nicht-Wissen besser leben? Wirst du wissen wollen, aus welchem Körper das Spenderorgan stammt? Wer für dich in den Tod gesprungen ist, bei einem Motorradunfall sein Leben verloren hat?»

«Was für ein Vergleich.»

«Du denkst nicht daran? Ich kann, seit ich dich kenne, an nichts anderes denken: wie dir zu helfen sein wird. Welches schicksalhafte Ereignis dein Glück bedeuten wird. Der Schauspieler –»

«Ich weiß –»

«Der Schauspieler Collina verdankt sein Weiterleben einem Dachdecker, der das Gleichgewicht verloren hat. Für ihn trifft zu, was man gemeinhin sagt: Alles Gute kommt von oben.»

«Und woher weißt du, daß sein Herz von einem Dachdecker stammt?»

«Vielleicht habe ich es nur erfunden.»

Als ich schwieg, meinte Beppe: «Ich wüßte gerne mehr über Paul.»

«Paul?»

«Ich kenne ihn ja nicht, ich weiß nicht einmal, gegen wen ich mich zu behaupten hätte. Ob der Kampf Sinn hätte. Du läßt mir keine Chance.»

«Diese Artikel, die neuerdings in allen Zeitungen erscheinen –»

«Du weichst mir aus.»

«Laß Paul aus dem Spiel.»

«Wie kann man sich Monate in Archiven vergraben, über das Unglück längst Verstorbener forschen, wenn –»

«Wenn?»

«Wenn bei der eigenen Geliebten –» Er unterbrach sich. «Ich habe bereits gesagt, daß es falsch war abzureisen. Ein Wort von dir, und ich werfe alles hin.»

«Und wovon sollen wir leben?»

«Hast du *wir* gesagt? Habe ich richtig gehört? *Wir*?» Es krachte und knarrte in der Leitung. Ich blieb ruhig, obwohl es sich anhörte, als habe er den Hörer geküßt, als sei er dabei mit den Zähnen an das Plastik gestoßen. «Ich habe seit drei Jahren mit keiner Frau geschlafen.»

«Soll ich dich jetzt bemitleiden?» Ich ging auf und ab. «Nun, womit kann ich dienen, Herr Held?»

«Du könntest die neuerlich bevorstehenden Dürrejahre verkürzen.»

«Als Regenmacherin? Bei der Wasserquantität, die ich in mir habe, dürfte es ein leichtes sein. Warte die Befundbesprechung ab.»

«Und dann? Kommst du mich besuchen?»

«Ich komme.»

XI

Als sie mich über den Kies schleppten, betrachtete Beppe aus sicherer Entfernung die anwesenden Männer. In jedem steckte ein möglicher Paul oder Leo. Haftete sein Blick zu lange auf dem Gesicht eines Trauernden, senkte er den Kopf. Unter ihm brannte eine Kerze in einer

Laterne, davor stand ein leerer Weihwasserkessel auf einer quadratischen Natursteinplatte. «Wenn du düngst», hörte er seine Mutter in Gedanken, «mußt du die Pflanzen hinterher mit klarem Wasser abspülen, sonst gibt es Brennflecken.»

Als der dunkle Zug um die Ecke bog, hielt er für einen Augenblick Holztaler für Leo, einen entfernten Bekannten für Paul, dann rekonstruierte er die Antworten, die er seiner Mutter gegeben hatte: «Kauf doch endlich Trockendünger» oder «Mit Knochenmehl könnte das nicht passieren.» Er stellte sich vor, wie sie am offenen Fenster den Kopf schüttelte, dachte an ihre Kleiderschürze, die sie seit seiner Kindheit trug.

Als sie mich in der Nähe des Grabes abstellten und der Pfarrer zu einer Rede ansetzte, die Zeit für den Blick in die Gesichter zuließ, überlegte Erna, mit welchen Worten ich ihr Beppe beschrieben hatte. Sie verwechselte Emil Gilels mit einem anderen Pianisten, den sie als einzigen im Gedächtnis behalten, dessen Namen sie jedoch vergessen hatte. Während ihre Hand über die Blüten einer Wildtulpe strich, glaubte sie in einem unscheinbaren dunkelhaarigen Mann, der gerade seine Hornbrille putzte, meine letzte Liebe zu erkennen. Als der Mann sein Interesse an ihr bekundete, weil sie nicht aufhörte, ihn zu mustern, bestätigte das nur ihren Verdacht. «Das muß er sein.» Beinahe wäre sie der Länge nach auf den Teppichthymian gefallen, der das nächstgelegene Grab zierte.

Es war noch nicht Tag, als ich aufstand, um die einschlägigen Medizinbücher, die sich über die Jahre angesammelt hatten, aus dem Regal zu holen. Draußen surrte eine Reinigungsmaschine die Bordsteinkante entlang, verspritzte auf der Parkverbotsseite des Platzes Wasser, das sich in den Fugen des Gehsteigs halten und sich mir beim Verlassen des Hauses wie ein dunkles Gitter unter die Schuhe schieben würde, ein Kindheitsmuster, von dem ich als kleines Mädchen behauptet hatte, es sei das Gefängnis meiner Füße.

Ich legte mich mit den Büchern wieder ins Bett, blätterte abwechselnd im «Diätbuch für Nierenkranke», in der «Checkliste Nephrologie», griff nach dem «Medizinischen Wörterbuch», wenn ich über Fachbegriffe stolperte, was immer seltener vorkam. Ich wartete, daß das Motorengeräusch verklang, während ich im Dunkelgrau hinter dem Fenster einen Blaustich bemerkte, ein erstes Aufhellen, ein Zeichen des neuen Tages, der bereits in meinem Kopf, um Wochen früher als im Fenster, die Farbe gewechselt hatte. Es war der Leuchtstift der Angst, der dieses Datum, lange bevor es eintraf, in die gewöhnlichen Tage scheinen ließ.

Ich schlug die Seiten meiner Zukunft auf, betrachtete die Tabelle, auf der die verschiedenen Stadien der Niereninsuffizienz graphisch dargestellt waren, wurde immer lärmempfindlicher, verlor die gelesenen Sätze auf halbem Weg.

Hielt ich mir die Ohren zu und lauschte in mich hinein, wußte ich, warum ich all die aufdringlichen Geräusche kaum noch ertragen konnte: Da war nichts mehr von einem harmonischen Fließen und Pumpen zu hören, es stolperte, pochte und flatterte, als reichte die Kraft des Herzmuskels nicht mehr aus, um alle Körperteile ausreichend mit Sauerstoff zu versorgen.

«Wasser!» sagte ich halblaut, eilte in die Küche, ließ ein paar Liter des verbleiten, abgestandenen Nachtwassers abrinnen, beugte mich zum Becken hinunter – schon lag der Mund am Hahn, rann in dünnen Bächen die überschüssige Flüssigkeit über den Hals ins Dekolleté. Ich trank gierig, trank, solange die Luft reichte. «Langsam», hörte ich meine Mutter, «langsam, es nimmt dir niemand etwas weg.»

Als ich mich zur Erholung ans offene Fenster stellte, hatten die Vögel bereits zu singen begonnen; und das Blau des Himmels war deutlich erkennbar.

Am Ende der von der Ostseite des Platzes abgehenden Straße stand ein Kran, dessen Führerhaus beleuchtet war. Erna hatte vor kurzem erzählt, sie wolle sich unbedingt einmal als Bungee-Springerin von einem Fernsehturm oder einem Baukran stürzen. «Ich brauche das», sagte sie, «ich möchte einmal das Gefühl haben, meinen Körper zu überholen.»

Ich wurde, ohne zu wollen, gezwungen, in die Tiefe zu schauen. Ich stand auch so an der Kante, mit trockenem Mund und einem flauen Gefühl im Magen, war vor jeder Untersuchung erregt. Als hätte jemand einen Hebel nach unten gedrückt, reagierte der Körper mit Akkordarbeit: Der Atem ging schneller, das Herz hämmerte und würde, je näher ich dem Spital kam, immer heftiger schlagen.

Die Pflastersteine auf der Straße waren noch schwarz, als ich das Fenster schloß. Ich duschte, zog mich an, schüttete die nächsten Gläser Wasser in mich hinein, damit ich vor der Blutabnahme leichter urinierte.

Als ich endlich vor das Haus trat, waren die Steine hell, auch in den Fugen schien das Wasser schneller als vermutet zu verdunsten. Das Kindheitsgitter bestand nur noch aus ein paar übriggebliebenen Strichen.

Hierher, dachte ich im Taxi auf dem Weg zum Krankenhaus, wird mein Körper zur Arbeit fahren. Was sich bei anderen ganz nebenbei und von selbst erledigte, würde ich schon bald auf eine Außenstelle verlegen müssen.

Die Stadt war noch im Erwachen, mit Ausnahme von ein paar Pendlern und Lieferanten waren kaum Leute unterwegs.

Der Taxifahrer schwieg die ganze Zeit, fragte erst, als wir die S-Bahn-Linie überquert hatten, ob er mich zu einem bestimmten Pavillon bringen oder am Haupteingang absetzen solle.

Ich hörte auf, mit dem eigenen Auto ins Krankenhaus zu fahren, als ich nach einer Befundbesprechung, der ein zufälliges Gespräch mit einem Dialysepatienten vorausgegangen war, einen Auffahrunfall verursacht hatte. Der Mann hatte von seiner Zeit an der Maschine erzählt. Seit nunmehr sechs Jahren sitze er dreimal wöchentlich für vier Stunden am Gerät und sehe zu, wie die Patienten nach und nach wegstürben.

Ich war seinen Worten ausgeliefert, weil man in kleinen Räumen und erst recht in Wartezimmern immer den anderen ausgeliefert ist, den Lobeshymnen auf den eigenen Arzt ebenso wie diesen Beschreibungen vom Leid und den Schmerzen, die ich wie eine Prophezeiung mit mir nach Hause nahm.

Ich stieg ins Auto und fuhr los, obwohl meine Glieder zitterten und die Wege und Straßen sich mechanisch unter den Rädern ausbreiteten, wie Teppiche, die von unsichtbarer Hand ausgerollt wurden.

Es war das erste Mal, daß ich mich – wie mir schien – von der Logik gezwungen unter der Erde sah, von Vergißmeinnicht, Stiefmütterchen oder Frühjahrsprimeln bedeckt, die ich wenige Wochen zuvor in den frisch gedüngten Boden des Familiengrabes gepflanzt hatte, auf einem Friedhof zwei Autostunden nordöstlich der Stadt, auf dem bisher nur eine Großtante lag.

Aus reiner Gewohnheit erreichte ich an jenem Vormittag meinen Wohnbezirk und blieb auch dann nicht am Straßenrand stehen, als die Häuser längst vor meinen Augen verschwammen. Nachdem es gekracht hatte, konnte ich mich nicht mehr bewegen. Ich schaute in den Rückspiegel, beobachtete wie durch eine verregnete Scheibe die nachkommenden Autos, die eines nach dem anderen zum Stehen kamen, und reagierte erst, als eine Frau wütend gegen das Seitenfenster hämmerte. Mir war, als läge ich in der Kiste, als schöbe ich statt der schweren Autotür den Deckel in die Höhe. Auf dem Kleid der Frau blühten Gladiolen und Dahlien.

Der Fahrer schimpfte über einen Rechtsabbieger, der abrupt und ohne zu blinken die Gasse verlassen hatte, und versuchte dann unbeholfen sein Mitgefühl auszudrücken: «Krankenhaus nix gut.» Ich stimmte zu, sagte dann aber laut: «Nein», zupfte einen Schein aus dem Portemonnaie, weil das Hauptportal bereits in Sichtweite war, und versuchte, abgelenkt durch meinen Blick auf das Taxameter, eine einfache Erklärung für das Nein zu geben: «Ohne die Medizin wäre ich vielleicht schon tot.»

Was ziehst du ihn in diese Geschichte hinein, sagte ich mir, gab wie zur Entschuldigung ein zu hohes Trinkgeld, bedankte mich höflich für die mitleidsvollen guten Wünsche, die er mir mit auf den Weg gab, und schlug die Tür kraftvoll zu, so daß sich seine Miene kurz verfinsterte und die senkrechte Sorgenfalte zwischen den Augenbrauen von einer Sekunde auf die andere nicht mehr meinem Befinden, sondern seinem Auto galt.

Wenig später hielt ich einen weißen Plastikbecher, auf dem mit einem Filzstift Name und Geburtsdatum notiert worden waren, zwischen die Beine und hoffte. Als ich mit viel Geduld einen Fingerbreit uriniert hatte und der Behälter auf dem Fensterbrett stand, ließ die Anspannung nach. Ich hätte nun mit Leichtigkeit zwei weitere Becher füllen können.

Im Wartezimmer saß eine ältere Frau mit einem aufgeschwemmten Gesicht, deren Haut durchsichtig schien und fein geknittert war; sie nickte freundlich und sah zur angelehnten weißen Tür, aus der die Krankenschwester trat, um einem Patienten einen neuen Plastikbecher in die Hand zu drücken. Die Frau, die ich seit vielen Jahren vom Sehen kannte, hielt die Tasche fest, eine an den Kanten abgenützte altmodische Lederhandtasche, deren Henkel beinwärts lagen. Nachdem ich aufgerufen worden war und mich aus dem Sessel neben ihr erhoben hatte, sah ich, daß durch die eng aneinandergepreßten Knie ihre Füße ein umgedrehtes V formten.

Als ich nach meiner Rückkehr aus dem Krankenhaus die Wohnungstür öffnete, erschrak ich. Aus der Küche tönte Musik, und auf dem Tisch stand eine Vase mit einer roten Rose. Paul kam mir entgegen, umarmte mich stürmisch, nahm mir die Tasche ab.

«Was ist? Freust du dich nicht?»

«Die Überraschung ist gelungen.»

«Die Telefonate waren so, daß ich das Gefühl hatte, am falschen Ort zu sein.»

Jetzt bist du am falschen Ort, dachte ich, sagte aber nichts und setzte mich zu ihm auf das Sofa, bohrte mein Gesicht in seinen Hemdenstoff.

Er war mit dem Nachtzug gekommen, hatte eingekauft, die Küche aufgeräumt.

«Leider muß ich morgen abend zurück, ein Interview, das ich nicht verschieben konnte. Die Dame ist dreiundneunzig. Zwei Tage sind immerhin zwei Tage», sagte er.

Immerhin, dachte ich, nur zwei Tage, war aber froh, daß er hier war. Er versorgte mich mit Tee, fragte, ob die Blutabnahme schmerzhaft gewesen sei, erkundigte sich nach den «Kunstblättern», den noch fehlenden Beiträgen. Es war alles so, als hätte es die Distanz nicht gegeben.

Erna glaubte nicht an das Kontinuum. Für sie bedurfte jedes

Zusammentreffen mit dem Geliebten einer neuerlichen Einübung. «Es ist immer wieder Anfang», sagte sie. «Es ist immer Arbeit.» Und mit «Arbeit» meinte sie die Überwindung der Fremdheit, die sich mit den Tagen und Wochen ins Leben schlich.

Ich kannte dieses Gefühl weder bei Leo noch bei Paul. Selbst wenn ich Paul mehrere Wochen nicht gesehen hatte, war jede Begegnung, gleich, welcher Art sie war, ob telephonisch, brieflich oder von Gesicht zu Gesicht, von Körper zu Körper, Fortsetzung. Eine andere Möglichkeit gab es nicht, weil ich selbst aus dem Kontinuum herausfiel.

Ich stand auf und ging ins andere Zimmer, um Beppes Fax wegzuräumen, das ich unter den herumliegenden Zetteln vermutete, aber ich hatte es bereits in die Postmappe gelegt.

«Komm», rief mir Paul nach, «ich will dich riechen.» Als ich mich wieder zu ihm setzte, suchte er nach dem roten Punkt auf dem Handrücken und küßte ihn.

Wir fingerten eine Weile an uns herum und schwiegen.

«Du bist zerstreut», sagte Paul und löste sich aus meiner Umarmung.

«Ich habe doch nichts gesagt.»

«Nicht in deiner Sprache, in deinen Bewegungen.»

Finger verraten keine Untreue, beruhigte ich mich und lenkte ihn ab, indem ich ihn auszog.

«Wie mager du bist.»

«Ich habe mich nach dem Duschen gewogen; kein einziges Kilo habe ich abgenommen. Du scheinst mich zu vergessen.»

«Wie könnte ich.»

«Es muß aufhören.»

«Was meinst du?»

Er stand auf und schenkte sich Tee ein. «Dieses Hin und Her.»

«Es ist doch mehr ein Hin als ein Her.»

«Ich habe ein schlechtes Gewissen. Das wolltest du doch hören?»

«Vielleicht.»

«Dreh dich um», sagte ich. Er zeigte seinen blassen Rücken und spannte dabei die Gesäßmuskeln an. Ich strich mit dem Zeigefinger die Wirbelsäule entlang, küßte seinen Rücken, dann stand ich auf.

«Bleib sitzen. Wo gehst du hin?»

«Wo soll ich schon hingehen?»

Er holte mich im Türrahmen ein, ging in die Knie, schob seinen Hinterkopf zwischen meine Beine und hob mich gerade so weit in die Höhe, daß ich den Bodenkontakt verlor. Ein paar Sekunden später näherte sich sein hochroter Kopf meinem Gesicht: «Du hast ja keine Ahnung, wie ich mich nach dir gesehnt habe.»

An Lesen war nicht zu denken. An Denken war nicht zu denken. Ich saß auf dem Stuhl in der Küche und starrte vor mich hin, als Paul von hinten an mich herantrat.

«Wo bist du mit deinen Gedanken?» fragte ich ihn, um ihm zuvorzukommen.

«Bei deiner Angst.»

«Wie war eigentlich die Fahrt?»

«Angenehm. Ich konnte schlafen. Nur einmal bin ich aufgewacht, da standen Güterwaggons auf den gegenüberliegenden Gleisen. Die Dächer waren naß vom Regen. – Wann hast du morgen deine Befundbesprechung?»

«Um elf Uhr.» Paul massierte meinen Nacken und schwieg. Man hörte das Sirren des Kühlschranks.

«Er muß wieder einmal enteist werden», sagte ich.

«Das überlasse ich lieber dir. Ein kaputtes Gerät reicht. Ich habe eine Flasche Pinot Grigio kalt gestellt.»

«Wozu?»

«Es ist doch unser Abend.»

«Ich werde mich heute betrinken.»

«Das wirst du nicht.»

Auch morgen wird ein gewöhnlicher Tag sein, beruhigte ich mich, so wie heute einfach nur ein Tag war, an dem Holztaler vielleicht an seinen neuen Roman dachte und Erna nach einem Namen suchte, der ihr nicht einfiel; ein Tag, an dem Leo nicht mehr wußte, weshalb er gerade in die Küche gegangen war, an dem Beppe Sehnsucht nach mir hatte und bereits – ich brach den Gedankengang ab.

«Ich möchte nicht, daß du mich begleitest.»

«Wie du willst.»

«Ich kann mich nicht ausstehen.»

Der Griff im Nacken wurde fester. Ich schloß die Augen, konnte aber sein Kneten nicht genießen. Es kam mir so vor, als drückte jemand vergebens Knöpfe und Schalthebel, als versuchte Paul, mich in Gang zu bringen. Ich dachte daran, wie ich einmal in einer Telefonzelle gestanden und auf den defekten Apparat eingeschlagen hatte, weil kein Freizeichen ertönte oder das Geld im Einwurfschlitz steckengeblieben war.

«Da ist nichts mehr zu machen», sagte ich und erhob mich. Ich holte die Weingläser aus dem Schrank. Paul folgte mir.

«Rühr mich nicht an.»

Er zog seine Hand zurück, die er auf meinen Rücken gelegt hatte, und schaute mich erstaunt an.

«Entschuldigung.»

«Was kann ich für dich tun?»

Ich wollte das Weintrinken hinter mich bringen, seine Freundlichkeiten abhaken, um endlich träumen zu können. Ich hatte genug Realität, brauchte nicht auch noch Paul, der sich ungefragt und ungewollt in diesen Tag gesetzt, einfach die Stühle gewechselt hatte, von einem Archiv ins nächste gereist war. Ich wollte nicht länger der Aufbewahrungsort seiner Liebe sein.

«Wüßte ich nicht, daß du morgen –»

«Ich weiß, du würdest mir meine Stimmungsschwankung nicht verzeihen.»

Er schien befriedigt, holte den Weißwein und ging in ein anderes Zimmer. Während er darauf wartete, daß ich nachkam, verharrte ich unschlüssig in der Küche, die Gläser in den Händen, die ich, um die Stille zu stören, am liebsten fallen gelassen hätte. Beppe wäre zurück in die Küche gekommen, hätte nach mir gesehen; einem Verliebten kommt die Neugierde nicht so schnell abhanden.

Wir stießen auf die nächsten Monate an, «Zukunft» wäre ein zu großes Wort gewesen.

«Du wirst sehen», fing Paul einen Satz an, den ich sofort korrigierte: «Ich sehe.» Er hatte den Fernseher eingeschaltet und den Ton abgedreht, als wartete er auf ein bestimmtes Programm. Auf dem Bildschirm lief eine Frau mit dem Geschirrtuch einer Stechmücke hinterher. Wie soll man das aushalten, dachte ich, diese Geschwindigkeit überall, dem gegenüber die eigene Langsamkeit.

Ich versuchte mich zu betrinken, aber nach dem zweiten Glas stellte Paul die Flasche zwischen seine Füße und deutete mit den Augen auf den Wasserkrug. Er legte seine Hand auf meinen Kopf.

Statt der laufenden Frau raste nun auf dem Bildschirm eine Luxuslimousine über eine Paßstraße, wirbelte Staub auf, hielt trotz hoher Geschwindigkeit in den Kurven die Spur. Ich kratzte einen Wachstropfen vom Tisch. Als ich wieder aufschaute, sah ich lachende Menschen an einer langen Tafel. Im Hintergrund reihten sich kräftige gerade Bäume. Du wirst ihn nicht enttäuschen, sagte ich mir.

Unter Pauls Hand staute sich die Wärme, er schien die Rechte auf meinem Kopf vergessen zu haben, oder das Pferdehaar war gerissen, dachte ich, das Schwert des Damokles hatte sich in seinen Handrücken gebohrt, wo es nun, für mich nicht sichtbar, irgendwo zwischen Ellen- und Speichenrand steckte und ein kleines Blutbad anrichtete.

Als ich wenig später aus der Dusche kam und Paul mit der Zunge den abperlenden Tropfen auf meinen Brüsten nachfuhr, war für einen Augenblick alles vergessen. Ich kicherte und schob das Badetuch zwischen uns.

«Deine Launen», sagte er, «ziehen durch dich hindurch, als herrschte Zugluft.»

Nicht jetzt, dachte ich. Doch Paul hatte den Anruf bereits entgegengenommen, den Hörer an mich weitergereicht. Nicht Erna. Ihr Unglücksgeplapper, ihre Pechsätze, die alte Elendslitanei.

«Es ist mir nicht nach Zuhören», sagte ich, nachdem sie mich überschwenglich begrüßt und tief Luft geholt hatte.

«Bin ich froh, daß Paul bei dir ist. Soll ich dich nicht doch ins Krankenhaus begleiten?»

«Mir ist auch nicht nach Sprechen», sagte ich, «ich bin gar nicht da.»

Paul hatte mich in die Normalität gezwungen, indem er mir den Hörer in die Hand gedrückt hatte. Er hatte mich ungefragt in dieses Vorhandensein gedrängt, in diese Gängigkeit und Alltagswelt, in der ich eine lächerliche, maßlose Figur abgab und mich gleichzeitig für meine Verrenkungen pausenlos entschuldigte.

Neben mir raschelte das Bettzeug, weil Paul verständnislos den Kopf auf dem Kissen hin- und herdrehte. «Sei freundlich», sagte er leise, «sie rennen dir noch alle davon.»

«Wir fliegen nach Paris», hörte ich sie sagen.

«Wie schön für dich.»

«Schon übermorgen bin ich in der ‹Fondation Cartier› oder im ‹Café Select›. Ich will mir endlich wieder die Tapisserien im Musée Cluny anschauen.»

«Dann mußt du Rilkes ‹Malte› lesen.»

«Hast du keinen besseren Paris-Führer? Ehrlich gesagt, wären mir ein paar Restauranttips lieber.»

«Ich dachte nur, du interessierst dich für die ‹Dame mit dem Einhorn›.» In einem anderen kunsthistorischen Zusammenhang, fiel mir ein, hatte ich von der giftvernichtenden Heilkraft des Unicornus gelesen. Ich mußte grinsen.

«Schreibt er darüber? Nimm das Buch doch mit ins Krankenhaus, ich hole dich dort ab.»

«Nein. Ich sagte doch schon –»

«Warum läßt du dir nicht helfen? Marianne, es wird alles gutgehen.»

«Spar dir deine Ewigkeitsfloskeln.» Paul zwickte mich in den Arm.

Nachdem Erna das Gespräch beendet hatte, trug ich das Telefon in die Küche und zog den Stecker raus. Beppe würde gewiß versuchen, mich anzurufen. Die Vorstellung, mich mit ihm in Anwesenheit von Paul unterhalten zu müssen, war mir unerträglich.

«Halt den Mund», sagte ich zu Paul, als ich ins Schlafzimmer zurückkehrte, «du kennst keine Vorgeschichten.» Er sah aus, als wollte er mir Vorhaltungen machen. «Sie kommt immer im letzten Moment, tritt mir gegenüber, als wäre sie auf dem besten Weg, den Tod abzuschaffen.»

«Du bist ungerecht.»

Angesichts meiner Nichtigkeit wurde alles andere zum ständigen Mehr: Pauls Schlaf war ruhig, ohne Unterbrechung, während ich alle paar Stunden aufstand, um meine trockenen Lippen mit einer Fettcreme zu bestreichen und Wasser zu trinken. Auch die Stimmen der Menschen auf der Straße empfand ich als zu laut, beinahe schrill, so daß ich zuweilen meine Haare öffnete, um die Ohren zuzudecken, weil mein eigenes gedämpftes Sprechen dem Vergleich mit den anderen nicht mehr standhielt. Die Schädigung einer einzigen Körperstelle schien die Schwächung aller anderen zur Folge zu haben. Alles um mich herum wurde intensiver, stärker. Die Bewegungen der anderen nahmen ebenso zu wie die Geschwindigkeiten, nicht zuletzt ihr Glück.

Die anderen waren, was ich nicht mehr sein konnte: frisch, munter, kraftstrotzend, in Form.

«Du stirbst im Kopf», hatte Paul einmal gesagt, «du lebst das Ende, obwohl es Lösungen gibt, allerdings keine Sicherheiten.»

Vor dem Einschlafen war ich in Gedanken schon wieder beim Aufwachen, sah den Morgen nicht mehr als Morgen, die ganze Zukunft verkleidet; sie entzog sich mir immer um das Stück, das ich ihr näherrückte.

Um drei Uhr morgens ging ich in die Küche, las Beppes verzweifelte SMS: «Kann Dich nicht erreichen. Ist etwas passiert?»

Ich schlüpfte in die Kleider und verließ die Wohnung. Obwohl ich nun Gelegenheit gehabt hätte, ihn in Ruhe zu sprechen, tippte ich eilig ein paar Wörter in die Tasten und schickte sie los. Paul sei gekommen.

Die Häuser standen um den Platz herum wie Kulissen auf einer schlechtbeleuchteten Bühne; in keinem einzigen Fenster brannte Licht. Ich setzte mich gegenüber der Platane auf die Bank, von der aus Beppe das Mädchen angefeuert hatte, und betrachtete die Glascontainer, deren Oberflächen von einer sich am unteren Ende des Platzes befindlichen Laterne schwach ausgeleuchtet waren. Vor dem dunklen Hintergrund ergaben die helleren Flächen eine Serie monochromer Bilder.

Beppe fiel mir ein, sein Spott und seine Arroganz jenen Touristen gegenüber, die sich die Caravaggios nur ansahen, wenn sie eine Fünfhundert-Lire-Münze dabeihatten. Einmal in den Metallbehälter oder Opferstock geworfen, schaltete sich für ein paar Minuten die Zweihundertfünfzig-Watt-Anlage ein, leuchtete den gesamten Altar aus. «Sie wollen nur sehen, was sie bereits wissen, und vergessen dabei, daß weder der ‹Hieronymus› noch die ‹Berufung des Heiligen Matthäus› für dieses grelle künstliche Licht gemalt worden sind.»

Ich fühlte mich ertappt, lief ich doch selbst vor Kirchenbesuchen gerne zu irgendwelchen Zeitungshändlern, um das Papiergeld vorsorglich in Münzen umzutauschen.

Ein Marder huschte über die Straße, verschwand unter einem geparkten Auto.

Ich dachte an die Zahlen, die mich erwarteten, die längst feststanden, an die Befunde, die mir wie unbrauchbare, kunsthistorische Informationen erschienen, als könnte es je genügen, die Entstehungszahlen und Formate der Alten Meister auswendig zu lernen, um diese verhaltenen Emotionen auszudrücken, die Schmerzen in der bewegten Mimik, in den Gesten der Glieder.

Ich verharrte im Halbdunkel des Platzes und schaute den Fledermäusen nach, die sich mitten im hektischen Geflatter immer wieder ruhig fallen ließen, manchmal leise piepsend. In China waren diese Zwitternaturen Glückssymbole.

Beppe beantwortete meine Nachricht von der Ankunft Pauls mit einem vielsagenden und lakonischen «Gute Nacht». Ich bereute meine knappe Sprache, begann einen neuen Text, doch ich brach ab, weil Paul, einmal aufgewacht, nach mir suchen und mich mitten im Tippen unterbrechen könnte.

Ich starrte vor mich hin, hielt mich an der Holzbank fest.

Nur keine Außenreize, dachte ich, keine heftigen Lichtquellen, schon bog ein Streifenwagen um die Ecke, hellte mit den Scheinwerfern die Nachtfarben auf. Die Lichter setzten meinen Kreislauf in Gang. Ich kniff die Augen zusammen, als leuchtete mir ein Arzt ins Gesicht. «Aaaaaa», hörte ich seine Stimme.

«Aaaaaa», hörte ich mich sagen und betrachtete hinter geschlossenen Augen meinen Körper, der als Zahlenfolge auf ein Blatt Papier projiziert worden war.

«Wo warst du?» Paul öffnete die Tür zum Treppenhaus, als ich den Schlüssel umdrehen wollte.

«Wo warst du all die Wochen und Monate?» Ich ging an ihm vorbei, legte die Kleider ab und stieg ins Bett.

«Wie kannst du in deinem Zustand allein spazierengehen? Um vier Uhr früh?» Er legte sich neben mich, bettete seinen Kopf in die Armbeuge und sah mich an.

«Es ist halb vier.»

«Es ist drei Uhr vierundvierzig.» Er winkelte ein Bein an und berührte dabei meinen Oberschenkel; sofort zog er es zurück. «Hast du Geheimnisse? Du machst doch sonst keinen Schritt in die Nacht, ängstlich, wie du bist.»

«Geheimnisse?» Ich schüttelte das Kissen auf, bemerkte, daß zwei Knöpfe fehlten.

«Geheimnisse?» wiederholte ich außer Atem.

Ich dachte daran, wie ich von der Polizei argwöhnisch gemustert worden war, so daß ich es vorgezogen hatte, ins Haus zurückzukehren.

«Ich habe mir Sorgen –»

«Weil du hier bist? Und wenn du nicht hier bist, machst du dir keine Sorgen?»

«Was soll das?»

«Ich war an der frischen Luft, das ist alles.»

«Du hättest mich wecken können. Ich wäre mit dir nach draußen gegangen.»

«Und wenn du nicht da bist, wer geht dann mit mir nach draußen? Du bist bei deinen Toten und ich gelegentlich bei meinem – sind wir nicht ein wunderbares Paar?»

«Marianne, du lebst.»

«Ich weiß. Katastrophen sind gewöhnungsbedürftig, nicht wahr? Irgendwann paßt man sich an das Desaster an, bis es Normalität wird. Das sind doch deine Worte, oder irre ich mich? Man gewöhnt sich an den veränderten Pegel –»

«Hör auf.» Paul griff nach meiner Hand; ich entzog sie ihm. Im selben Augenblick tat er mir leid.

«Verzeih», sagte ich leise. Ich setzte mich auf und verdrängte ein Stück Bettdecke, die mir Paul, als ich erschöpft zurückfiel, zärtlich über die Schulter zog.

«Schlaf jetzt. Ich bin ja bei dir.»

Als sie mich hinaustrugen, hing im Himmel Schnee. Die Zuckerhutfichten waren eisverklebt und standen starr wie weihnachtliche Zierbäumchen.

Vera wartete auf Leo und stampfte sich warm, während Erna auf der anderen Seite des Friedhofs den Kopf auf den Pelzkragen des Fabrikanten legte und weinte. «Ich liebe dich», stammelte sie in die weichbehaarte Tierhaut und folgte den Bewegungen des Rastastudenten, der sich eingefunden hatte, weil ihm zufällig in der väterlichen Küche die Parte in die Hände gefallen war.

Paul hatte der Friedhofsgärtnerei den Auftrag für ein Liliengesteck erteilt, sah aber nur mit Trockenblumen garnierte Kränze, Rhododendronblätter, Silbermisteln und Baumpilze neben Mohnkapseln und hellbraunen Zapfen. Hätten die Floristen nicht Bänder und Kordeln eingezogen, die Kranzkörper wären unter dem überladenen Schmuck kaum noch sichtbar gewesen.

Als sie am Kriegerdenkmal vorbei zum Grab in der fünfzehnten Reihe eilten, schüttelten sie mich durch, daß ich von einer Kistenseite zur anderen rutschte, die Träger beinahe das Gleichgewicht verloren.

Beppe dachte an das tote Hündchen und überlegte ernsthaft, sich einen Zwerghund anzuschaffen, weil ihn das kläffende Bündel immer an mich erinnern würde. Er hatte einen Kurzhaar-Chihuahua vor Augen, dessen Fell weder dick noch gekräuselt sein durfte. Doch die Vorstellung, daß das Tier bei jedem verdächtigen Geräusch bellen und ihn dazu zwingen würde, unnötige Spaziergänge im Freien zu machen, ließ ihn den Gedanken wieder verwerfen.

Aus den Mündern der Trauernden kam in unregelmäßigen Stößen die Atemluft. Das Gesicht meiner Mutter verschwand fast gänzlich hinter einem schwarzen Schal, den sie sich für diesen Anlaß ausgeborgt hatte. Mein Vater hatte die Handschuhe vergessen, so daß die langen Finger, die er zuwenig bewegte, bläulich anliefen.

Als sie mich endlich neben der Grube abstellten, fielen die ersten Flocken dieses Tages, legten sich auf die Moospolster, Tannenzweige, Haare und Wollmützen. Leos Lockenkopf glitzerte unter den Wassersternen; die Kälte hatte ihm jede Frage nach den Namen von Zedern, Fichten und Flechten ausgetrieben.

Ich lag gebettet in Weiß; neben mir drehte und wendete sich Paul, beunruhigt von meinen nächtlichen Himmelswegen. Als er endlich ruhig schlief, stand auch die Kiste, versank ohne Rütteln und Schütteln im Traum.

XII

Ich wachte auf und betrachtete Pauls Kissen; es erinnerte mich an das Steckpolster aus Hartschaum, das nach den langen Winterwochen unter den Gebinden durchschimmerte, weil der Wind in die Trockenblumen gefahren war und der Schnee die Zweige niedergedrückt hatte. Als ich meinen Finger wie einen Stiel in das wasserabweisende Material stechen wollte, gaben Stoff und Füllung nach. Ich begriff, daß Morgen war, daß Paul in der Küche hantierte. Meine Linke arbeitete sich durch den Deckenwulst auf die andere Seite vor und ertastete endlich ein Stück warmes Leintuch. Das Fensterlicht war wie eine Taschenlampe auf mein Gesicht gerichtet, so daß ich mich zur Wand drehte und nach Paul rief.

«Ich wache auf, und du bist wieder nicht hier.»

«Es ist spät, du mußt gleich los.»

«Warum hast du mich nicht geweckt?»

«Jede Minute, die du länger schläfst, gibt dir weniger Anlaß zur Besorgnis. Komm jetzt.» Er kniete mit einem Fuß am Bettrand und hielt das andere Bein durchgestreckt.

«Die Träume sind auch nicht besser.»

Ich schlurfte ins Bad, ein geschnürtes Bündel, das nach Luft rang.

Paul trat hinter mich, schob meine Haare zur Seite und küßte mich zwischen den Schulterblättern: «Das Taxi ist für zwanzig nach zehn bestellt; du mußt dich beeilen.»

In der Küche läutete das Telefon; ich versuchte mich zu erinnern, ob ich den Apparat in der Nacht wieder angeschlossen oder ob Paul den herausgezogenen Stecker bemerkt hatte. Da er nichts sagte, zog auch ich es vor zu schweigen. Es war Erna, die mir über Paul ausrichten ließ, sie halte mir die Daumen; der Photograph würde sich bei mir melden.

«Welcher Photograph?» Paul stand im Türrahmen und schaute mir zu, wie ich mich schminkte.

«Ich möchte meinen Arm photographieren lassen, aber dafür ist es wohl schon zu spät.»

Als ich kurz vor dem Verlassen der Wohnung nach der Tasche griff, nahm er meine Hand, schob den Ärmel zurück und legte seinen Mund auf die Armbeuge.

«Es wird ihm nichts geschehen.»

In der Ambulanz herrschte Hochbetrieb; es waren nur zwei Stühle frei. Neben mir saß ein nach Nikotin riechender älterer Mann. Er hatte die zur Faust geballte Rechte auf seinem Bauch liegen und führte mit dem herausragenden Daumen monotone Reibbewegungen aus. Ein junges Mädchen, dessen Vollmondgesicht auf starke Kortisonbehandlung schließen ließ, nuckelte an einer Mineralwasserflasche.

Ich blätterte in einer Broschüre, in der prominente Transplantierte wie die Gattin des früheren Kanzlers und der Ex-Formel-1-Rennfahrer Niki Lauda für ein streßfreies, gesundes Leben warben.

«Sie müssen das Handy ausschalten.» Die Krankenschwester zeigte mit dem Finger auf das Verbotsschild, so daß der gerade hereinkommende Pharmavertreter kehrtmachte, um das Gespräch im Freien zu beenden. Als er hinausging, verkeilte sich der schwarze Werbekoffer zwischen Tür und Rahmen, doch keiner der Wartenden lächelte, obwohl der Vertreter in valentinschen Verrenkungen am Koffer zog. Zur gleichen Zeit drang aus dem angrenzenden, nur durch einen kurzen Korridor vom Wartezimmer getrennten Saal das Piepsen einer Dialysemaschine herüber. Die kleinste Störung genügte, schon setzte sich die Alarmanlage in Betrieb.

Der Arzt hielt einer Patientin die Tür auf, verabschiedete sich von ihr und rief den Namen der nächsten auf.

Ich riß mir die Haut an meinem Nagelbett ein und linderte den Schmerz, indem ich die Fingerkuppe in den Mund steckte. Bei dem Gedanken, mit derselben Hand die Türklinke berührt zu haben, stand ich auf, um mir auf der Toilette die Hände zu waschen. Auf dem Fensterbrett, das als Zwischenablage für die Urinproben diente, erinnerten nur noch einzelne eingetrocknete Ringe an die abgestellten Harnbecher.

Wieder auf meinem Platz, betrachtete ich die dunkelbraun gefleckten Hände meiner Nachbarin, die ununterbrochen imaginäre Rockfalten glattstrichen. Ich vergaß, daß meine Blicke ihren gleichmäßigen Bewegungen folgten, weil ich an Beppe denken mußte, an seine Finger, die über meinen Bauch gestrichen waren, die jetzt, am Tag, voller Farbe und Terpentin irgendwelche Muster und Ornamente auf Wände malten. Die Frau mußte meinen starren Blick als unangenehm empfunden haben, denn plötzlich verwandelte sich der Rock in eine unberührte ultramarinblaue Fläche, die vom Schatten des nach vorne wippenden Oberkörpers eingedunkelt wurde.

«Kommen Sie!» rief die Schwester über die Köpfe der Wartenden hinweg der jungen Frau zu und hob die Nierenschale in die Höhe, aus der eine dunkelrote Ampulle hervorlugte. Das Mädchen stand wie aus einem Traum herausgerissen auf und verschwand im Nebenzimmer. Als sie zurückkehrte, drückte sie mit dem rechten Zeigefinger den weißen Tupfer gegen die Einstichstelle.

Niemand redete. Die Geräusche aus den umliegenden Räumen, die Schritte des Personals, zuschlagende Türen, Klopfgeräusche und unregelmäßig wiederkehrende Alarmtöne, versetzten einen in dieses Niemandsland zwischen Verlassenheit und Aufgehobensein, in dem kein normales Gespräch möglich schien.

Herr Kurt, dessen Vornamen ich von einem Fernsehinterview behalten hatte – ich erinnerte mich, daß er zum Zeitpunkt der Aufnahmen das zweite Transplantat abgestoßen hatte –, saß mit übereinandergeschlagenen Beinen neben dem Treppenaufgang und ließ unaufhörlich die Fußspitze kreisen, als imitierte er den Zeiger seiner inneren Uhr.

Zwischen mir und dem seit Tagen und Wochen herbeigefürchteten Moment waren noch beruhigende drei Patienten; sie mußten vor mir durch die weiße Tür, außerdem konnte ein akuter Fall vorgezogen werden und sich die Zeitspanne um eine weitere Untersuchung dehnen.

Der Mann, der beim Hinsetzen auf den Stuhl gesackt war, als hätte er sich in der Höhe verschätzt, nahm die Armbanduhr ab und studierte die Mechanik des Verschlusses. Als er aufgerufen wurde, steckte er sie schnell in die Hosentasche, damit für den Arzt kein Zeitverlust entstand.

Herr Kurt hatte unterdessen die kreisende Fußspitze auf den Boden gesenkt. Er wollte den hinauseilenden Mann nicht behindern. «Ich bin ein Immunreaktor», hatte er damals in die Kamera gesprochen, «bei dem es ständig zu außerplanmäßigen Reaktionen kommt.» Er begleitete den Satz mit einem angelernten Lachen, das mir tagelang nicht aus dem Kopf ging. Die dritte Niere schien nun ohne größere Störfälle zu arbeiten, sonst säße er nicht hier.

Wer hier saß, dem war geholfen. Die anderen Patienten lagen ein paar Meter weiter auf elektronisch verstellbaren Liegen, die Beine hochgelagert, angeschlossen an die künstliche Niere, die stundenlang das Blut reinigte.

«Wenn es soweit sein sollte, begleite ich dich», hatte Paul vor ein paar Wochen versprochen. Vielleicht war er aus Rom angereist, weil er mehr wußte als ich selbst, womöglich hatte er hinter meinem Rücken mit dem Arzt telephoniert. Bei diesem Verdacht stieg mir die Hitze ins Gesicht.

Ich berührte das Schienbein, um den Wasserstand zu schätzen; dabei tat ich so, als zöge ich eine Socke nach oben, um von den anderen nicht beim Tasten nach Dellen ertappt zu werden.

«Wie war`s?» hörte ich Paul. «Erzähl schon, wie ist es gelaufen», schob sich Ernas Stimme dazwischen. «Und?» Holztaler würde aus dem Fragen nicht mehr herauskommen, böte ich ihm nur den geringsten Anlaß dazu. Sofort hätte er sein Gehirn auf «Speichern» programmiert und schriebe in Gedanken mit.

Der Pharmavertreter war in die Ambulanz zurückgekehrt und stand mit dem Rücken zur Glaswand; er rührte sich nicht vom Fleck. Wahrscheinlich wollte er nicht zu den Patienten gezählt werden und zog es vor, im Korridor zu stehen, obwohl er dabei die Krankenpfleger behinderte.

Ich suchte auf der Wand nach neuen Flecken und Streifen, doch die Abstände zwischen den Krankenhausbesuchen waren mittlerweile so gering, daß ich keine Veränderungen bemerken konnte. Die Schuhsohlenzeichnungen hatten sich nicht vermehrt, auch die Kachelwiese blühte unverändert.

Herr Kurt hielt die Augen geschlossen, während das Mädchen den Tupfer von einer Hand in die andere wandern ließ. Die Haut spannte sich über ihr Gesicht, als wäre das Blut darunter zu Pudding geronnen. Es war kostbarer Transplantiertenpudding, um den ich sie beneidete. Gegen die Antikörper halfen nur Immunsuppressiva und Kortikosteroide, die das Gesicht aufschwemmten, doch mit den Monaten und der verringerten Dosis normalisierten sich die Züge wieder.

Wer so aussah wie sie, hatte es hinter sich. Vorerst wusch ein eingebautes Fremdorgan die Gifte heraus, die ich in mir sammelte.

«Sie können jetzt gehen», sagte die Schwester und überreichte der jungen Frau den Überweisungsschein. Bevor sie den Warteraum verließ, warf sie den Tupfer in den Schirmständer und verabschiedete sich so leise, daß die meisten Patienten nicht sofort reagierten; sie grüßten noch, als von dem Mädchen längst nichts mehr zu sehen war.

Zur Mittagszeit – das Rechteck der weißen Tür hatte vor meinen Augen zu wandern begonnen – wurde ich ins Arztzimmer gebeten. Ich war erschöpft. Herr Kurt schaute mich an und wünschte mir, als ich mich vom Stuhl erhob, alles Gute.

Das Hämmern hinter dem Brustkorb war nicht mehr zu überhören. Selbst wenn ich mir die Ohren zugehalten hätte und es mir gelungen wäre, einen lautlosen Gedanken zu fassen, wäre die Schutzwand, die ich immer zwischen mir und diesem Aufruhr einzuziehen vermocht hatte, in diesem Augenblick zusammengebrochen.

Ich ließ mich auf den für die Patienten vorgesehenen Stuhl nieder und betrachtete die Ansichtskarten an der Pinnwand. Eine Aufnahme zeigte eine Bar in einem südlich anmutenden

Dorf. Der Eingang war mit Perlenschnüren verhängt. Auf einer anderen Karte waren Seepferdchen abgebildet.

«Das Kreatinin ist auf neun Komma fünf angestiegen», sagte der bärtige Arzt, «lange werden Sie ohne die Hilfe der Maschine nicht mehr zurechtkommen.»

Das Wörtchen «lange» hallte durch meinen Kopf, und ich nickte, was der Arzt als einen Ausbruch vernünftiger Einsicht zu interpretieren schien.

«Ich wollte noch verreisen», unterbrach ich ihn und dachte an Beppes Einladung in das neoklassizistische Landhaus.

«Wohin?»

«Nicht weit, nach Oberitalien.»

«Mir wäre lieber, Sie blieben hier. Es sind häufigere Kontrollen notwendig. Ich würde auch die Shunt-Operation möglichst bald in Angriff nehmen. Es ist besser, wenn der Kurzschluß von Vene und Arterie funktioniert, bevor wir Sie anschließen. Es gibt immer wieder Komplikationen.» Er blätterte in den Befunden, trug Zahlen in eine Tabelle ein. «Andererseits sind Sie ja nur ein paar Autostunden entfernt. Das kommende Wochenende können Sie ruhig einen Ausflug planen.»

«Ruhig», dachte ich, ist ein Wort, das mir nicht mehr gebührt. Ich hatte die Beine übereinandergeschlagen und schob die kalten Hände zwischen die Oberschenkel.

Der Arzt ließ sich den Ordner bringen, blätterte zurück zu den Anfängen. Er schaute sich wie ein Bauherr die Pläne an, den Fortgang der Arbeit.

Mir ist noch nichts passiert, beruhigte ich mich und ließ im Schnellauf die letzten Jahre an mir vorbeiziehen. Mein Film riß in dem Moment ab, als der Arzt den Mund öffnete. In seinen Worten lag die Fortsetzung meiner Existenz. In seinen Worten stieg ich um in ein anderes Leben.

Es ist nicht mehr nichts passiert. Ab jetzt passiert alles.

Als ich endlich draußen stand, auf dem lichten Rasenteppich zwischen den Spitalsgebäuden, die sich wie die Gliedmaßen eines zerstückelten Körpers auf dem Hügel am Stadtrand zerstreuten, sah ich mich gleichzeitig drinnen, mitten in der erzählten Zeit, diesem Jetzt, das schon lange war und immer sein wird.

«Fahr fort», hörte ich Beppe sagen und bewegte mich nicht. Autos kamen und fuhren, während ich im Freien nach Worten suchte.

Es war Schichtwechsel. Die Dialysepatienten, die am Vormittag an den Maschinen gehangen hatten, wurden von Sammeltaxis abgeholt oder liefen quer über die Parkanlage zur nächsten Bushaltestelle.

Ich konnte weder die Arme heben noch den Blick senken. Eine dunkle Baumkrone ragte wie auf einem Magritte-Bild in den mit weißen Wölkchen übersäten blauen Himmel, doch auf der unteren Bildhälfte war Tag, die Stille in mir von Geräuschen durchsetzt.

Frühe Bilder kehrten zurück, eins nach dem anderen, als müßte sich alles Abgeschnittene, In-Zahlen-Gepreßte, einen Weg bahnen:

Ich bin noch jung und betrete wieder einmal das Krankenhaus. Auf den Ledersitzen im Eingangsbereich der Kopfklinik warten ein paar Besucher, Menschen von draußen, die ihre Mitbringsel neben sich liegen haben, frische Wäsche in Nylon- oder Reisetaschen, Essen auf Papptellern, das den Einheitsbrei aus der Großküche mit etwas Geschmack von Zuhause aufbessern soll, oder Schnittblumen aller Sorten und Farben, in Zellophan gehüllt, diese abgerupfte Natur, die auf den Fenstersimsen und Nachtkästchen der überhitzten Krankenzimmer dahinwelkt.

Ich sehe Patienten verkabelt im Café sitzen, die Haare fett

und zerdrückt vom vielen Liegen. Da und dort hat sich jemand geschminkt, ein Sakko über den Pyjama gezogen, schaut ein Nachthemd unter dem Bademantel hervor wie ein aus der Form geratenes Strandkleid.

Ich fühle mich noch immer wie eine Besucherin, eine Stabhochspringerin in der Zeit, die zu einem Sprung über das Gebäude ansetzt, um auf der anderen Seite, in der gepolsterten Normalität, aufzukommen, ohne zu notieren, daß an diesem Stab, an dem ich mich in die Höhe hieve, die Bruchstellen bereits eingeritzt sind, die in immer kürzeren Abständen aufeinanderfolgen.

Jahrelang gehe ich hinein, als hätte dies alles nichts mit mir zu tun.

«Erzähl», Beppes Stimme mischte sich in meine Gedanken, verhallte im Geräusch eines gerade eintreffenden Krankenwagens. Sein Gesicht, dieses Konglomerat aus undeutlichen Erinnerungen und Emil Gilels, sah mich erwartungsvoll an. Ich schloß die Augen, legte mich in Gedanken zu ihm, lag weich und gewärmt.

Da schlug ein Sanitäter die Wagentüre zu, so daß ich mich erschrocken aus der Umarmung löste.

Erna kam mir in den Sinn, ihr Lachen, und nach Erna Leo, seine kräftigen Fußballerbeine, die nicht zu den schmalen Füßen und Händen paßten, seine Zurückhaltung, als er Vera kennenlernte: «Es ist nur vorübergehend.» Längst hatte er sich eingerichtet und schämte sich für die falsche Prognose. Auch Georg und Denzel fielen mir ein und schließlich wieder Vera, für die ich plötzlich fürsorgliche Gefühle entwickelte, beinahe Mitleid mit ihrer Gesundheit, diesem verborgenen Glück, das sie nur wahrnehmen konnte, indem sie es mit Geld unterfütterte.

«Du gehst ja das Leben ab wie eine, die stirbt», hatte Paul

einmal bemerkt, als ich beim Erzählen ständig neue Namen ins Spiel brachte. Von Gehen konnte keine Rede sein; ich stolperte über die Ziegel meiner eigenen Baustelle. Damals hatte er mich ins Krankenhaus begleitet, um mich während des Wartens auf andere Gedanken zu bringen.

«Hierher!» schrie der Sanitäter einem Pfleger nach, der eine Frau im Rollstuhl in die falsche Richtung schob, weil er auf der anderen Seite des Parkplatzes einen ähnlichen Krankenwagen entdeckt hatte.

Ich war hinter dem Gebäude zum Stehen gekommen, schaute eher zufällig durch ein offenes Fenster in den großen Saal, in dem die letzten Patienten von der Maschine abgehängt wurden. Es herrschte ein eifriges Treiben: Liegen wurden frisch bezogen, Filter gereinigt, Unterarme verbunden, Patienten auf die Waage gebeten.

Ich sah nur einen kleinen Ausschnitt von jenem Raum, in dem ich mich selbst bald würde aufhalten müssen, viele Stunden lang, ohne die Möglichkeit, der schmerzhaften Prozedur zu entkommen, so wie man sonst unangenehmen Terminen im letzten Moment fernbleiben kann. Nicht hinzugehen, das wußte ich, war tödlich.

Die Sicht in den Saal war von den Stapeln sauberer Leintücher, die man auf das Fenstersims gelegt hatte, eingeschränkt, doch sie reichte aus, um meine Aufmerksamkeit auf eine junge Frau zu lenken, deren Körpergröße und lange Haare mich an jemanden erinnerte. Erst dachte ich an eine meiner Kursteilnehmerinnen, bei deren Anblick ich immer an Caravaggios entidealisierte Madonnenbilder erinnert wurde, doch als sich die Frau plötzlich zur Liege drehte, um ihre persönlichen Gegenstände in der Tasche zu verstauen, entdeckte ich, daß es sich um die «dünne Dame» handelte.

Ich wich beschämt zurück, duckte mich und schlich die Fensterfront entlang davon.

DD, die vermutlich seit Jahren an der Maschine hing, konnte nur noch im Kopf reisen.

XIII

«Bist du von allen guten Geistern verlassen?» fragte mich Paul, als ich die Wohnungstür öffnete. Er stand, die gepackte Reisetasche neben sich auf dem Boden, im Korridor und griff nach dem Sakko.

«Ach, du fährst? Bist ja fast so schnell wie die Besucher im Krankenhaus. Die meisten flüchten schon am Eingang.»

«Ich flüchte nicht. Wo warst du? Erna, Leo, Holztaler – alle habe ich angerufen, keinem hast du ein Lebenszeichen gegeben.»

«Lebenszeichen?»

«Wie hoch ist das Kreatinin?»

«Neun Komma fünf.» Ich ließ die Tasche fallen.

«Besser als befürchtet.»

«Schlechter als erwartet.»

«Du hast doch selbst gesagt, mit neun wärst du zufrieden.» Er hängte das Sakko wieder an die Garderobe.

«Ich bin auf neun Komma fünf, hörst du? Neun Komma fünf. Und die sind manipuliert. Ich habe vor der Untersuchung mehrere Liter Wasser durch mich durchlaufen lassen.

Hätte ich in den letzten Tagen nur annähernd normal getrunken und gegessen, wäre ich heute auf zehn oder elf.»

«Was sagt der Arzt?» Paul schob mich in die Küche, drückte mich auf den Stuhl.

«Es wird nicht mehr lange dauern.»

«Wie lange?»

«Keine Ahnung. Eine Woche? Zwei? Ein paar Monate? Ich weiß nicht, wann ich sterbe.»

«Du stirbst nicht.»

«Mein Verfallsdatum ist abgelaufen. Ich bin ungenießbar.»

«Dafür schmeckst du aber noch ziemlich gut.» Paul nahm meine Hand und lutschte den Zeigefinger ab.

Es kam mir so vor, als hätte mich eine andere bis zu diesem Zeitpunkt gelebt, als müßte ich mich zum ersten Mal selbst leben. Auf dem Weg nach Hause hatte ich mich gefragt, ob mein Gehen ein normales Gehen sei. Wenn ich atmete, achtete ich auf die Luftmenge, die ich in mich hineinsaugte, wenn ich sprach, hörte ich mir zu, ich redete, und gleichzeitig lief ein inneres Band ab.

Mir war, als könnte ich mich von meinem Wissen nicht mehr erholen.

Paul sah auf die Uhr, er wirkte angespannt. «Kann ich erfahren, wo du dich herumgetrieben hast?»

«Herumgetrieben? Ich war im Kino, habe mir zwei Filme angeschaut.»

«Wir haben uns Sorgen gemacht. Erna hat schon zweimal angerufen. Und ich war im Spital, habe nach dir gesucht.»

«Was?»

«Marianne, ich bin extra angereist. Ich habe akzeptiert, daß du mich bei der Befundbesprechung nicht dabeihaben wolltest, aber es ist doch nicht zuviel verlangt, daß du dich kurz meldest und mir die Ergebnisse deiner Untersuchung mitteilst.»

«Ich habe dich nicht gebeten zu kommen, und ich habe dich auch nicht gebeten, mir hinterherzuspionieren.»

Paul verließ wortlos die Küche. Ich ging zum Waschbecken, hielt die Hände unter den Wasserhahn; als sie vor Kälte schmerzten, formte ich eine Schale mit ihnen und warf mir das Wasser, das ich gesammelt hatte, ins Gesicht.

Paul reiste ab, ohne daß ich mich mit ihm versöhnt hätte. Nachdem die Tür ins Schloß gefallen war, zitterte ich am ganzen Körper. Ich schaltete alle Telefone aus, verdunkelte das Zimmer und kroch unter die Bettdecke. Der Juckreiz war so stark, daß ich ins Bad lief, um mich einzucremen. Da entdeckte ich hinter den Handtüchern seinen Kulturbeutel, den er in der Eile liegengelassen hatte.

So schnell war ich noch nie aus dem Haus gelaufen, ins Taxi gesprungen und zum Bahnhof gefahren.

Ich erreichte den Zug fünf Minuten vor seiner Abfahrt nach Roma Termini, wagte es nicht mehr einzusteigen, rannte, den Kulturbeutel in der Hand, den Bahnsteig entlang und rief nach Paul. Beinahe wäre ich in den Elektrowagen hineingerannt, der einen leeren Förderwagen hinter sich herzog. Das Gepäck war bereits verladen. Ich eilte die gesamte Zuglänge vor und wieder zurück, keuchend, immer wieder Pauls Namen rufend, doch da schlossen sich bereits die Türen, krachten die Wagenkupplungen, und der Zug fuhr los, aus der Stadt.

Ich hatte das Handy vergessen, war nicht einmal auf die Idee gekommen, Paul anzurufen, wenn mich nicht eine Dame beobachtet und mir ihr Handy angeboten hätte: «Kann ich Ihnen helfen?» Da war es schon zu spät. Ich hatte umsonst gebrüllt, blieb schwitzend auf dem Bahnsteig zurück.

Hinter mir piepste, sirrte und dudelte es: «Hallo?», «Guten

Tag!», «Na, so was!» Als ich, auf die U-Bahn wartend, auf und ab ging, wich auf einmal ein Zwergschnauzer vor mir zurück, als erkenne er in meiner Tasche den Hundesarg. Er hielt die V-förmigen Ohren gespitzt und ließ mich nicht aus den Augen. Sein Herrchen strich ihm beruhigend über das drahtige Deckhaar, als müßte er ihn vor mir in Schutz nehmen. Er erinnerte mich an die hundeköpfige Heiligengestalt aus einer mittelalterlichen Legende.

Vor mir glitt die Hand eines Mädchens vom Rücken auf den Hintern ihres Freundes. Es dauerte nicht lange, bis die junge Frau wie eine Kletterpflanze an ihm hochwuchs. Der braune Unterschenkel des Mädchens rankte sich mit einer solchen Kraft um das Hosenbein des jungen Mannes, daß er das Gleichgewicht verlor und mit seinem Fuß auf meinen Zehen landete.

Ich wäre gerne in den Körper dieser Frau geschlüpft, heraus aus meinem, wie man sich eines Skianzuges entledigt, der nur eine einzige Öffnung besitzt, einen Reißverschluß, der sich vom Hals zum Nabel zieht.

«Ich bin`s.» Erna saß auf den Treppen und schien auf mich gewartet zu haben.

«Das steht außer Zweifel.»

«Ich bin schwanger.» Sie rollte die Zeitschrift zusammen und stopfte sie in die Tasche.

«Wenn einer geht, kommt ein anderer, das hat schon meine Großmutter immer gesagt.» Ich machte eine kurze Pause. «Und?»

«Ja, eben. Das frage ich mich auch.» Ich öffnete die Wohnungstür. Erna ging ins Wohnzimmer, legte sich die Kissen zurecht und breitete sich auf dem Sofa aus. «Ich bin verzweifelt.»

«Hast du`s ihm schon gesagt?»

«Wem?»

«Deinem Rastamann. Er ist doch der Vater, oder kommt noch ein anderer in Frage?»

«Hast du einen Co-co-cognac?»

«Du trinkst jetzt keinen Alkohol. Ich bringe dir ein Glas Wasser.»

«Was soll ich jetzt machen?» rief sie mir hinterher.

Ich lehnte mich in der Küche an den Kühlschrank, atmete tief durch. Schon auf dem Bahnsteig hatte ich für einen Augenblick das Gefühl gehabt, meine Beine seien taub, jetzt schien es mir, als schwankte mein Oberkörper. Um den Ammoniakgeschmack zu vertreiben, der sich nach der körperlichen Überanstrengung besonders hartnäckig hielt, steckte ich mir zwei Kaugummi in den Mund.

«Mi-mi-mir ist schlecht», sagte Erna, als ich ihr das Glas Wasser gab.

«Das beste wird sein, du sprichst mit ihm.»

«Da-da-das kann ich nicht. Unmöglich. Er weiß noch nicht einmal, daß ich mit seinem Vater zusammen bin.»

«Ich habe herausgefunden, wo er arbeitet; im ‹Orient›.»

«Im Stundenhotel? Wer hat dir das erzählt?»

«Niemand. Er hat uns das Zimmer aufgesperrt. Du weißt doch, die eine Nacht mit Beppe –»

«Wahrscheinlich kann man ihn dazumieten.»

Erna hielt ihre nackten Beine angewinkelt, so daß ich ihren schwarzen Slip sehen konnte. Unterhalb ihres Knies bemerkte ich eine dünne Narbe, die von einem Fahrradunfall herrühren mußte. Mit ein bißchen Glück, dachte ich, würde die Wunde an meinem Unterarm ähnlich verheilen.

«Frühwald», sagte sie, meinem Blick folgend, und zeigte auf den weißen Strich. «Erinnerst du dich? Es war die einzige

Nacht, die ich bei ihm verbracht habe. Am Morgen radelte ich wie eine Verrückte durch den Park, verhedderte mich in diesem elenden Wurzelwerk.»

«Behalt es», sagte ich, «du bist nicht mehr die Jüngste. Wer weiß, ob du noch einmal schwanger wirst.»

«Das scheint ja nicht sehr schwer zu sein.» Sie streckte ihre Beine aus, reckte sich wie ein Kind, das gerade aufgewacht war. Unterhalb der Knie zeigten sich erste Falten, an den Beinen sprossen dunkle Haare, die sie beim Rasieren vergessen hatte.

«Es ist nicht der Moment», sagte sie.

Ich hockte zusammengesackt da, ihr noch immer zugeneigt, obwohl ich die Empfindung nicht los wurde, mein Kopf sei zwischen den Schulterblättern in den Oberkörper gerutscht. Es war mir nicht mehr möglich, die Gedanken zu ordnen, weil dies innere Getöse einsetzte, das alles überstimmte.

«I-i-ist dir nicht gut?»

Sagte sie es, oder wünschte ich es? Der Druck, mit dem das Blut in meine Venen und Arterien gepumpt wurde, war so groß, daß der Kopf schmerzte.

«Marianne?»

Ich hielt die Augen geschlossen, verstand nicht mehr, woher die plötzliche Unruhe rührte; die flatternden Lider öffneten sich gerade einen Spalt, bevor sie wieder zufielen. Vor mir hatte sich etwas Rotes bewegt.

Erna mochte sich erhoben haben; ich roch das Parfum.

«Geht es dir besser?» Sie kniete vor mir, rüttelte an meinen Oberschenkeln.

Wenn ich an Rot dachte, fiel mir nur eine einzige Farbe ein; Ernas Oberteil war frisch, als habe sich der Kreislauf nach außen gestülpt, während der Boden die Töne eines ausgebleichten Blutfleckes anzunehmen schien.

«Ich bin ein chronischer Fall», sagte ich und riß die Augen auf, «wenn es nicht die Schrumpfnieren sind, so ist die Erinnerung daran meine Krankheit.»

Ernas Hände lagen noch immer auf meinen Beinen.

«Es hilft nichts», sagte sie.

«Was meinst du?»

«Du mußt dich gewöhnen.»

«Sei lieber still, wenn dir nur Gemeinplätze einfallen.»

«Die Gewöhnung stumpft den Schmerz ab – du wirst sehen.»

«Ich habe keine Schmerzen.»

«Dann nenn es meinetwegen Unglück.»

«Ja, deinetwegen.»

Sie zog die Hände zurück, stand auf und legte sie auf ihren Bauch. Wäre er nicht so flach gewesen, hätte man meinen können, sie spürte den Kindsbewegungen nach. Sie übte.

«Was würdest du tun?»

«Ich würde meine Freundin fragen, wie ihre Befunde ausgefallen sind.» Kaum hatte ich den Satz ausgesprochen, ärgerte ich mich über meinen fordernden Ton.

«Ich weiß es schon. Paul hat mich vom Taxi aus angerufen. Er klang müde und traurig. Habt ihr euch gestritten?»

«Er erwartete Dankbarkeit von mir, weil er die weite Reise auf sich genommen hat, um mich zu sehen. Aber ich wollte gar nicht, daß er kommt. Wenn die Vorfreude zum Dauerzustand wird, funktioniert auch die Überraschung nicht mehr.»

«Du hast dich in Beppe verliebt.»

Ich hob die Schultern. «Man kann auch eine übermäßige Vertrautheit über die Entfernung herstellen», sagte ich und lief Richtung Küche, weil das Handy klingelte; es lag neben dem Kulturbeutel auf der Anrichte.

Ich war enttäuscht, weil es weder Paul noch Beppe war. Eine fremde angenehme Stimme meldete sich mit dem Namen

Michael. Er gab sich als Photograph zu erkennen, der meine Telefonnummer von einer gewissen Erna bekommen habe, mit der er zeitweilig zusammenarbeite.

«Was photographieren Sie gerade?» Ich wollte ihn reden hören, aber er hatte es eilig, vereinbarte einen Termin für den nächsten Abend.

«Ich freue mich, Sie kennenzulernen.»

Seine Stimme hatte einen solchen Umfang, daß ich das Handy kurz von mir weghielt.

«Sind Sie noch da?»

«Ja. Ich freue mich auch.»

Nachdem er das Gespräch beendet hatte, rührte ich mich nicht von der Stelle. An meinen Gesichtsmuskeln merkte ich, daß ich zum ersten Mal an diesem Tag lächelte.

«Wer war das?» Erna war mir gefolgt. «Beppe?»

«Nein. Dein Photograph. Danke – es hat geklappt.»

«Er ist eine Nervensäge, ein Perfektionist und außerdem völlig flirtunfähig, einer dieser glücklich verheirateten Männer, die ich nicht ausstehen kann, weil sie immer lächeln.»

Seine Stimme lächelt auch, dachte ich, sagte aber nichts.

Erna blieb noch eine Stunde auf meinem Sofa liegen, ließ sich bedienen, suchte laut nach Namen für ihre Tochter – «Es kann kein Sohn werden» –, verwarf den Gedanken wieder, konstruierte an einer glaubwürdigen Geschichte, veränderte sie, weinte ein bißchen, mehr aus Freude als aus Verzweiflung, beschloß, den Großvater zum Vater zu machen, und verließ mich schließlich mit dem Vorsatz, das Kind werde meinen Namen tragen, allerdings in umgekehrter Reihenfolge: Anne Marie.

Ich blieb sitzen, obwohl es klingelte, massierte die Fingerspitzen, wünschte, ich könnte mich vergessen, mich auflösen. Aber mein Ich verschwand nicht, es nahm immer mehr Raum ein, war Wasser in allen Ecken und Enden.

Wenn ich es nicht mehr aushielt mit mir selber, ging ich durch die Zimmer, fing an, die Stühle zu verrücken, den Tisch in eine andere Position zu bringen, die Längsseite an die Wand zu schieben, als bräuchte das Holz einen Halt, die Mauer als Stütze, als gäben die Tischbeine nach, nicht meine Knie.

«Was willst du?» sagte ich zum Handy, als das Display grün aufleuchtete, weil es schon wieder klingelte.

In der Nachbarwohnung wurde eine Tür zugeschlagen, so daß das Wasser im Glas vor mir zitterte.

Die Photographenstimme hatte mich verwirrt; ich rief zurück, weil ich den Zeitpunkt der Verabredung vergessen hatte: «Pardon, ich war unkonzentriert. Wann sagten Sie?» Er lachte, daß ich den Satz am liebsten wiederholt hätte.

«Hast du nicht genug?» fragte ich mich, als ich wieder auf dem Sofa saß. «Aus deinem Zustand holt dich keine Liebe heraus.»

Wieder schlug die Tür, jemand schrie vor Wut, hörte auf, als ich mein Ohr an die Wand legte. Ein solches Schreien hätte ich der schüchternen Nachbarin nicht zugetraut.

«Du mußt raus aus der Wohnung», hörte ich Beppe. «Steigere dich nicht hinein», sagte Pauls Stimme. Bänder, Mailboxen und Kopfstimmen sangen im Beruhigungschor, und ich verschob Möbelstücke, bis ich nicht mehr konnte.

In der Nacht ratterten Beppes Wegbeschreibungen und Fahrplanhinweise aus dem Fax. Ich hatte das Telefon auf leise geschaltet, hörte aber den Piepston, wenn eine neue Seite durch den Schlitz geschoben wurde, und stand sofort auf.

«Warum nicht morgen?» hatte Beppe ein paar Stunden vorher am Telefon gefragt. Ich wollte ihm nicht verraten, daß ich wegen des Phototermins den Besuch auf übermorgen verschoben hatte, täuschte, um ihn zum Schweigen zu bringen, eine Redaktionssitzung der «Kunstblätter» vor.

Ich stand am Fenster, in die Nacht schauend, und hatte nur einen Wunsch, daß die Zeit, die stillzustehen schien, endlich wieder vergehen mochte.

DD fiel mir ein; ich sah sie auf einer der letzten Ausstellungseröffnungen in einer Ecke stehen, die Arme verschränkt. Sie trug ein langärmeliges rotes Leinenkleid. Riesinger stand neben ihr, klopfte Frühwald auf die Schulter. Bis auf einen einzigen jüngeren Künstler hatte die bekannte Galeristin all ihren Schützlingen eine Professorenstelle an der Akademie verschafft. Ihre Beziehungen reichten bis ins Kanzleramt, so daß sie ihren Einfluß auf die staatlichen Kuratoren geltend machen konnte und nicht zuletzt auch die Zusammensetzung internationaler Ausstellungen mitbestimmte.

«Unsere dünne Dame malt», hatte Erna einmal behauptet, «warum sonst ist sie bei jeder Vernissage dabei. Kann aber auch sein, sie hat sich in Frühwald verliebt.»

«Reisebilder», sagte ich, «Aquarelle.»

Meine Blicke wanderten an der Grünfläche entlang; ich schämte mich für meine Worte. Die dunkle Rasenfläche, die sich im Nordwesten bis zum Ende des Platzes hin ausdehnte, ließ mich an Kindergräber denken, die man aus ökonomischen Gründen in gesonderten Abteilungen zusammenfaßt. Meist legte man die Grabfelder abseits der Hauptwege an, da sich die Hinterbliebenen nach wenigen Jahren nicht mehr darum kümmerten.

Ich stellte mir DD in ihrer Wohnung vor, wie sie jene fernen Landschaften und Städte, durch die sie sich gerade gelesen hatte, in Bilder übersetzte, sah sie über ein Waschbecken gebückt, mit einem Lappen das überschüssige Wasser ausdrükken, traute ihr nicht zu, daß sie draußen malte, ausgesetzt den Blicken der Spaziergänger, die Feuchtigkeit – wie es im Freien üblich war – durch ein kurzes heftiges Schwingen des Arms aus den Pinselhaaren entfernend.

Im Fenster gegenüber ging Licht an; ich machte einen Schritt zurück, legte die Hand auf den kühlen Mauervorsprung. Bis vor einer halben Stunde hatte der Platz ausgesehen, als hätte jemand zuviel Farbe aufgetragen. Mit dem ersten Morgenlicht begannen die harten Umrisse und Kontraste zu zerfließen, als tupfte der neue Tag mit einem nassen Schwamm über die Nachtfarben.

XIV

Ich war aufgewacht, weil in der Nachbarwohnung jemand einen Nagel in die Wand geschlagen hatte, lag da und rief mir einen Satz ins Gedächtnis, den ich vor längerer Zeit irgendwo gelesen oder gehört haben mußte. Er war mir im Traum wieder eingefallen: Lebensverlängerung sei Sterbensverlängerung. Leo hatte es gesagt. Wer, wenn nicht Gesunde erfinden solche Sätze, dachte ich und streckte die Beine.

Ich hatte mich nach dem Mittagessen auf das Sofa gelegt, war eingeschlafen und mußte mehrere Stunden in dieser unbequemen Lage zugebracht haben, weil meine Schultern schmerzten.

Die Auseinandersetzung mit Leo nach unserem letzten gemeinsamen Mittagessen ging mir nicht mehr aus dem Kopf. Ich wollte ihm schreiben, ihn noch einmal damit konfrontieren, daß der Tod als Hirntod festgeschrieben und nur das Sterben individuell sei. Was für die einen Sterbensverlängerung bedeute, sei für die anderen doch Leben. Aber ich merkte, wie ich mich aufregte, wie es in mir gärte. Als säße er vor mir, hörte ich mich sagen: Wo der eine zu sterben glaubt, fühlt sich der andere noch lebendig. Ist es nicht so? Aber wie kannst du das wissen! Es gibt keine allgemeingültigen Sätze für die Erfahrung des Aus-der-Welt-Gehens, wenn schon die Gangart von Mensch zu Mensch verschieden ist. Der eine schlendert ein halbes Leben sterbend dem Tode zu, der andere legt einen Endspurt hin, betrachtet nur diese letzten zwanzig Meter als Dahinscheiden und möchte den restlichen Lauf dem Leben zugerechnet wissen.

Wozu formulierte ich das? Leo war nicht da, und stünde er vor mir, überhörte er meine Stimme.

Wieder wurde in der Nachbarwohnung gehämmert; wahrscheinlich hatte man den Nagel nochmals herausgezogen.

Ich könnte auch neue Bilder aufhängen, dachte ich, die alten durch ältere ersetzen, die ich gerahmt hinter dem Schrank stehen hatte. Für einen Moment brach die Sonne durch, drang zwischen den halb zugezogenen Vorhängen bis zur Bettkante vor. Mir war nach Stilleben, nach bunten, unbewegten Früchten, Blumen. «Ich hasse Poster», hatte mir Paul am Anfang unserer Beziehung mitgeteilt. Seither verzichtete ich auf Reproduktionen, obwohl Caravaggios «Früchtekorb», mit den halbvertrockneten Blättern, aufgesprungenen Feigen, Äpfeln und Zitronen voller Faulstellen und Flecken einmal zu meinen Lieblingsbildern gehört hatte.

«Tu etwas», hörte ich ihn reden, «setz dich hin und arbeite an den ‹Kunstblättern›.»

«Geh ins Kino», hatte mich Beppe am Telefon zu ermuntern versucht, «es gibt doch Nachmittagsvorstellungen; schau dir einen Zeichentrickfilm an, etwas zum Lachen.»

Ich tastete meine Beine ab, erhob mich, blickte auf die Uhr. Es war noch eine Stunde Zeit bis zum Phototermin.

Gerade war der letzte Beitrag für die Zeitschrift eingetroffen. Ich überflog ihn und fand ihn mäßig, kramte in der Post auf der Ablage neben dem PC, griff nach alten Photos, die mich neben Leo zeigten, kaum aufgeschwemmt, faltenlos. Wir strahlten beide, als wären wir einander das erste und das letzte Paar.

Ich griff nach dem Hörer, wollte Leo anrufen, eine Nachwirkung des Traumes oder aus einer plötzlichen Sentimentalität heraus, aber ich legte den Hörer wieder zurück, noch ehe ich die letzte Zahl eingetippt hatte.

Sie sind alle fort, der eine in Rom, der andere im Friaul, und Leo war damit beschäftigt, Vera zufriedenzustellen, die eifersüchtig darüber wachte, daß er seine Zeit und sein Geld nicht an andere verschwendete. Er ist ein Feigling, dachte ich, verhindert, daß wir uns öfter mal zu dritt treffen, weil er weiß, daß ich mich abschätzig über Veras Kleidersucht äußere, sie als Affront meiner Krankheit gegenüber empfinde.

Ich öffnete den Schrank und suchte nach einem passenden Oberteil, das die Unterarme freiließ, zerrte alles hervor, warf Röcke und Hosen aufs Bett, zog mich an und aus und wieder an.

Wäre doch einer da und umarmte mich, steckte mich in die richtige Hülle, die zusammenhielte, was auseinanderzufallen drohte. «Du läßt dir nichts sagen», hörte ich Erna reden, «was beklagst du dich?»

Auf dem Platz spielten mehrere Mädchen Verstecken; ich

stand halb angezogen am Fenster und entdeckte die Kinder, in der Telefonzelle, hinter den Containern, im Gebüsch, lief zurück zum Schreibtisch, schaltete den Fernseher ein, ließ die Schulterblätter kreisen, holte eine Creme aus dem Badezimmer und rieb damit die Arme ein.

Erna hatte mir einmal vom Tod ihrer Großmutter erzählt, wie unruhig sie gewesen sei, bevor das Herz ein letztes Mal geschlagen habe; erschrocken setzte ich mich aufs Sofa und achtete auf den eigenen Atem, der augenblicklich schneller ging, von der Angst beschleunigt, erhob mich erneut, um das Telefon neben mich zu legen. «Du kannst mich jederzeit anrufen, auch nachts.» Sie sagten es alle und meinten es auch, wenn sie es aussprachen. Die Nummern jedenfalls waren gespeichert, einige davon zwölfstellig, so daß schon das Wählen mindestens drei bis vier Atemzüge dauerte.

Ich wurde von neuerlichen Geräuschen aus der Nachbarwohnung abgelenkt. Oder hatte ich sie an diesem Nachmittag nicht wahrgenommen? Du hörst das Knallen der Tür und die lauten Stimmen, um dich zu retten, sagte ich mir, um das normale Atmen zu erzwingen, indem du dich auf etwas anderes konzentrierst.

Ich schnappte nach Luft, als wäre ich mit dem Kopf unter Wasser gewesen, und beruhigte mich erst, als ich mich der Wand näherte, über die der Streit in meine Wohnung übertragen wurde. Die lauten Auseinandersetzungen häuften sich; fast jeden Tag war ich mit dem Lärm dieser zerstörten Beziehung konfrontiert. Die beiden schienen es geradezu darauf angelegt zu haben, daß alle ihr Scheitern bemerkten.

Sie fliehen vor der großen Langeweile, dachte ich mir, flüchten in ihre Kämpfe, während ich mich mit mir selber beschäftigen mußte. Ich klopfte, hämmerte, rief mit aller Kraft: «Ruhe!», doch das Paar hörte nicht auf.

Als ich fertig angezogen war und durch die offenen Fenster ein wenig Abendluft in die stickigen Räume drang, fühlte ich mich besser. Ich legte Musik auf, blätterte wahllos in Katalogen und verfing mich wieder im Leben. Manchmal brauchte es nicht viel, und die Maschen wurden enger.

Ich nahm das Mobiltelephon zur Hand und tippte an einem Satz für Paul, wobei ich mich mehrmals vertippte: Ich muß ja ein Geduldsspiel für dich geworden sein.

Er antwortete nicht.

Wenig später schloß ich das Haustor hinter mir ab und lief zur U-Bahn. Während ich auf den Zug wartete, las ich auf der Werbe- und Nachrichtentafel, daß ein Wissenschaftler aus den Farben von zweihunderttausend Galaxien die Mittelwertfarbe des Universums bestimmt habe. Als ich über die Rolltreppe den U-Bahn-Schacht verließ, verwandelte sich der Himmel in helles Türkis und Aquamarin.

Ich lief über die autobreite Einfahrt und durchquerte den dunkelgeteerten Innenhof, der von zweistöckigen Gebäuden eingeschlossen war; wahrscheinlich hatten sie einmal zu einer Fabrik gehört. In den Ecken lehnten Fahrräder, die meisten davon verrostet, auf die sich keiner mehr setzen konnte. Neben einem Holzschuppen stand ein Feigenbaum, dessen Blätter im Wind gegen die breite Fensterfront schlugen.

Im Parterre befand sich ein Spielzimmer, in dem Puppen herumlagen, halbausgezogene Körper, die Gesichter dem Boden zugewandt. Ernas Satz fiel mir ein, «Du wirst genauso schön sein wie vorher», während ich nach der Treppe suchte, die zum Photoatelier führte.

Von irgendwoher kam Musik, aber mir war nicht ganz klar, aus welchem Gebäudeteil, da die Fenster trotz der Hitze des

Tages geschlossen waren. Ich stieg in den ersten Stock hinauf, gab acht, daß ich nicht mit den dünnen Sohlen der Sandalen in den breiten Fugen der Dielen hängenblieb. Weil ich mir nicht sicher war, ob ich den richtigen Aufgang gewählt hatte, zog ich den Taschenkalender heraus und überprüfte die Angaben. Vom Korridor aus hatte man einen guten Blick auf das gegenüberliegende Wohnhaus, in dem sich zwei Männer heftig umarmten; der größere drückte den Kleineren gegen die Kücheneinrichtung.

Ich lief zur zweiten Tür und klopfte. Als sie geöffnet wurde, blieb ich mit der Tasche an der Klinke hängen. Wir grüßten einander und lachten. Michael lief in kurzen Hosen barfuß vor mir her, bot mir einen schwarzledernen Drehstuhl zum Sitzen an und entschuldigte sich für sein Outfit. Seine legere Kleidung leuchtete mir sehr bald ein: Im Atelier war es heiß, die Luft war stickig. Einige Handtücher lagen kreuz und quer auf dem Arbeitstisch.

Was ich trinken wolle. Er stand im Türrahmen zu einer kleinen Kammer, die vom großen Raum abging, und musterte mich ungeniert, während er die Getränke aufzählte. Wir duzten uns sofort, als hätte es das Sie am Telefon nie gegeben. Manchmal bringen Blicke die Höflichkeitsform zum Verschwinden.

Ich wurde nervös, überlegte, was ich sagen könnte. Paul schaffte es immer wieder, die Blicke auf mir ruhen zu lassen, als betrachtete er eine Lampe oder irgendeinen Gegenstand, den er als Fixpunkt benutzte, um an etwas anderes zu denken. Ich hatte ihn sehr oft dabei ertappt, wie er, während er mich ansah, auf ein Thema zu sprechen kam, das gar nichts mit mir zu tun hatte.

Als Michael verschwunden war, um Bier zu holen, suchte ich nach etwas, das ich ihm sagen könnte, wenn er zurückkam. Ich schaute mich um. An der Wand klebten Schwarzweißphotos, Porträts von mir unbekannten Frauen und Männern. In der unteren Reihe war Frühwald zu erkennen, eine Aufnahme im Profil mit Baskenmütze.

Über dem Waschbecken hingen Kinderzeichnungen, Blumen, die in den Himmel ragten und deren Blüten die Sonnenstrahlen berührten, ein riesiger Hund, gefolgt von kleineren schwarzgetupften Welpen, die vermutlich Dalmatiner sein sollten, Delphine unter dicken Wellenlinien.

«Woran hast du gedacht?» fragte er und stellte die Flaschen ab. »Ich kann die großen Softboxen aufbauen, damit wir ein diffuses, weiches Licht haben, oder» – mitten im Satz wandte er sich ab, um nach dem Flaschenöffner zu suchen – «hast du andere Vorstellungen?»

Ich zuckte mit den Schultern, hob mal das eine, dann das andere Bein an, um die am Leder klebenden Oberschenkel vom Stuhl zu lösen.

«Willst du nicht dein Sakko ausziehen?» Er folgte meinen Bewegungen, wartete die Antwort gar nicht ab, sondern stellte sich hinter mich, um es mir abzunehmen.

«Vielleicht sollten wir zuerst das Finanzielle regeln.»

«Da gibt es nichts zu regeln.»

«O doch.»

«Nein, die Photos sind bereits bezahlt. Erna –»

«Erna?»

«Sie war gestern hier.»

«Ich verstehe nicht.»

«Die Photos sind ein Geschenk, freu dich doch.»

«Dann weißt du auch –», ich stockte, rutschte vom Ledersessel und stellte mich ans Fenster, «daß ich kein übliches Porträt will.»

«Ja.» Er folgte mir, berührte kurz meine Schulter, als müßte er auf sich aufmerksam machen, und hielt mir die Bierflasche hin.

«Und wie geht es dir jetzt?» Es klang nicht beiläufig; vielleicht war es nur die Stimme, aber etwas daran verriet, daß er an mir interessiert war.

«Schlecht.» Nach einer kurzen Pause fuhr ich fort: «Ich hab' an eine Art Versicherungsphoto gedacht. Kaltes Reproduktionslicht.»

«Wie du willst. Sollen wir gleich –»

«Nein. Erst das Bier.» Ich horchte meinen eigenen Worten hinterher, fürchtete, ich würde ihn unabsichtlich zurückstoßen.

«Sind das Zeichnungen von deinen Kindern?»

«Ja.»

Da er schwieg, wechselte ich das Thema. Ich fragte ihn, woran er gerade arbeite, ob ihm das Atelier gehöre. Er steckte sich eine Zigarette in den Mund, nachdem er das Bier in einem Zug ausgetrunken hatte, und griff nach dem Feuerzeug. Unter den Lampen war das Licht so grell, daß ich nicht sah, ob es bereits brannte.

«Kinderporträts», sagte er, «Werbeaufnahmen für eine Versicherung.» Er verschwand in der Kammer, kam mit einer Mappe zurück.

Ich setzte mich wieder auf den Drehstuhl, hielt die Beine nicht gekreuzt, damit das Blut besser zirkulierte.

Als er die Kartonseiten aufblätterte, stieß er eine Blattspitze unabsichtlich in meinen Oberarm. Sofort strich er mit der Hand über die gerötete Stelle, entschuldigte sich. Unsere Blicke blieben kurz aneinander haften, bis er die Augen senkte und mit dem Finger auf ein Mädchen zeigte: «Das ist Clara, meine Tochter.» Um die blassen Farben ihres Gesichts natürlich erscheinen zu lassen, habe er sie bei kräftigem weißen Licht aufgenommen.

Sie saß auf einem hellen Ledersessel vor weißem Hintergrund.

«Die Sonne fiel durch das Oberlicht ein», sagte er.

Auf einem anderen Bild hatte er bewußt Farben verwendet, die miteinander im Widerstreit standen, um Ruhelosigkeit zu vermitteln. Es waren verschattete Kinderkörper vor einer grellen Wand, deren Oberfläche grob verputzt war, so daß der Eindruck von zerbrochenem Glas vermittelt wurde.

Wir sprachen über Frühwalds Arbeiten. «Seine Wolkenbilder langweilen mich», sagte Michael. Ob ich die neue Serie schon kenne. Er benütze jetzt zwei, drei Farben gleichzeitig, würde absichtlich den Film überbelichten, um die starr am Himmel stehenden Wolken zu dramatisieren. «Das erinnert mich an die Kitschposter der Hippiegeneration – violette Wolken vor purpurnem Himmel. Ich weiß nicht. Lieber sind mir Photos, auf denen die Farben selbst das Bild sind und bei denen nicht so eindeutig hervorgeht, daß sie nur helfen sollen, das Bild zu machen.»

Er ging, um die neuen Flaschen zu holen, schaltete jedoch vorher die Lampen aus. Ich versuchte, mich an seine Stimme zu erinnern, als könnte ich sie dadurch speichern.

Mit seiner Art zu sprechen brachte er mich auf andere Gedanken; die Sätze hingen sonderbar leicht in der Luft.

Zwischen den Kinderphotos war das Bild einer Frau hineingerutscht. Sie hatte auffällig kurze Finger, als hätten diese vor dem restlichen Körper zu wachsen aufgehört.

«Und deine eigenen Arbeiten?»

«Das sind meine eigenen Arbeiten», rief er aus der Kammer herüber.

«Ich meine Bilder, die du nicht als Auftragsarbeit siehst.»

«Das läßt sich doch nicht trennen.» Er hatte sich ein frisches T-Shirt übergezogen, stellte die Flaschen neben mir auf dem Boden ab. Ich roch den Weichspüler, als er sich aufrichtete. «Die besten Photos entstehen bei einer Auftragsserie oder zufällig, wenn ich gar nicht daran denke. Es könnte ja auch von dir eines daruntersein –»

Da war er wieder, dieser Blick, der hängenblieb. Er nahm meine Hände, zog ein wenig an ihnen, so daß er die gestreckten Arme betrachten konnte. «Die Innenflächen?»

Ich nickte.

«Wo?»

«Rechter Unterarm.»

«Bist du Linkshänderin?»

Wieder nickte ich, während er meine linke Hand losließ, um mit seiner Rechten über die unverletzte Haut meines Armes zu streichen.

«Unser Nachbar war jahrelang an der Maschine. Jeden zweiten Tag kam der Krankenwagen, holte ihn kurz vor sechs Uhr ab und brachte ihn gegen halb eins wieder zurück. Ich bin auf dem Land aufgewachsen, die Fahrt in die nächstgrößere Stadt dauerte fast eine Stunde.»

«Und?»

«Er lebt nicht mehr. Aber er war schon alt.»

Das Wörtchen «aber» verwandelte sich in eine Nußschale auf einer riesigen Woge. Eine Weile schaukelte sie wie ein kleines Boot, dann riß das Wasser alles fort. Ich stand auf und sah zum Fenster.

«Entschuldigung», sagte er.

Paul fiel mir ein, sein Blick, als er erzählte, er sei ins Krankenhaus gefahren, um mich zu suchen.

«Kann ich ein Porträt von dir machen? Wir könnten kurz in den Hof gehen.»

«Ist es nicht schon zu spät? Die Sonne ist schon untergegangen.»

«Ich mag diese Zeit», sagte Michael, «es gibt keine Schatten mehr, und die Kontraste sind auch schwächer.»

«Meinetwegen.» Ich leerte die Flasche und folgte ihm.

Während er mich photographierte, suchte ich das Küchenfenster, in dem ich die beiden Männer gesehen hatte. Die Vorhänge waren jetzt zugezogen.

Michael mußte die Belichtung immer wieder von neuem messen, weil das Licht schwächer wurde.

«Es geht nicht mehr ohne Stativ», sagte er kurze Zeit später, «laß uns wieder hinaufgehen.»

«Komme ich ungelegen? Hast du noch einen Termin?»

«Aber warum?»

«Es klang so ungeduldig.»

«Ich ärgere mich, daß ich nicht früher daran gedacht habe, dich im Freien zu photographieren.» Er hielt mir die Tür auf, doch ich ließ ihn vorausgehen, weil ich beim Treppensteigen seinen Hintern sehen wollte; der Stoff spannte sich um die linke, dann um die rechte Pobacke.

Oben angekommen, leerte ich die nächste Flasche. Er photographierte die Innenarme, dirigierte mich dahin, dorthin, hieß mich beide Arme heben, über dem Kopf verschränken.

«Ich will das gar nicht.»

«Hast du Angst vor dem Eingriff?» lenkte er ab.

«Nicht vor dem Eingriff. Vor dem, was folgt, vor der Abhängigkeit. Der Schmerz vergeht, aber das andere bleibt, das Gerät, die Nadeln und Schläuche. Eigentlich ist es wie die Rückkehr zur Nabelschnur, nur daß sie nicht ein für alle Mal durchtrennt werden darf.»

Er führte mich hinaus auf den Korridor, wo ich mich an eine purpurne Wand lehnen sollte, einen Arm zur Decke hingestreckt.

«Haut und Haar werden einen Rotstich haben», sagte ich. «Willst du es so?»

«Ich mache von jedem das gleiche letzte Photo, seit Jahren. Ich finde, dieses Licht hat seinen eigenen Reiz. Kannst du dich etwas mehr in die Mitte stellen und dich nur mit dem Unterarm abstützen? Ja, so.»

Während Michael die letzten Bilder schoß, folgte ich seinen Bewegungen, musterte seine Beine, wenn er sich in die Hocke begab. Ich stellte mir seine Gesundheit vor, tauschte im Geiste unsere inneren Organe aus.

«Laß uns noch ein Bier trinken», sagte ich und ging zurück ins Atelier, nachdem er den Verschluß über die Linse geklappt hatte.

Er verschwand wieder in der Kammer, entkorkte eine Weißweinflasche. Es war still im Raum; in meinem Kopf breitete sich die Leere aus, das Bier dämpfte meine Wahrnehmung. Ich verschluckte mich am eigenen Speichel, schüttete den Wein hinterher, kühlte die Hand am beschlagenen Glas.

Wir saßen auf dem Boden, den Rücken an die Wand gelehnt, und schauten auf die dunkler werdenden Fensterscheiben, auf denen sich unsere Körper abzuzeichnen begannen. Sein T-Shirt näherte sich meiner Bluse; nur die hellen Flecken unserer Gesichter blieben auf Distanz. An meinem linken Arm spürte ich die Hitze seines Körpers.

«Es ist mein einziger freier Abend», durchbrach er die Stille, «sonst habe ich die Kinder. Sie unterrichtet abends oder ist auf Vortragsreise.»

«Sie» hatte keinen Namen; auch später weigerte er sich, seine Frau beim Namen zu nennen. Ich schwieg und hörte ihm zu, der Erzählung über das Ende einer Ehe, darüber, wie zwei Leben sich voneinander entfernten, wie nur die Kinder, die er sehr liebte, sie einander näherten.

«Wer sich mit Auftragsarbeiten eindeckt, hat zuwenig Zeit, sich um eigene Ausstellungen zu kümmern», fuhr er fort, gab ihr die Schuld an seiner verqueren Laufbahn, an der Einsamkeit an den Abenden, an denen sie fort war und die Kinder schliefen.

«Du wirst mich hinaustragen müssen», sagte ich, nachdem er mein leeres Glas sofort wieder mit Wein gefüllt hatte. Ich fürchtete, mein Puls sei an den Schläfen zu sehen. Obwohl mich der Alkohol in leichte Aufregung versetzte, achtete ich darauf, wie unverändert zu wirken.

Ich stand auf und stellte mich ans Fenster, beschattete die Scheibe mit den Händen. Es schien mir so, als stünden die Wolken des Vortags am Himmel. Nein, du gestattest dir diese Gedanken nicht, sagte ich mir. Wenn sie erst einmal da waren, nahmen sie so schnell Besitz von mir, daß mir der Atem wegblieb.

«Kann ich etwas für dich tun?» Michael war mir gefolgt, legte von hinten die Arme um meinen Bauch.

«Es ist stärker als ich –», fing ich an, unterbrach mich aber gleich wieder. Kein Wort, sagte ich mir, schweig jetzt. Ich sehnte mich nach Liebe, nicht nach Aufmerksamkeit, legte den Hinterkopf an seine Schulter. Als Michaels Finger über meine Unterarme strichen, dachte ich an die Griffe der Krankenschwester. In meiner Vorstellung tränkte sie den Tupfer mit Desinfektionsflüssigkeit und zog die Spritze auf. War da eine Hand, die mich streichelte, oder fühlte jemand den Puls?

Michael fuhr mit den Fingern unter die Bluse, kam aber nicht weit, da ihm der enge Stoff den Weg versperrte. Eine Weile konnte ich noch die Spiegelung unserer Gesichter in den Scheiben sehen, dann faßte er mich am Kinn und drehte meinen Kopf zu sich.

Stunden später stand ich auf, mit Schmerzen in den Gelenken und Beinen. Auf dem Atelierboden lag eine Decke, standen leere Flaschen. Michael schlief auf dem Bauch, mit angewinkeltem Knie, und schnarchte leicht. Ich stieg in den Rock, verlor beinahe das Gleichgewicht, stützte mich mit einer Hand an der Mauer ab, den Fuß nahe an seinem Kopf.

Während ich über die Dielen tappte, immer auf der Suche nach Stellen, die nicht knarrten, kramte ich Papier und Stift aus der Tasche. Ich sammelte die Unterwäsche ein, tastete mit den Füßen nach den Schuhen unterm Tisch, kritzelte ein ungelenkes «Danke» auf einen Zettel. Nachdem ich die Tür leise hinter mir zugezogen hatte, lauschte ich in den nachtdunklen Korridor. Ich hörte nichts, nur ein dumpfes fernes Rauschen. Einmal schien mir, als liefen Kinder über mir, es hörte sich an, als hüpften sie hin und her, dann zog ich den Slip an und verließ das Haus.

Draußen atmete ich wie im Traum, in dem einem jemand die Hände um den Hals legt, ohne zuzudrücken, schnappte nach Luft. Ich nahm in Gedanken den kürzesten Weg zurück, versuchte noch ein Stück weit zu laufen, diese vor mir liegenden Straßen ineinanderzuschieben wie die Gleise einer Modelleisenbahn, damit sich gerade Linien bildeten. Aber es ging nicht. Ich hatte keine Kraft mehr, ließ mich mitten auf dem Gehsteig nieder, spürte den Untergrund, meine Knochen auf dem Beton. Obwohl mir der Schweiß ausbrach, die Hitze des Tages den Körper mit einem feuchten Film überzogen hatte, fröstelte mich. Ich raffte mich wieder auf, schleppte mich ins nächste Gasthaus.

Da war nichts, an dem ich mich hätte aufrichten können, kein vergleichbares Schicksal. Alle liefen an mir vorbei oder saßen hinter ihren Tischen; ich konnte sie nicht genau erkennen, sah nur Umrisse von Körpern vor der Wand und den Fenstern, fand nichts, woran ich mich hätte festhalten können.

«Paul», sagte ich leise, und noch einmal: «Paul.» Ich versuchte, mich mit einer Hand irgendwo – auf einem Tisch oder einem Stuhl? – abzustützen, tastete aber mit den Fingern ins Leere. Jemand zwängte sich an mir vorbei, ich spürte einen Arm, nickte, dann verlor ich das Gleichgewicht. Eine Weile war es still und hell.

Später hörte ich Stimmen, Geräusche wie Schritte. Kann sein, ich vernahm meinen eigenen Atem, kann sein, jemand war auf der Suche nach einer Toilette oder der Kellnerin.

«Hören Sie mich? Sie hört mich nicht.» Das Licht flackerte, als rüttelte man an mir. Ich spürte nichts, keinen Griff, keine Berührung. Eine Körperstelle wurde warm, als leuchtete man in mich hinein, und die Wärme drang durch die Haut nach außen, oder waren es mehrere Stellen gleichzeitig, vielleicht Hände, die mich zur Seite rollten oder von der Seite auf den Rücken. Ich suchte mich ab, oder wurde ich abgesucht?

«Können Sie mich sehen?» Ich vernahm einen Satz, der nicht von mir war. Das Draußen war deutlich geworden, als etwas Getrenntes wahrnehmbar. «Hören Sie mich?» Das war nicht ich. «Mich» meinte den anderen.

Als ich zu mir kam, bildeten die Köpfe über mir, die Lampen, die Stühle und Tische eine fremde Welt. «Ich bin wieder da», sagte ich, wie um mich für meine Abwesenheit zu entschuldigen. Sie ließen mich in Ruhe, stützten meinen Kopf, hielten ein Glas Wasser an meine Lippen.

In der Ecke des Gastzimmers hatte sich eine Fußleiste gelöst, oder waren es die Scharniere der Kiste, die nicht hielten? Sie sahen mich an, packten zu, legten mich auf die Bank gegenüber dem Tresen. Ich fühlte mich leicht, rutschte in eine Art Wachschlaf, in dem der Körper auf Ruhe gestellt war, der Kopf jedoch weiterarbeitete, registrierte. Wo sich die Leisten gelöst hatten, war ein schmutziger Mauerrand entstanden, davor lag ein Bierdeckel. Jemand sagte «schwanger», ein anderer «einen Arzt rufen», «Drogen».

Ich wußte nicht, wie lange ich bereits bewegungslos auf dem Rücken gelegen hatte, als ich die Augen aufschlug und in ein Gesicht sah.

«Ich bin Ärztin. Wir bringen Sie ins Krankenhaus. Sollen wir jemanden verständigen?»

Mir fiel keiner ein, der in der Nähe gewesen wäre. Ich deutete mit den Augen zur Tasche: «Holztaler. Das Handy ist eingeschaltet.»

Als sie mich hinausrollten, gingen die Gäste an ihre Tische zurück. Die Kellnerin hielt das Tablett über ihrem Kopf und schlängelte sich an den Trägern vorbei. Von draußen blinkte es ins Gasthaus.

Strahlende Wolken zogen zwischen den Häusern über den Nachthimmel. Eine sah sonderbar aus; sie war unförmig, zog jedoch eine lange Rute hinter sich her, die bei genauem Hinsehen zu wedeln schien.

Ich atmete wieder, aber flach und in Stößen, atmete wie zuvor, nur wissentlich jetzt.

XV

Jede Unebenheit auf der Straße spürte ich an meinem Körper; in den Kurven fiel ich in Seitenlage, fürchtete, daß die Nadel herausrutschte, weil ich den Arm nicht ruhighalten konnte. Ich hatte Angst einzuschlafen, Angst vor der Müdigkeit, in der ich zu versinken drohte. Aus der baumelnden Flasche tropfte Flüssigkeit in meine Vene. «Irgendwann wirst du dich nur an die Erinnerung erinnern», hatte Paul einmal gesagt, um mich zu beruhigen. Die Zukunft, vor der ich mich immer gefürchtet hatte, war nun Gegenwart geworden und ließ sich auch nicht in die Vergangenheit abschieben, obwohl sich mein verwirrter Kopf alle Mühe gab, die Zeiten durcheinanderzubringen.

«Wir sind gleich da», sagte die Ärztin. Am Himmel schienen sich die Wolken des nächsten Tages anzukündigen. Ich sog die Nachtluft ein, als gälte es, ein letztes Mal Sauerstoff einzuatmen, während ich aus dem Wagen gehievt und zum Eingang gebracht wurde.

Unter den Leuchtziffern der Notaufnahme stand Holztaler, breitbeinig, zwei Bücher unter dem Arm, eines davon sah aus wie sein eigenes. Er hatte sich mit einem Journalistenfreund auf ein Bier getroffen, den er seit Monaten zu überreden versuchte, ein Porträt über ihn zu verfassen.

«Na, was sagst du – bin ich nicht ein verläßlicher Mensch? Ein Anruf genügt, schon bin ich da.» Holztaler wich zur Seite, da der Krankenwagen wendete. «Ich schreibe an einem neuen Roman über Denzel», sagte er und griff nach meiner Hand, «ich habe schon einen Titel: ‹Die bosnischen Jahre›.» Er trottete neben der rollenden Trage her, schien nicht recht zu wissen, was er sagen sollte.

Nicht über Denzel, dachte ich, nicht schon wieder über einen gemeinsamen Freund.

«Laß ihn tot sein», sagte ich.

«Soll ich Leo benachrichtigen?»

«Lenk nicht ab. Mußt du über diese schreckliche Geschichte schreiben? Du hast wirklich keine Phantasie.»

«Wer lenkt hier wovon ab? Du hattest einen Zusammenbruch und redest mit mir über mein Romanprojekt. Hast du mich deshalb rufen lassen?» Er drückte meine Hand, lächelte.

«Es war keiner in der Nähe.»

«Und Erna?»

Fast hätte ich gesagt, sie sei schwanger, ich wolle ihr die Aufregung ersparen, hielt aber noch rechtzeitig an mich, schloß die Augen.

«Verzeih. Brauchst du irgend etwas? Soll ich Paul anrufen?» Er strich mir die Haare aus der Stirn. «Geht es dir ein bißchen besser?»

Die Schiebetüren öffneten sich. Im Treppenhaus vor dem Kaffeeautomaten standen zwei Männer im Pyjama und rauchten. Man rollte mich in den Aufzug. Holztaler zog den Bauch ein, zwängte sich an der Trage vorbei in die hinterste Ecke der Kabine, griff nach dem Deckenwulst, unter dem er meine Füße vermutete. Die Ärztin hielt die Flasche in die Höhe und beschleunigte an einem weißen Plastikrädchen die Tropfgeschwindigkeit.

«Sie können im Aufenthaltsraum auf Ihre Frau warten», sagte sie zu Holztaler gewandt, als die Tür aufging. «Wir rufen Sie dann.»

Er widersprach ihr nicht, war viel zu sehr mit meinen Füßen beschäftigt, lief hinter der Trage her, bis sich die Ärztin mit einem «Verzeihen Sie» an ihm vorbeischob und ihn zurückdrängte. Als er mir alles Gute wünschte und meine Füße drückte, bewegte ich die Zehen.

«Untersteh dich, je über mich zu schreiben», rief ich ihm zu, «dann verwandle ich dich in eine Kotsackblattwespe oder in eine Gallenlaus.»

Man hatte mich bereits an ihm vorbeigerollt, so daß ich seinen Gesichtsausdruck nicht mehr sehen konnte.

«Er ist ein Freund», sagte ich zur Ärztin, «ein Schriftsteller, der einen gerne zum Käfer macht.» Sie sah mich verdutzt an, schüttelte den Kopf und legte, weil sie die Hände frei haben mußte, die Infusionsflasche auf meinen Bauch.

Später nahm sie mir Blut ab, schloß mich ans EKG an, fühlte den Puls, telephonierte. «Wir machen sicherheitshalber noch eine Computertomographie.»

Zu welcher Sicherheit? dachte ich, fragte aber nicht, sah sie zustimmend an. In meiner Erschöpfung ließ ich alles geschehen, drückte den Tupfer auf den zerstochenen Handrücken, urinierte in einen Becher, gehorchte dem Befehl der Ärztin: «Einatmen, Luft anhalten, wieder ausatmen.»

Als sie mit den Blut- und Harnröhrchen verschwunden war, mußte ich an Gonzalez-Torres denken, an die «candy spills», die aufgehäuften Pfefferminzbonbons in silbriger Verpakkung, die dazu bestimmt sind, von den Besuchern nach und nach weggetragen zu werden.

Jetzt tragen sie mich hinaus, Stück für Stück, sagte ich mir, und ich habe nicht einmal die Kraft zu fragen, was sie wohl damit anfangen werden.

«Sie schließen mich wieder ans Leben an», beruhigte ich Holztaler, der nachgekommen war, mir nicht von der Seite wich. «Mach dir keine Gedanken.» Er saß auf dem Nachtstuhl neben dem Bett und schob nervös den Daumen zwischen die Seiten seines Buches.

«Bist du dir sicher, daß du nicht –»

«Todsicher.»

«– daß du nicht noch etwas brauchst.»

«Es reicht, wenn du das vorbeibringst, was ich dir aufgezählt habe. Der Morgenrock könnte im Wäschekorb sein, pack einfach den von Paul ein. Er hängt hinter der Tür im Badezimmer.»

«Ich gehe erst, wenn du schläfst.»

«Dann wirst du die ganze Nacht hier sitzen.»

«Was macht das schon.» Er betrachtete seine beiden Bücher, zupfte an den Ecken der Einbände. «Ich habe Paul benachrichtigt.»

«Und?»

«Er versucht, ein Flugzeug zu bekommen.»

Paul, dachte ich, mein geliebter Paul unterbricht seine Beschäftigung mit der Vergangenheit und stellt sich der Gegenwart, ausgerechnet jetzt, wo ich lernte, ohne ihn zurechtzukommen. Beppe fiel mir ein, Michael.

«Er war außer sich. Kannst du ihn nicht zurückrufen?»

«Ich kriege erst morgen einen eigenen Anschluß. Handys sind hier nicht erlaubt. Ruf du ihn an. Bitte.»

«Deine Gefaßtheit macht mir angst.» Holztaler strich sich die Haare nach hinten.

«Ich bin nicht gefaßt.» Er sah mich fragend an, hoffte wohl, daß ich mich ihm öffnete.

«Kotsacklaus – sehr schmeichelhaft.»

«Kotsackblattwespe, Gallenlaus», korrigierte ich ihn.

«Wie kommst du darauf?» Er schüttelte den Kopf, lächelte.

«Ich habe Fraßbilder photographiert, abgestorbenes Holz. Nicht nur du hast dich mit Borkenkäfern beschäftigt.»

«Die Geschichte mit dem Photo tut mir leid. Der Roman erscheint im Frühjahr als Taschenbuch. Ich wollte dich um ein neues Bild fürs Cover bitten; selbstverständlich wird dein Name genannt.»

«Gerne. Was möchtest du lieber? Sterngänge, Quergänge, nicht zu vergessen die Gabelgänge – die Kerfe fertigen ja die unglaublichsten Muster.»

«Hast du nie an eine eigene Ausstellung gedacht?»

«Da liegt der Hund begraben. Ich schaffe es nicht, den Kontakt zu einer Galerie herzustellen. Es kommt immer etwas dazwischen.»

«Ich könnte –»

«Nein, laß gut sein. Ich bin müde, möchte jetzt allein sein.»

«Soll ich wirklich gehen?» Es klang erleichtert.

Was gäbe ich, wenn sie mich in Schlaf versetzten, wenn sie mir alles, was mir anzutun ist, im Tiefschlaf zufügten, mich erst wieder weckten, wenn ich funktionierte. Es reichte schon einzuschlafen, dieser gnadenvolle Schwebezustand zwischen Dasein und Wegsein, in dem einem die Fragen abhanden kommen, die Selbstkontrolle aufgehoben ist, in dem man sich nicht mehr gehorcht, sich nicht mehr sich selbst unterwerfen kann.

Ich probierte alle möglichen Lagen aus, knüllte das Kissen zusammen, schnüffelte am ausgekochten, desinfizierten Bettbezug, setzte mich auf, um durchzuatmen, verkroch mich wieder, umfing mit den Armen den eigenen Körper, als hielte mich Paul oder Beppe, dämmerte endlich zwischen da und dort, zwischen Vertrautem und Fremdem, fand Schlaf und schwieg, schlief doch nicht und erzählte:

Der nächste Vormittag vergeht mit Warten. Ich sehe Männer und Frauen vor der offenen Zimmertür auf und ab spazieren, sehe bunte Nachthemden und Bademäntel vor weißen Wänden. Das reine Warten kennt keine Ablenkung, es reduziert sich auf die Gewißheit des kommenden Schmerzes, zählt keine Türen, erkennt keine Gesichter, grüßt nicht. Das reine Warten ist Mitleid mit sich selbst. Es ist Vorausahnung.

Ich fühle Schmerz im Gedanken an die Schere, die den Arm aufschneiden wird. Ich höre eine Stimme «Schere» sagen, höre sie wieder und wieder, kann sie abstellen, weil ich mich eine Weile auf den Inhalt einer Zeitung konzentriere. Doch schon bald stelle ich mir die Narbe vor, sehe den Schnitt, lege die Zeitung auf den pinkfarbenen Rollstuhl, mit dem geschwächte Patienten zu Untersuchungen gefahren werden. Hinter dem Fenster fliegt eine Krähe auf, vibrieren die Äste einer Platane. Im Warten sind die Bilder bedeutungslos; die Blicke ziehen Formen nach, sie wandern über die Parkanlage hinaus, von Baum zu Baum, ohne zu speichern.

Die Angst will keine unnötigen Bilder, keine Geräusche, keine Gerüche. Sie liebt die Uhr, die Zeiger auf dem Weg zum Schmerz. Die Angst dreht den Körper vom Fenster zum Korridor und sagt: Jetzt. Aber kein Gesicht bestätigt die Zeit. Die Schwestern verteilen Kaffee und Obst; Besucher verschwinden in den Zimmern. Das Warten ist Ausschauen, es füllt den leeren Korridor, bis die Schwester kommt, um mir die Befunde in die Hand zu drücken und eine Beruhigungsspritze zu geben. Sie ruft nach einem Träger, der mich in die Chirurgie begleitet.

«Setzen Sie sich inzwischen.» «Inzwischen» ist ein Wort, das ich überhöre. Ich warte nicht mehr, sehe niemandem entgegen, bin bereits im Kommenden. Der Vorraum wird von einem Geländer geteilt, dessen Funktion ich nicht zu begreifen vermag, bis nach und nach die Hereinkommenden auf der anderen Seite die Schuhe abstreifen und in Schränke legen. Ich sitze noch außerhalb der sterilen Zone und habe sie in Gedanken längst überschritten.

Ein Kopfnicken schreckt mich auf. Ich folge dem Pfleger, steige aus den Pantoffeln, ziehe mich aus bis auf den Slip. «Auch diesen.» Der fremde Zeigefinger deutet zwischen meine Beine. «Aber ich menstruiere.» Das mache nichts, der Tisch würde ohnehin rot. «Ohnehin» ist ein Wort, dem ich gehorche.

Als sie mich hineinrollen, ist alles um mich herum grün. Die Kacheln sehen aus wie regennasse Rasenstücke. Mein rechter Arm verrutscht, weil der Pfleger mit der Trage gegen die Tür prallt.

«Entschuldigung.» Er dreht sich um und schenkt mir einen Blick. «Sie brauchen keine Angst zu haben.»

«Angst» ist jetzt ein Wort in den Wolken, es flattert über den Horizont, kann mir nichts anhaben. Die Beruhigungsspritze macht den Körper weich und flüchtig, löst alles auf, was einmal schwer war. Einzig das Armband, auf dem mein Name steht, scheint mich noch an die Realität zu binden.

Als sie mich hineinrollen, haben sie mich schon gewaschen, jede Pore mit Desinfektionsflüssigkeit getränkt. Ich bin keimfrei und dufte. Sie betten mich um, decken mich zu, beglückwünschen mich zum diensthabenden Arzt, dem besten Chirurgen der Abteilung.

Ich lese «Eingang OP II», suche schnell die passenden Namen: Erich, Ingo, Norbert, Gabriel, Arnold, brauche ungewöhnlich lange für das zweite N; beim Buchstaben P versetzt es mir einen Stich, sehne ich mich nach Pauls beruhigender Stimme. Im selben Moment verschwinden meine Haare unter der Haube.

Als sie mich hineinschieben, flitzen grüne Männer und Frauen ein und aus, beladen mit Flaschen und Leintüchern. Am unteren Ende des Vorbereitungs- und Aufwachraumes liegen Patienten, die man bereits operiert hat. Es ist nur das Surren und Piepsen der Apparate zu hören, das Einschnappen der Tür. Ein Mann entfernt leere Plastiksäcke von Ständern, hängt neue Infusionen an die Haken.

Man stellt meine Trage in die Ecke am Fenster, legt die Papiere auf meine Beine. «Sie sind die Nächste.» Der Pfleger drückt meine Hand und verschwindet.

Ich schließe die Augen vor dem hellen Draußen, in dem die Wolken ins Blau fließen. Als ich sie wieder öffne, fällt mein Blick auf ein grünes Schild, das einen weißen laufenden Mann auf der Flucht zeigt. Er folgt einem Pfeil, läuft in Richtung eines Rechtecks, das er nie erreichen wird. Ich denke an die Kiste, an eine Tür, denke, dort führt ein Weg hinaus, folge jedoch nur den Schritten einer Schwester, ihren Füßen in weißen Stützschuhen. Ich versuche ihre Aufmerksamkeit auf mich zu lenken, will winken, doch der Arm, mit dem ich aufzuzeigen versuche, schwankt, ist schwer; kaum habe ich ihn angehoben, lasse ich ihn fallen.

Sie schieben die Trage an, schieben mich in den nächsten Raum, drehen mich auf den Tisch. Ich sehe die Maschinen, verfolge die Handgriffe, jeden Knopfdruck. Die Schwester, die mit den Vorbereitungen beschäftigt ist, sieht gesund aus, ich beneide sie um ihren Körper, vergleiche ihn mit meinem angelebten Leben.

Alles deutet auf den Schnitt; ich kann keine Ablenkung mehr finden, schlucke mehrmals und zwinge mich zu einem Lächeln, als mich der Chirurg begrüßt. Er schaut die Befunde durch, gibt Anweisungen. Die Nadel spüre ich nicht, höre nur noch die Worte der Anästhesistin: «Gleich werden Sie schlafen.» Gleich, denke ich, wird es sich in mir verteilen. Das Gewicht der Krankheit, das sich in mir entfaltet hat, wird aufgehoben.

Als ich mit den Blicken nach dem Arm suche, um ihn ein letztes Mal als unverletzten Teil meiner selbst wahrzunehmen, sehe ich bereits auf ein schlechtes Aquarell. Zuviel Wasser ist am Pinsel geblieben, ausgewaschen sind die Blickränder, diese schmalen Linien, an denen die Welt aufhört, von denen aus ich ins Nichts falle, ins Nichts aus Luft, ins Nichts aus Wasser.

Ich träume mich ins Bild, sehe die Sonne aufgehen, ahne die erwachende Stadt. Vom lauten Plätschern irritiert, hält das Pferd an. Der Bauer läßt den Pflug in der Erde stecken, dreht sich um und blickt aufs Meer hinaus. Auch der Hirte läßt die Schafe aus den Augen und wendet sich dem Wasser zu. Erschrocken nimmt er den Arm von seinem Stock, steigt aus den Schuhen, reißt sich die Kleider vom Leib und springt dem versinkenden Ikarus hinterher. Plötzlich ist es windstill. Die geblähten Segel des großen Schiffes fallen in sich zusammen, werden eingeholt. Am unteren Ende des Bildes tauche ich auf und schnappe nach Luft, greife nach der Hand des Hirten, sehe den herbeieilenden Pflüger, das vom Schiff heruntergelassene Boot.

«Schönes Wetter, nicht?» Mit diesem Satz zog mich einer, den ich kannte, in den Mittag. Ich behielt die Augen geschlossen, tastete mich im Dunkeln vorwärts, von Stimme zu Stimme, atmete auf. Der Wundschmerz im rechten Arm nahm zu; ich war froh, daß ich mich spürte, mich in diesem Bett wußte, bereit für den Anschluß an die Maschine, die mich vom Wasser befreite.

«So ein Wind», sagte eine andere gepreßte Stimme. Jemand bewegte sich durch den Raum, um ein Fenster zu schließen. In der Ferne bellte ein Hund. Meine Augen waren wie zugeklebt; ich rührte mich nicht.

Während ich durch die Stadt laufe, treffe ich Erna. Sie schiebt einen Kinderwagen vor sich her, in dem lauter kleine Hamster liegen. Sie weiß noch immer nicht, welchen Mann sie sich an ihre Seite wünschen soll.

Leo steht in einem Blumengeschäft, betrachtet die dünnen verzweigten Blütenstengel der Schwertlilien und zeigt endlich auf die Rosen, weil ihm zu den purpurblauen Blumen kein Name einfällt. Am Morgen hat ihn Vera angeschrien, weil seine Kleidung überall herumlag.

Ich beuge mich zum Wagen hinunter, zähle die pelzigen Knäuel, beginne immer wieder von vorne.

«Marianne?»

Ich fiel aus dem Schlaf und blickte in Beppes Augen. Auf der anderen Seite des Bettes saß Paul, hatte meine jodgefärbten Fingerspitzen zwischen seine Lippen genommen.

«Ja.» Ich hörte mich laut sprechen, wollte der Stimme die Kraft geben, die mir fehlte, produzierte einen hellen Ton, indem ich den Mund weit aufriß. «Darf ich vorstellen? Paul –»

Beide grinsten, während mein Blick verlegen von einem zum anderen wanderte.

Ich suchte das Fenster, sah in den Himmel. Die Wolken rasten, verdeckten die Sonne. Ich war beruhigt. Ihr schnelles Ziehen würde das Licht bald wieder freigeben.

Literatur bei C.H. Beck

Paula Fox
In fremden Kleidern
Geschichte einer Jugend
Aus dem Englischen von Susanne Röckel
2003. 288 Seiten. Gebunden

Paweł Huelle
Mercedes-Benz. Aus den Briefen an Hrabal
Roman
Aus dem Polnischen von Renate Schmidgall
2003. 159 Seiten. Gebunden

Ida Jessen
Wie ein Mensch
Roman
Aus dem Dänischen von Sigrid Engeler
2003. 309 Seiten. Gebunden

Jörg Matheis
Mono
Erzählungen
2003. Etwa 245 Seiten. Gebunden

Eoin McNamee
Blue Tango
Roman
Aus dem Englischen von Hansjörg Schertenleib
2003. Etwa 320 Seiten. Gebunden

Fridolin Schley
Schwimmbadsommer
Erzählungen
2003. Etwa 221 Seiten. Gebunden

Dagmar Leupold

Eden Plaza
Roman
172 Seiten. Gebunden

Wie Scheherazade ihren König fesselt, so fesselt die Erzählerin ihren Geliebten – und die Leser! – mit einer reichen und dichten Geschichte über die Liebe und die Ehe, über Begehren und Lust, über den Alltag und die Ekstase. Aus Anspielungen, in Reflexionen und Episoden, entwickelt sich in diesem Roman, intelligent und wahrhaftig, eine Poesie des Liebens und der Lebenskunst.

«Kein einziges in den letzten Jahren in Deutschland erschienenes Buch hat mich so gefangen genommen. Es liegt an der Sprache.»
Juli Zeh
«...schön dieser Balanceakt auf dem Hochseil zwischen Leben und Schreiben.» *Reinhard Baumgart, DIE ZEIT*

Nelly Arcan
Hure
Roman
Aus dem Französischen von Holger Fock und Sabine Müller
191 Seiten. Gebunden

Die Geschichte einer exzessiv gelebten Doppelexistenz: Eine junge Frau flieht vor der beklemmenden Enge ihres Elternhauses in der kanadischen Provinz in die Großstadt. Dort beginnt die Literaturstudentin, ihr Geld als Prostituierte zu verdienen und steigt zur begehrten Nobelhure auf. Das Leben wird zum Befreiungsschlag, der so lange über den eigenen Körper ausgefochten wird, bis «Cynthia» ein anderes Mittel findet: die Sprache.

«Nelly Arcan besticht durch ihre scharfsinnige Darstellung der Sexualität, die sie, ohne die prosaischen Details aus den Augen zu verlieren, in wunderschönen Metaphern zum Ausdruck bringt.» *Catherine Millet*
«Ein Roman von wuchtiger Konsequenz, sprachlich unendlich differenzierter als vergleichbare Bekenntnisbücher.»
Marianne Wellershoff, Der Spiegel